幌馬車之歌續曲

藍博洲

目錄

尋找
新民主同志會
的同志**李蒼降**

前基隆中學校長鍾浩東，李蒼降，前汐止鎮軍民合作站書記唐志堂……連續共同意圖以非法方法顛覆政府而著手實行，各處死刑，各褫奪公權終身，全部財產除酌留其家屬必需之生活費外沒收……經奉國防部核准，昨（十四）日上午六時省保安司令部軍法處將鍾浩東、李蒼降、唐志堂三名各提庭宣判，驗明正身，發交憲兵綁赴馬場町刑場執行槍決。

——台北《中央日報》

（一九五〇年十月十五日）

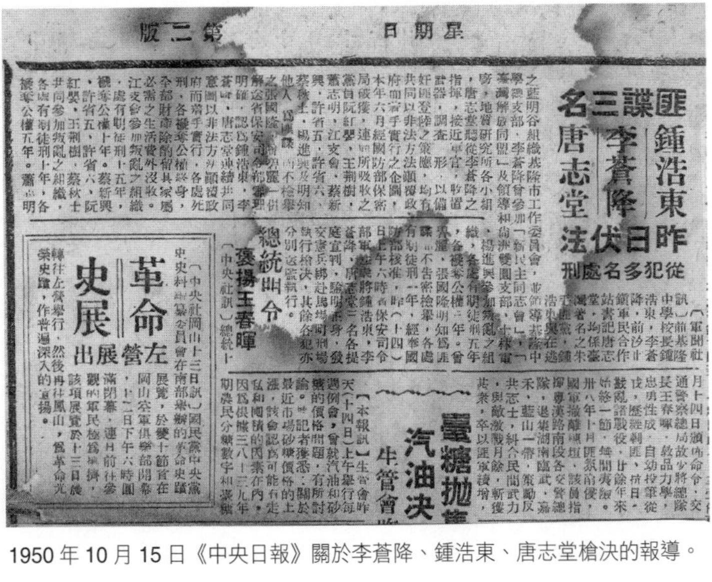
星期日　第二版

匪諜三名 鍾浩東 李蒼降 唐志堂 昨日伏法

從犯多名處刑

總統明令褒揚王春暉

革命史展 左營展出

臺糖拋售 汽油決

1950年10月15日《中央日報》關於李蒼降、鍾浩東、唐志堂槍決的報導。

前言：卅八年後

敘事者：這個故事，開場的時間是一九八八年五月六日。地點是陽明山嶺頭，一間搭蓋在樹林中的沒裝電話的簡陋的違建小木屋。那是我跟一個應該是下級軍官退休的老兵租的。那時候，不到三十歲，單身，沒有固定在哪裡上班的我，經常南北奔波，在全省各地採集有關鍾浩東校長及其他剛剛聽到名字的白色恐怖犧牲者的生命史，然後回到這周遭有鳥叫蟲鳴而無機器噪音的寮舍，試著從那些蕪亂碎屑的殘篇斷語中整理出一篇可以理出頭緒的人物報導。

那天清晨，在睡夢中，我硬是被一陣陣陌生的、帶著濃重客家口音的堅持叫喚著我的名字的蒼老的聲音催醒。我起身下床，穿好衣服，

李薰山（前左一）與台北帝大豫科同學。

走去打開那扇木門。我看到一個不曾見過的身穿運動服的老先生站在門前。他立即向還未全然清醒的我表明身分。他說他姓李，名叫李薰山，是坐過牢的政治犯，讀過我前一年七月在《人間》雜誌發表的有關五〇年代白色恐怖的報導：〈美好的世紀——尋訪戰士郭琇琮大夫的足跡〉。我趕緊請老先生入內，讓他在只有一張從外頭撿回來的矮茶几的不像客廳的客廳的榻榻米上坐定。燒水，泡茶。老先生喝了一口茶，繼續操著那口聽起來不太清晰的客家國語解釋他如何打聽到我的住處。他又說，他剛好住在山下的雨農路，所以，天剛亮，就沿著山腳的石階步道，一步一步，爬上山來找我。他說，他是新竹的客家人，一九二二年生於竹北一個小知識分子家庭，楊梅公學校畢業後考進州立新竹中學校，然後又考上台北帝國大學預科，再進入台北帝國大學工學部第一屆。他向我透露，說他和郭琇琮醫師是曾經一起戰鬥過的老同志，所以我那篇報導使得已經步入老年的他的心靈受到強烈震撼。他還告訴我，那篇報導在長期不能見光的五〇年代白色恐怖受難人中間也有了從未有過的反響；因為，瘖啞了幾十年之後，他們的青春、他們的理想終於初次在台灣社會得以公開了。他接著就表明來意，說他今天專程來找我，主要是希望我，除了郭琇琮之外，還能夠繼續把幾個值得後人紀念的他認識的老同志的歷史寫出來。然後，他就向我口述了他的歷史證言，也介紹了包括蘆洲李家子弟李蒼降在內的幾個犧牲者的簡單事蹟。

那天之後，李薰山老先生就熱情地幫我聯繫，然後帶著我四處拜訪那些犧牲者的親友故

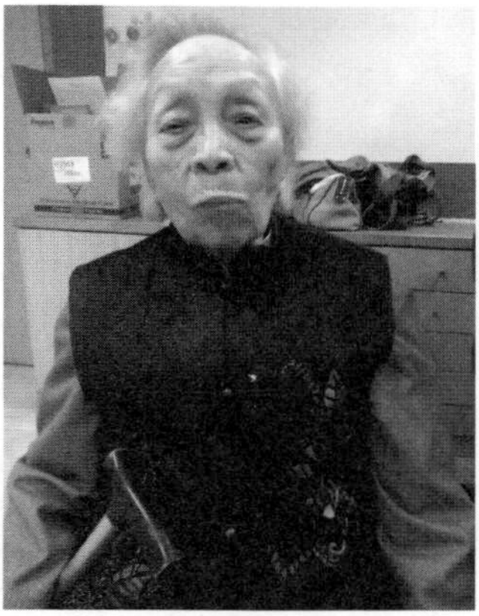

百歲高齡的李蒼降二姊，2014年11月14日。（藍博洲攝影）

舊，一點一滴地採集他們生命史的零碎片段。

一九八八年九月四日上午，我由老先生親自陪同，前往台北市仁愛路圓環附近巷弄裡的一棟民宅，採訪了李蒼降遺孀曾碧麗女士及其二弟李蒼炯先生。從此展開了尋找李蒼降的漫漫而不知所終的探索之路。一直到二〇一四年十一月十四日上午，通過當年仍在母體內孕育著就被捕入獄的李黎紅醫師的安排引介，我在她位於三重台北橋頭畔的診所，見到了當年同時被捕入獄的已然百歲高齡的李蒼降的二姊。這段尋找李蒼降的歷史之旅才暫時告一段落。

一、蘆洲田仔尾李家子弟

嚴秀峰：我是蘆洲田仔尾李家媳婦。李家祖籍是閩南泉州府同安縣兌山。清乾隆年間，來台祖第十七世李公正與兄弟東渡來台，卜居舊名和尚洲的蘆洲，並以勤勞儉約和耕讀發家，受到和尚洲鄉親的讚仰。

李公正的次子李濯夫（諱清水）精通堪輿、醫學，又勤奮耕作，陸續購下六筆土地，建立「李長利記」字號。李濯夫育有七子。三子李樹華曾任清朝台灣區秀才主考官，安平縣兼理鳳山縣儒學正堂，人稱「李老師」，曾獲光緒皇帝賜頒「外翰」清譽，頗具聲望。

一八九五年左右，李樹華七兄弟合資，重修擴建父親李濯夫創建於一八五七年左右的家宅。他們為仿照大陸古厝的建築型態，特別延聘山西籍的知名建築師，專程來台主持設計重修工程，選購泉州石、福州杉等上品建材，自大陸運來。為此，特從李厝左側闢建小運河一條，從宅前的蓮花池直通淡水河口；最終建成為正身三進，帶內、外護龍，呈方整矩形的四合院大宅。這棟人稱「田野美」的李宅，寬五十點六八公尺，深卅四點二八公尺，面積約一千七百平方公尺，共計九廳、六十房、一百二十門，在規模上，與一般官宅毫不遜色。十年後，因為人口眾多，李樹華七兄弟均分家產，散居各地。一九八五年八月十九日，李氏古厝正式列入中華民族文化歷史古蹟，定名為台閩地區第三級古蹟「蘆洲李宅」。

李蒼炯：李蒼降是我大哥。父親李友詩（諱傳興）與李友邦將軍是蘆洲田仔尾李家第四世的堂兄弟。我們是二房。李友邦是四房。

嚴秀峰：李友邦（1906-1952）自幼就不滿日寇統治台灣，具有強烈的民族意識。一九一八年考進台北師範學校就讀。當時正值第一次歐戰末期，殖民地自主、民族自決的風潮漸起，對於充滿矛盾的殖民地台灣，起著一定的衝擊作用。基於對日本殖民統治的義憤，他參加了一九二一年公開成立的台灣文化協會；同時也與校內同學祕密組織反日結社，策動抗日學運。著名的李家大宅及院落自然成為文化協會在和尚洲舉辦文化講演活動的理想場地，招來無數為殖民地探求出路的人民群眾和抗日社會運動家，也招來監聽監視的日本警探。因此，他和蔣渭水、王敏川、賴和、連溫卿諸先輩結成忘年的友情。一九二二年，他和胞弟李承基夥同激進抗日青年襲擊海山郡派出所。一九二四年三月，他再夥同林木順、林添進等八位同學，突擊台北新起派出所（今台北市長沙派出所），因事態嚴重，被師範學校勒令退學，並招警逮捕。他於是越牆連夜潛逃至高雄，與林木順等人會合，然後潛離台灣，前往祖國大陸的上海，又轉廈門。同年九月，進入國共第一次合作時代之黃埔軍校二期，繼續為台灣民族革命運動奮鬥。

李蒼炯：蒼降大哥生於友邦叔逃離台灣的那年六月。父親原本在迪化街從事兩岸生意，蒐購台糖布袋，轉售廈門；後來在關渡經營果園。他和

李友邦、嚴秀峰與三個小孩。

母親育有三子七女。除了大哥之外，二哥蒼士，生於一九二六年。我是老三，生於一九三二年。堂叔李友邦及其兩個弟弟先後都參與反帝抗日運動，可謂一門三烈。我父親雖然沒有投入實際的抗日運動，但民族意識也很強。因為這樣的家風與身教影響，我們兄弟三人懂事後，也都具有強烈的抗日精神與祖國意識。

二、台北二中學生反日思漢事件

敘事者：日據時代，日本帝國在殖民地台灣實施「差別待遇」的教育政策。就國民基本教育而言，設有兩種不同的學校，一種是專供日本子弟及親日而有社會地位的台灣子弟就讀的小學校，另一種則是一般台灣人子弟讀的公學校；兩種學校的設備、教學與待遇都有極大的差別。李蒼降就讀的是台北市日新公學校（第十九屆）。

一九三七年三月日新公學校畢業後，李蒼降與同班同學雷燦南同時考進主要是台灣人子弟就讀的州立台北二中（第十六屆）。

這一年，恰是日本帝國主義在台灣大力開展「皇民化運動」的黑暗年代。四月一日起，《台灣日日新報》、《台灣新聞》、《台南新報》同時停止漢文版；台灣人經營的唯一漢文日報《台

1937年，李蒼降考進州立台北二中。

灣新民報》漢文版減縮一半，並限於六月一日全部廢止。七月七日，盧溝橋事變爆發，日本帝國主義發動了全面侵略中國的戰爭；台灣軍司令部隨即發表強硬聲明，並對台灣民眾發出警告，禁止所謂「非國民之言動」。八月十五日，台灣軍司令部宣布台灣進入戰時體制。與此同時，殖民當局又強迫推行所謂「國語普及運動」，並且粗暴地限制或禁止民間傳統的戲劇與音樂演出、武術傳授與宗教祭祀。

在這樣的時代接受日本帝國主義皇民化教育的台灣青少年，果真日後被教育成「皇民意識發揚之一代」的話，也不是什麼教人意外之事吧！

然而，儘管台灣人民的抗日民族解放鬥爭已經從文化協會以來有組織的社會運動型態進入到缺乏領導、缺乏組織的沉寂狀態，一些往往是零星分散的、各自作戰的反日鬥爭，依然普遍存在，並且經常自發地出現。台北二中也不例外。

就在李蒼降進入台北二中前一年的二月廿六日，鼓吹皇道精神的日本皇道派軍官策畫了名為「二・二六事件」的武裝政變。受到這樣的刺激鼓舞，四月廿五日，以李沛霖、顏永賢、楊友川等為主的台北二中第十二屆（一九三三年四月入學）的部分台灣學生，在太平町國昌食堂組織祕密結社列星會，目的是「依革命手段將台灣脫離日本帝國統治之下，排除日本於台灣的統治權，變革日本國體。」同時決議「排斥日人為當前的方針，且為訓練鬥志武力，要常與日人打架」；定期在每個月月底集會；對外廣求會員。

三月間，台灣資產階級民族改良主義者的領袖林獻堂隨台灣新民報社董監事華南考察團歷遊華南各地。五月，台灣軍部於總督府所豢養的《台灣日日新報》揭露：林獻堂在上海接受華僑團體歡迎致辭時有「林某歸來祖國」之語。該報並連日以頭條新聞撻伐林獻堂為「非國民」（日奸）。六月十七日，日本浪人賣間某因此在台中公園舉行的日本帝國台灣始政紀念日慶祝會上毆辱林獻堂，惹起了所謂「祖國事件」。

同是台北二中第十二屆的台灣學生林水旺非常同情林獻堂的遭遇，並且激起潛藏的「思慕中華民國為祖國，懇望台灣復歸於中國」的抗日情懷，從而與列星會的李沛霖、顏永賢、楊友川等三名主要幹部串連，決意組織「中國急進青年黨」，以「在中華民國援助下，台灣脫離日本帝國的統治，復歸中華民國」為目的。其後，李沛霖和楊友川與日籍鐵道部見習塗工鬥毆。十月三日，日本特高因為偵查此事件而發覺台北二中一部分台灣學生祕密組織了以「台灣脫離日本，復歸中國」為目的的列星會，並正準備擴大組織為「中國急進青年黨」，於是封鎖新聞，循線檢舉關係人，並將李沛霖等四人以「首謀者」起訴。一九三七年二月十九日，預審終結。李沛霖、楊友川以違反治安維持法及傷害，林水旺、顏永賢則依違反治安維持法，各裁定有罪，付予公判。四月三十日，台北地方法院刑事合議部宮原裁判長在禁止旁聽的情況下宣判：李沛霖處有期徒刑三年六個月，林水旺、顏永賢、楊友川三人，各處有期徒刑三年；未決拘留的二百四十日算入。

殖民當局唯恐沉寂已久的台灣學潮因此星星之火而再度燎原，遲至一九三八年五月一日，才敢對外公開此一令人難以置信，但卻表現出台灣青年思漢情急的反日事件及其內容。

陳炳基：日據下的一九二七年，我出生於台北市的萬華。那時，日本帝國主義已經霸占台灣長達三十二年之久了。因此，我從公學校開始就被迫必須學日語，接受做好「忠君愛國」的「日本臣民」的奴化教育。一九四〇年，我考進台北二中（第十九屆）；是李蒼降的學弟。就我所知，日本殖民當局公布的台北二中學生思漢情急的抗日事件，也就是人們所說的「台北二中紅毛巾事件」（因為他們在懲罰日本學生時都把繡有「北二中」的紅毛巾掛在腰間），無疑對李蒼降以及我們這些後來進入台北二中的台灣學生，上了反日、愛國的第一課。經此反日事件的教訓，在民族純血的脈動下，我們這些熱血的台灣青年也在日本帝國皇民化運動高壓的時代，找到一條抗日救國的路——畢業後渡海回大陸，投入祖國人民抗日戰爭的行列。

台北二中學生的台灣神社（今圓山飯店）祭典參拜。

許訓亭：我是李蒼降的台北二中同學。當時，台北市一共有四所男生就讀的中學校，其中一中、三中（今師大附中）和四中（光復後與一中合併為建中），主要都收日本人子弟。在台北二中，我們的座位按身高次序排列。李蒼降的身高和我差不多，所以一直到畢業為止，他不是坐我前面，就是旁邊。因為這樣，我和他比較常接觸。當時，他家住關渡，家裡有一片山，種柑橘和花生。我不太清楚這是他父親自己的，還是給人租的。他經常找同學去採橘子，也經常拿花生給同學分享。每逢台灣神社（今圓山飯店）的祭典參拜，清晨四點多，我們就要去學校集合；他都會在港町（今西寧北路）的我家過夜。在我的印象中，他是一個比較內向的人。我從沒想到，他的內心竟然燃燒著那麼強烈的民族情感與社會關懷的火。

李蒼炯：我聽說，有一次，二中校長批評二中學生，說他們沒有一中學生活潑。蒼降大哥就毫不畏懼地站起來反駁，說我們是被壓迫的民族，當然沒有一中學生開朗。

三、閱讀反日書籍坐牢五年

敘事者：一九四一年十二月八日，日軍偷襲珍珠港，太平洋戰爭爆發。第二年，也就是一九四二年，一月一日，中、英、美、蘇、荷等二十六國在華盛頓簽署共同作戰宣言；四月，台灣殖民當局實施陸軍特別志願兵制度，第一次徵召台灣志願兵入伍。一九四三年，九月廿三日，台灣總督府發表台灣人實施徵兵制度的辦法；十月廿五日，開始臨時徵召學生兵，同時取消文科大學生緩徵的資格；十二月一日，中、英、美三國首腦會議，發表《開羅宣言》，宣告「三國之宗旨在剝奪日本自一九一四年第一次世界大戰開始以後在太平洋所奪得或占領之一切島嶼，在使日本所竊取於中國之領土，例如滿洲台灣澎湖群島等歸還中國……使朝鮮自由獨立。」

隨著日本帝國在太平洋戰爭局勢的惡化，以及台灣島內各種隱蔽的反日力量蓄勢待發的可能危機，一九四四年年初，殖民當局命令憲兵隊學生課直接在北部一帶的校園內安置了大量的細胞，著手調查、蒐集台灣學生反日運動的計畫內容與證據，企圖加以鎮壓。四月十五日起，連續三天，憲兵隊突然在北部地區展開大逮捕。李蒼降和雷燦南，台北帝大醫學部學生蔡忠恕、郭琇琮，台北工業學校剛畢業的劉英昌與唐志堂，女醫師謝娥，以及台北二中的陳炳基、郭宗清、黃雨生……等無以數計的反日青年學生被捕入獄。結果，雷燦南和蔡忠恕不幸先後死於獄中。

許訓亭：我個人不涉政治，可我記得，像蒼降那樣熱血的二中同期同學，還有死於日帝監獄中的雷燦南，與五〇年代死於馬場町刑場的林如埥。

葉銘聰：我是雷燦南的妹婿。雷燦南的父親是在台灣經商的福州人，也是光復前極少數保留中國籍的人；母親是台灣人，第三高女畢業後在滬尾（今淡水）山頂的小基隆（今三芝）擔任公學校教員，曾經教過李登輝的父親李金龍。雷燦南先就讀淡水公學校，然後轉學台北市日新公學校；畢業後，又考進台北二中。台北二中畢業後，雷燦南按照既定目標考進台北高等商業學校，準備日後渡海回大陸，從事抗日活動。

林信子：我大哥林如埥一九二四年出生於板橋的仕紳家庭。父親歷任日據時期的板橋信用合作社理事、台北州州議員等職。母親出身北投望族。大哥在主要是日本人子弟就讀的海山小學校畢業後考進台北二中。二中畢業後，大哥伴遵父命報考東京第一高等學校，卻因考試期間罹患流行性感冒而落榜，因而進入早稻田大學預科補習。第二年，他考取以培養在中國大陸工作的幹部為任務的上海東亞同文書院第四十四期經濟科，隨即於四月

林如埥（1924-1950）。

底奔赴上海，尋找參加抗戰的道路。

李蒼炯：一九四二年三月，蒼降大哥台北二中畢業。為了到大陸尋找參加抗戰的路，他報考了滿洲建國大學，但是因為肺不太好，體檢未能通過，落榜了。因為這樣，他就暫時在蘆洲公學校充當老師，準備有機會再到大陸去。

李薰山：我和李蒼降認識於一九四三年吧。那時候，他是公學校的老師。我是台北帝國大學豫科（今芝山岩國安局舊址）的學生。我在竹中時，儘管對日本學生欺侮台灣學生的現象感到不滿，但思想還談不上什麼進步性。一九四一年考進台北帝大豫科後，基於民族情感，我開始關心祖國大陸的事情，並且主動到川端町（今牯嶺街一帶）的舊書店，買了很多社會科學的書來看，也偷偷地讀過孫文的三民主義、馬克思主義的理論與反對日本帝國主義的書。但是，在殖民當局的嚴厲統治下，我從來不敢向同住的寮友透露自己的思想傾向。後來，台大豫科來了一名汪精衛政府派來的交流學生；他和其他十幾個來台北各校交流的學生（包括就讀台北醫專的康有為三哥的兩名孫女），住在天水路、迪化街一帶的興亞寮。為了多多了解祖國大陸，我常到興亞寮找他們聊天。因為這樣，我先後認識了基於同樣目的而常到那裡走動的雷燦南與李蒼降。我們一見如故，談得很投機，常常利用假日到淡水玩。有一天，我們一起去爬觀音山，上了山頂，立刻在樹上掛起雷燦南帶去的一面中華民國國旗。一九四三年十月，我通過考試，成為台北帝大工學部應用化學科第一屆十二名學生之一。有一天，我在帝大圖書館偷了兩本重慶版的白話本抗日禁書，其中一本的書名是《清算日本》。我讀完《清算日本》，就拿給雷燦南看。雷燦南讀完，又再拿給李蒼降看。但是，李蒼降不小心而被擔任日本密探的同事檢舉。因此，在那波大逮捕中，李蒼降和雷燦南也先後被捕。

陳炳基：一九四三年年底，同樣具有反日思想的五年級學長唐志堂主動找我，接著又給我介紹了台北工業學校畢業的劉英昌，我也給他們介紹了二中同學郭宗清和黃雨生。之後，唐志堂和劉英昌又給我們三人介紹認識了留日歸來不久的女外科醫生謝娥；她說她學外科的目的是準備到祖國大陸為受傷的抗日戰士治療。

一九四四年年初，唐志堂告訴我們，謝娥聽到一個令人振奮的消息——美、英、中三國的《開羅宣言》決定：日本戰敗後，台灣、澎湖列島及東北要歸還給中國。聽到這個消息，我們都樂觀地認定，世界反法西斯同盟國一定能夠打敗德、日、義軸心國，我們也應該投入祖國的抗戰行列，打敗日本。二月下旬，我們五人就約在汐止山上的觀音寺密商行動計畫，最後依照謝娥的意見決定：因為唐志堂和劉英昌即將被徵召入伍，應該先行偷渡大陸；我們三人則待畢業後看情勢而定。三月，唐志堂和劉英昌動身的前夕，我和郭宗清及黃雨生一起到八堵劉英昌的住處，飲酒高歌，歡送他們兩人。四月，唐志堂、劉英昌和謝娥卻相繼被捕了。然而，我和郭宗清及黃雨生並不知道。大概是四月中旬，郭宗清在上課時被日本憲兵誘捕。五月上旬，我和黃雨生也在學校被日本憲兵逮捕。他們先把我們帶回各自家裡搜查，然後把我們關押在西門町的台北憲兵隊本部。拘留所裡，人滿為患。

劉英昌：一九四四年四月二十一還是二十幾日的晚上，突然有三個憲兵到八堵我家，什麼也沒問，就把我直接押送到台北憲兵隊。我那個押房一共關了八個人，屎尿都得在裡頭處理，又擠又不衛生。八個人當中有算命的，也有走私黃金的，其中同時被捕的只有一個台北帝大醫學部學生蔡忠恕。他告訴我，他之所以被捕，是因為常與同學郭琇琮到汪精衛政權駐台北領事館走動。這時，我才知道，原來這次被捕的不止是謝娥和我們幾個人而已，台北地區的學生株連甚廣。

許訓亭：為了避免被市役所動員課徵召當日本兵或軍屬，台北二中畢業後，我通過介紹，到台北市役所會計課當課員。休假時，我和蒼降還是常在一起。有一次，我父親做生日，按照佛教拜道求平安添福壽，他也跟著拜，彷若我家兄弟一般。有一天，蒼降的大姊無緣無故來找我，說蒼降被日本憲兵抓去了，要我趕緊把同他往來的信件收起來。我雖然常跟他一起玩，但沒有談論思想的問

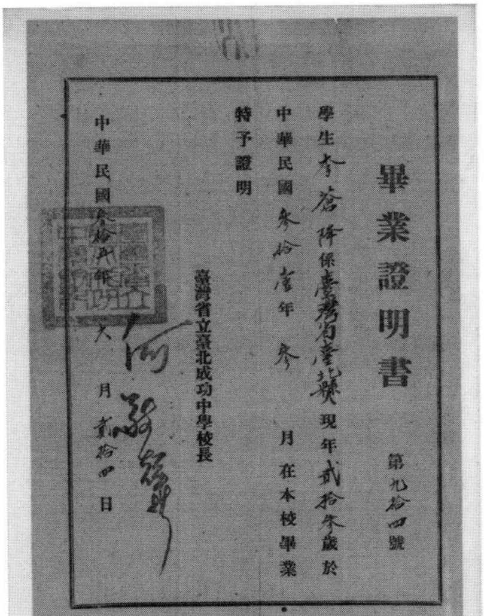
第九拾四號

畢業證明書

學生李蒼降係臺灣省臺北縣人現年貳拾叁歲於

中華民國叁拾壹年叁月在本校畢業

特予證明

臺灣省立臺北成功中學校長

中華民國叁拾伍年六月貳拾四日

李蒼降的台北二中畢業證書。

題，不知道他為什麼被抓。儘管我沒有他寫給我的信，小心起見，我還是找了一遍，然後把其他在日本的朋友有罵日本的信都收拾好。後來，我要去上班時，一個戴打鳥帽的人，騎著腳踏車，從後頭追上來，叫住我，問說你是不是許訓亭？有人找你。我心想，這個人，我不認識，那有人叫不認識的人來找我的道理。他大概知道我的懷疑，隨即表明身分，並說是憲兵補大佐（台灣人）約我談話。我只好跟著他，走到西門町的憲兵隊（今遠東百貨），在後面劍道場旁的一個房間等待。當時是早上八點半左右。等了半個鐘頭後，一個三十幾歲的憲兵大搖大擺地走進來。我注意到，他手上拿的卷宗裡頭有一個信封，上面寫著「關於李蒼降的資料」。當下，我就知道，今天被叫來，一定是要問我有關李蒼降的事情。果然，他拿了一張紙給我，叫我把所有的朋友的名字都寫出來。呵！我告訴他，我的朋友很多，有小學與中學的同學，我現在在市役所上班，也有市役所的同事，究竟要我寫那些人呢？他說中學的同學就好了。我知道他要問什麼，所以頭一個就寫李蒼降。接著，他就有關我與李蒼降交往的情況問東問西，問一段後，就叫我稍停。我想他應該是去與李蒼降對質，查證我所說的是否符合事實？接近中午時，他們終於准許我的請求，讓我去上廁所。結果，經過一個房間時，我看見裡頭關滿了台灣學生，其中就有我二中的同班同學雷燦南。一直到下午六點多，他們才放我回家。回到家，聽母親說，我才知道，就在我被約談的同時，他們也去我家搜查。我母親知道我被抓去約談後，就從下午三點多開始，站在門口，等我回家。

劉英昌：我們在憲兵隊關了四十天後，除了陳炳基，那些中學生都陸續釋放出去了。我們幾個「主犯」就被移送台北監獄。台北監獄就在總督府正對面，一棟一棟呈放射狀，從外頭可看到裡頭，在裡面卻只能看天；押房的門上覆有鐵板，挖個洞，是監視孔。我們一人一房。我在二房。據說，一至四房是重刑犯，許多人被叫出去後就沒再回來。因此，我也有相當的覺悟了。按規定，在押房裡頭要端正坐好，不可以走來走去；一個星期有兩天可出來運動並洗兩次澡。洗澡時，在押房就要先脫光衣服，然後戴著只露二個眼睛的鴨嘴帽出來，下池不到一分鐘就要起來。至於不准露臉，它的用意主要是不讓我們知道有哪些人也關在裡頭。可我很快就知道：郭琇琮在六房，唐志堂廿二房，雷燦南廿七房（起先裝瘋，後來真瘋，唱日本國歌），陳炳基廿九房，李蒼降三十房。至於吃，未決犯吃的是六等飯（碗蓋寫個6），約二兩重的糙米（這是我們的營養來源）；已決犯則吃一等飯。菜是帶泥煮的山芋頭的莖；湯喝完，底下是一層泥；有點鹽，卻不夠鹹，很淡。因為營養不夠，時間長了，牙肉都掉了，牙齒也壞了。起訴前，檢察官又再一次審問我們。審訊後，陳炳基也出去了。

陳炳基：我們的案件被稱為「謝娥反日事件」。在案情已經基本清楚的情況下，日本憲兵仍然每天對我們進行抽打、吊打、灌水、不讓睡覺等刑求。近半個多月之後，才把我們轉交給台北刑務所關押。我在台北刑務所又被關押了一個多月之後，七月底的某天，數名警察突然給郭宗清、黃雨生和我三人戴上鐐銬，並且蒙上犯人戴的草帽，推上卡車，押送到檢察院。

我們看到各自的家長和學校的班主任已經被叫到那裡等待。檢察官先把我們訓斥了一番，又交代校方和家長要好好管教我們，之後就宣布我們以「起訴猶疑」（暫緩起訴）的名義，由校方和家長擔保釋放。這時，我們才知道被「謝娥反日事件」牽連的還有唐志堂的同學許欽烺，劉英昌的同學傅賴會和謝權益；他們也因涉案較少而於同一天被釋放了。謝娥、唐志堂和劉英昌三人雖然未被起訴，卻一直被關押到抗戰勝利。

劉英昌：日本投降前夕是我們最悽慘的一段時期。當台籍看守偷偷告訴我們德國投降（一九四五年五月七日）的訊息時，我們知道，這樣，日本也快了。我們怕它毒死我們，不敢隨便吃獄中的飯菜；身體就衰弱得不能行動。我的思想也變得悲觀、保守，只想出獄後做一個安分無所求的農民。不久之後，盟軍轟炸台北城；以總督府為中心，大約每十米落下一顆兩百五十公斤的炸彈；台北監獄也被炸了。獄方沒讓我們疏散到防空洞，只叫我們用毛毯把身體包起來，躲到牆角。結果，關我們的那棟（二舍）幾乎被炸平了。我和郭琇琮的二房和六房較近中心，情況還好；可天花板掉落，門也炸壞了。我用腳一踢就出來了。我後來聽說，蔡忠恕當場被炸死了。

雷燦南（1924-1944）。

李薰山：李蒼降和雷燦南被捕後始終咬緊牙關，

2005 年 10 月 25 日，劉英昌（中）與陳炳基。

晚年的陳炳基與謝娥（左）在美國重逢。

忍受日本憲兵慘無人道的拷打，沒有把我供出來而保護了我。後來，雷燦南終於被刑求至瘋，並於同年六月廿五日瘐死獄中。李蒼降則處刑五年，一直要到台灣光復後，才釋放出來。一九四六年三月廿四日下午，陳逸松等人在淡水舉行雷燦南追悼會。郭琇琮以當時還很少人會講的國語主持，文學家張文環也特地從中部趕來致敬。最後，由李蒼降恭讀王昶雄寫於三月一日，題為〈追悼革命先烈雷燦南先生〉的悼文；其中提到：雷燦南「雖置身日本高壓之下，心繫社稷，不忍坐視祖國之危急。乃捨身家於不顧，潛心革命，計畫組織台灣青年，結集青年力量，呼應祖國之抗戰。」

四、進出三民主義青年團

敘事者：一九三八年七月九日，國民黨三民主義青年團（簡稱三青團）正式成立於武昌。蔣介石親任團長，陳誠任書記長。一九四二年夏天，從浙江金華轉進福建龍岩的台灣義勇隊隊長李友邦奉上級命，在義勇隊中成立三民主義青年團中央直屬台灣義勇隊分團部。

一九四五年三月，三青團中央直屬台灣義勇隊分團呈准國民黨中央，籌設三青團中央直屬台灣區團，李友邦任籌備處主任。八月十五日，日本無條件投降。九月三日，李友邦將軍

1945年12月31日李蒼降（第三排左六）參加台灣區團部第一期幹部講習會。

特派台灣義勇隊副總隊長張克敏（張士德），以國民黨上校軍官的身分，攜帶「中華民國國旗」一面，搭乘美國太平洋艦隊司令柯克上將的飛機，飛抵台灣。張克敏是日據時代台灣農民組合的中堅分子，因為日警通緝而逃亡大陸參加抗戰。四日，張克敏將象徵收復台灣的「中華民國國旗」，在當今的台北賓館升起。台灣光復後的第一面「中華民國國旗」於是飄揚在中國的領土台灣。張克敏隨即籌畫成立三民主義青年團台灣區團部。十一月十三日，三民主義青年團台灣區團部禁止各地的團隊組織。十二月，李蒼降通過謝娥介紹，與唐志堂、劉英昌、陳炳基等人一同加入三民主義青年團。十八日，李蒼降奉三青團中央直屬台灣區團部籌備處派令，擔任台北分團部籌備處第二股股員。

陳炳基：日帝對台灣青年學生的大檢舉提供了我們在戰後擴大串聯與團結的條件。在獄中，我不但認識了同時入獄的郭琇琮、李蒼降等人，而且也認識了一九三七年反日事件的學長林水旺等人。經此事件，也建立了我在台北學運的領導地位。日本投降後，我們這些坐過日本牢的台灣青年很自然地又聚在一起，每天在往雙蓮座路口的蓬萊婦產科前，就「脫離日治、迎接祖國」的主題，向一般青年學生及市民演講。台灣光復後，全省各地一片祖國熱，大大小小都認真地學習國語和三民主義。十月初，經過幾次的學生幹部會議之後，戰後台灣第一個自發性的學生組織台灣學生聯盟，在中山堂正式成立。原來各校的組織則改為該聯盟的支部。隨即積極主辦以「脫離日治、迎接祖國」為主題的宣傳、演講及教育等活動。從十月五日前進指揮所的接收官員抵台，經十月十日台灣光復後的第一次國慶，到十月廿五日陳儀主持的受降典禮：台灣學生聯盟也與其他的人民團體一般，抱著歡天喜地的心情熱烈的迎接、慶祝。十一月十七日，陳儀公布所謂「人民團體組織臨時辦法」，命令所有的人民團體自即日起停止活動。台灣學生聯盟的組織於是解散。

許訓亭：日本投降後，我聽說思想犯都放出來了，就期待著與蒼降見面。果然，有一天，他就穿著長衫到市役所找我了。我帶他去我家。我母親對他彷如乾兒子，看到他出來也很高興。後來，他經常與我及二中同學林振榮、李金順及陳德潤一起吃晚飯，喝酒聊天。當我們

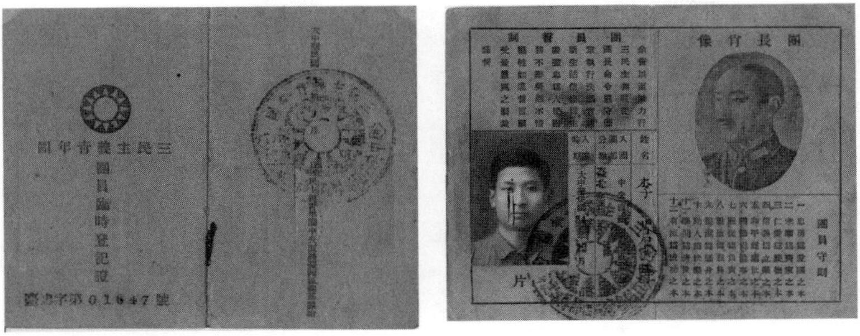

李蒼降的三青團團員證。

的心情從光復的歡欣轉為對接收官員失望時，他就安慰我們，說漸漸會好的。十二月八日，晚上六點多，李友邦率部隊及家屬回來時，我們還一起去台北車站迎接呢。後來，蒼降在博愛路、衡陽路口七樓的三青團工作；但他始終不曾對我們表現政治方面的思想。

陳炳基：由於大部分的台灣青年都不清楚大陸上的國共鬥爭與蔣介石的法西斯統治，因此，許多人都誤認三青團是真正實行三民主義的青年組織而加入了。十二月，通過謝娥的引介，李蒼降、唐志堂、劉英昌和我等台北二中的反日難友也都加入了三青團台北分團的籌備工作。籌委會的主任是名律師陳逸松。組織部長是舊台共林日高。其他參加三青團的舊台共還有潘欽信、蕭來福及王萬德（在新竹）等。在延平路開業的謝娥負責主持婦女股。李蒼降不計薪酬擔任台北分團部籌備處第二股股員。我年紀較輕，並沒有到三青團參與實際的工作。雖然這樣，我因未就業，也未上大學，還是常到三青團找李蒼降與唐志堂、劉英昌。我的印象中，李蒼降這個人比較有思想，分析能力強，做事負責，個性嚴肅沉著，但很熱情且正直。有一次，潘欽信坐人力車正要離開三青團辦公室，看到我們，就停下來，與我們說話。他離開之後，李蒼降就不以為然地批評他說：「什麼無產階級運動者！」

後來，隨著接收政權在政治、經濟、財政、社會等方面的種種惡政，國民黨的真面目也暴露出來了。一九四六年三月十五日，我們幫忙助選的謝娥當選台灣光復後的首屆台北市參議員。三月廿九日，我們四人以三青團的名義在台北公會堂搞了一場慶祝青年節的活動。之後，三青團台北分團部書記長佘陽卻把我們四人叫去訓了一頓，並嚇唬我們說：「台北分團是共產黨的一個根據地，你們年紀輕，不懂政治，可千萬不要被共匪利用啊。」因為這樣，我們四人一致認為：在這樣的客觀條件下，繼續待在三青團，也做不了什麼事，因而決定離開。我們於是一起去找謝娥，向她表明了我們的想法與決定，同時也試著說服她要堅持站在民眾的立場，離開三青團。但是，她並沒有接受我們的意見。從此，我們就與她分道揚鑣了。

為了避免四人同時離開而引人注意，劉英昌仍然暫時留在三青團。李蒼降與

三民主義青年團
中央直屬台灣區團籌備處派令
令李蒼降
茲派該同志為本處台北分團部籌備處第二股股員。
此令
主任 李友邦

1945 年 12 月 18 日李蒼降派任台北分團部籌備處第二股股員。

唐志堂分別回去蘆洲和汐止老家當小學教員。我於六月考進省立法商學院（後來改制為台大法學院）專修科繼續念書。

五、到杭州高中繼續學習

敘事者：一九四六年七月，東京傳來一個令人憤慨的消息：東京澀谷區的利益集團認為，在當地租用日本某大企業的空地擺攤維生的台灣人侵占了他們的利益，所以不時嗾使日本幫會流氓尋釁生事。不堪其擾的部分台胞前往中國駐日代表團請願，歸途竟在澀谷區遭到日警開槍射擊，當場打死兩個台灣人（後來再死兩人），十四人以上受傷；並將其餘台胞拘捕，移送美軍第八憲兵司令部處理。台灣輿論一片義憤，紛

社評

抗議日警槍殺我臺胞

1946年7月東京台胞在澀谷區遭到日警槍殺後的抗議輿論。

紛「抗議日警槍殺我台胞」，呼籲「徹底消滅日人黷武主義」，並要求「嚴加管束日本」。李蒼降等人也密切注意著事件的發展，隨時準備發動群眾，抗議示威。

十二月十日，當時占領日本的美軍所主導的所謂「國際法庭」對在東京澀谷區被捕的卌六名台胞的判決確定：二人無罪開釋，其餘卌四人分別判處三年或二年之苦役，期滿驅逐出境，在占領期內不得重返日本。第二天，台灣各報刊載了澀谷事件宣判的消息。此一判決隨即引起全省人民的憤慨。台北各大中學生青年團體立即呼籲政府及全國同胞，對此不公之判決嚴行抗議交涉。二十日上午九時，台灣省學生自治會、台灣青年澀谷事件後援會、台灣政治建設協會等大中學生及各界人士，在台北市中山堂召開了「反對澀谷事件宣判不公大會」，到會者五千餘人。會場內外及樓上樓下擠滿了情緒高昂的人群。演講者包括：法商學院學生陳炳基，三青團劉英昌，政治建設協會呂伯雄、廖進平、蔣渭川，以及台北市長游彌堅、憲兵團團長張慕陶、省參議員郭國基等等。十一時半，全體議決，致電各方表示不服，請我國民政府外交當局據理力爭，嚴向駐日美軍統帥部抗議交涉，撤銷原判，重行公平審判。十二時十五分，全體學生和與會者出發遊行，途經北門、延平路，轉建成街、中山路，至長官公署。行政長官陳儀當眾講演數分鐘，稱許學生與民眾愛國家、愛同胞之熱誠表現，願意接受民意，代為轉達中央。二時許，隊伍轉往省參議會與美國領事館。

這場「反對澀谷事件宣判不公大會」終於發展為台灣有史以來的第一次學生反美示威遊

行。可惜的是，那年秋天，李蒼降就經由他叔父李友邦引介到杭州高中讀書，因而未能和陳炳基、劉英昌他們一起搞這場運動。

李蒼炯：我想，因為嬸嬸嚴秀峰是杭州人，叔叔李友邦在浙江又有一定的關係，所以他們就推薦蒼降大哥去杭州讀高中。那時，我們家的經濟情況已經不太好了，為了讓他念書，也開始變賣一些不動產。

董舒林：杭州高中是中國的四大名中，它最早的前身是清光緒卅四年（一九〇八年）在杭州舊貢院的廢墟上設立的浙江省官立兩級師範學堂。一九一三年夏，校名改為浙江省立第一師範學校，是浙江新文化運動的中心。一九二三年夏，與浙江省立一中合併，改名浙江省立第一中學，成為浙江規模最大的中學。一九二九年夏，浙江省政府令其與省內其他高中合併為全省唯一的高中，易名浙江省立高級中學（簡稱浙高），從此進入浙高時期。一九三三年夏，浙高再奉命改為浙江省立杭州高級中學，簡稱杭高，並成為名揚全國的四大名中之一。抗戰勝利後，杭高於一九四六年夏第一次招考新生，錄取名額兩百人，但考生竟達四千之多。由此可見，要進入杭高的校門是不容易的。

韓佐樑：我是李蒼降在杭州高中就讀時的同班同學。一九二六年農曆五月，我出生於浙江省青田縣鶴城鎮一個曾經的書香門第。我記得，李蒼降應該是通過李友邦的關係，介紹給杭高校長房寧園，而於那年秋天插班到我們這班。校長交代我們要特別照顧他。因為這樣，他同我較熟。那時候，我們都住在學生宿舍，二、三十個人同住一個大房間。他普通話還不太流利，講得很慢，說的是一口台灣國語。我想，他應該是來學語言文化，而不是要拿學位。

高寧： 李蒼降插班入學杭高秋三乙班，重點進修國文、英語兩科。時任班長的范存忠後來回憶說：「在杭高時，有一天，他突然請三天假去南京，事後才知他是去旁聽公審日本戰犯大會。……他在台灣讀書是日語教育，所以在國語和英語學習上很吃力，但他頑強地用生硬的語調朗讀課文，有一次讀到斷橋殘雪語句，又碰到杭州下雪，他特地去斷橋觀景。」一九四七年夏編印的《浙江省立杭州高級中學敷文級畢業紀念特刊》中有一篇〈速寫李蒼降〉，記錄了李蒼降在杭高生活、

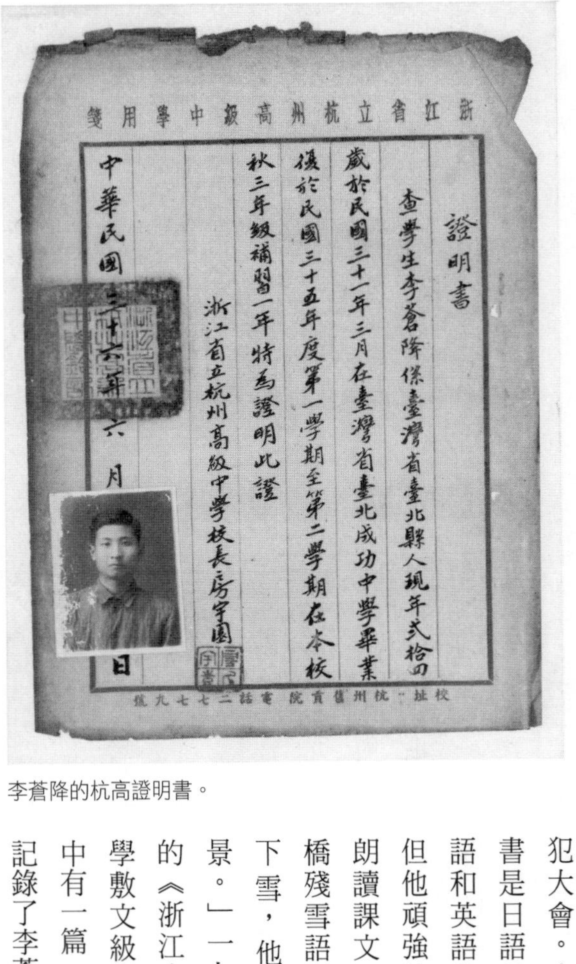

浙江省立杭州高級中學用箋

證明書

查學生李蒼降係臺灣省臺北縣人現年弍拾四歲於民國三十一年三月在臺灣省臺北成功中學畢業復於民國三十五年度第一學期至第二學期在本校秋三年級補習一年特為證明此證

浙江省立杭州高級中學校長房宇園

中華民國三十六年六月　日

校址：杭州舊貢院　電話二七七九號

李蒼降的杭高證明書。

學習的一些片段：「李君待人誠懇和悅，同學無不樂與交往」，「每當課餘，常見其手執《古文觀止》，其國文國語與日猛進」，「其治學勤而有恆，且刻苦耐勞，剛毅沉著，勇敢而自制」。「李君對於現實雖不滿，終抱樂觀，如此忍心耐性，勉力進取，不達理想不休的奮鬥精神，是我們全中國青年值得反省的」。

隨著國語的長進，李蒼降第一次向同學表達了自己在大陸所見所聞的感受：「中國的青年——以我們同學而論——對於一事一物都有各自的思想與見解，往往要問為什麼要這樣？比諸暴戾的法西斯控制下的日本青年絕對服從、盲目接受他人意見，絕對不同，這點是優點，也是中國青年學生站在時代第一線，領導全國同胞的第一原因，同時卻也造成黨派眾多，致使全國未能團結共同走向建設的大道。」當有同學感嘆「我國政治舞台中非有背景不能實現其理想，人情在先，才能在後」時，李蒼降慨然表明自己改造社會的理想：「因其不善，故需人去改革，老人可搖頭嘆氣，中年人悲觀尚可，唯我中華青年不可如是呀！」

韓佐樑：李蒼降一邊努力學習，一邊同我們參加豐富多彩的課外活動及各種愛國民主運動。印象中，他很內向，不是很愛講話，但民族意識很強，很愛國。

高寧：年底，北平沈崇事件激起反美「抗暴運動」。十二月卅一日，杭州各中等以上學校學生為抗議美軍暴行而罷課一天，派代表向省政府提出要求美軍當局懲兇、公開道歉等四項條件，次日，二千餘名大中學生舉行示威遊行，沿途散發〈告同胞書〉。李蒼降親歷了這場運動，深受洗禮。

徐萌山：我是雲林人，本名許孟雄。一九四六年十一月到上海暨南大學公費留學。一九四七年一月，應該是寒假期間吧，李蒼降從杭州到上海，通過同在暨南大學公費讀書的二中同學杜長庚介紹，住在暨大學生宿舍。因為這樣，他認識了包括我在內的許多在暨大公費求學的台灣學生。我們針對剛剛落幕的台北學生反對澀谷事件宣判不公與沈崇事件而發動的兩次學生反美遊行，交換了彼此的看法。我告訴他，十二月十四日，我們「台灣省升學內地大學公費生同學會」發表了〈告同胞書〉，批判國際法庭「十足偏袒日本人」的判決，並指出這個判決反映了美國政府已在戰後的「遠東攔下滋長法西斯細菌的溫床」；最後並提出：盟軍總部立即釋放被拘台胞、

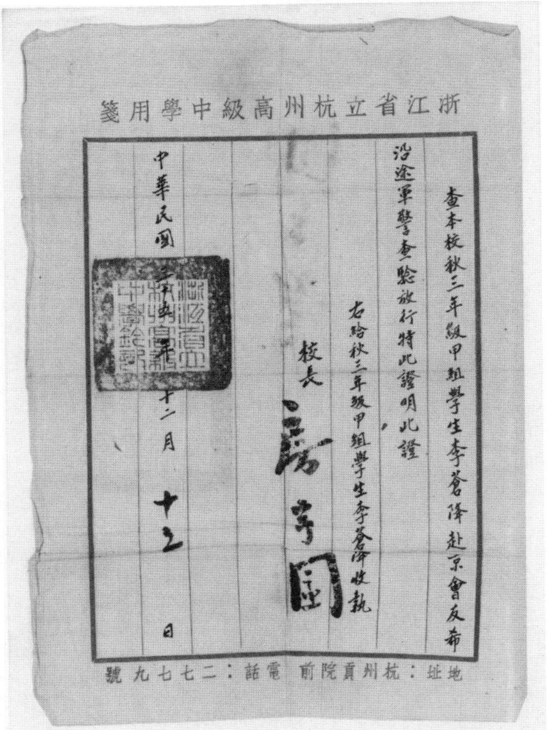
浙江省立杭州高級中學用箋

查本校秋三年級甲組學生李蒼降赴京會友希
沿途軍警查驗放行特此證明此證

右給秋三年級甲組學生李蒼降收執

校長

中華民國三十五年十二月十[illegible]日

地址：杭州貢院前　電話：二七九號

李蒼降的通行證。

立即逮捕擊殺台胞的凶手……等四點要求。我會並聯合台灣旅滬同鄉會、台灣重建協會上海分會、閩台建設協會上海分會，致電國民大會主席團，籲請大會為此事件的判決向美國提出抗議。他也參與了我們學習進步思想的讀書會。後來，他經常往返於杭州、上海之間，並借住暨大學生宿舍。相處多了，我才知道，他是李友邦將軍的姪兒，念台北二中時就想來祖國大陸參加抗戰，後來也因閱讀反日書籍而坐過牢。

韓佐樑：我記得，李蒼降在杭州過了一個農曆年，就因為家裡有事而回台灣。此後，他就沒再回來了。

李蒼炯：蒼降大哥原來的計畫是杭高畢業後，繼續在大陸讀大學。但是，他讀沒畢業就回來了。也許是因為他的中文不好。也或許是因為三青團中央直屬台灣區團部主任的李友邦叔叔在二二八事件後的三月十日，以「唆使三青團暴動」與「窩藏共產黨」的罪名被非法逮捕，解送南京。嬸嬸嚴秀峰即速趕去南京，設法營救，並通知蒼降大哥。他於是即刻返回台灣，協助處理相關事宜。

徐萌山：一九四七年暑假，我回台灣探親，也見了李蒼降。他當時任職一家私人公司，做兩岸間的五金貿易。因為這樣，他經常到上海；來了，就找我聊天。我們談得很投機。

許訓亭：李蒼降從杭州回來後就很少找我，更不曾找另外三人。有一次，林振榮在路上碰到他，他卻故意別過頭去。林振榮氣得要死，跑來跟我抱怨，說李蒼降從杭州回來就不理人了。

六、新民主同志會

敘事者：根據一九八四年一月香港阿爾泰出版社的《中共的特務活動原始資料彙編》所載，自一九四七年二二八至一九四八年五月中共在香港祕密舉行「台灣工作幹部會議」期間，台灣全省的中共黨員人數已由初期的「七十餘人」激增為「二百八十五名」（「二二八」期間死亡或逃亡者不計在內）。其中，台北區一共一百六十三名，占了「五分之三」；包括：「台北市工作委員會」，下轄三個支部；「台北市學生工作委員會」，下轄三個支部；「郵電職工總支部」，下轄兩個支部。其他新竹區、台中區、台南區及高雄區，也都分別建立了地方性的組織。

李薰山：一九四六年六月，我以台大工學院第一屆的身分畢業了。我想，台灣既然已經光復了，我是學理工的，政治的事就別再管了，於是就留在台大化工系當助教。同一期間，我也應鍾浩東校長之請，在基隆中學兼課。然而，經歷了二二八事件後，我認為台灣再這樣下去是不行的，於是決心再度投入台灣的社會改造運動。這年七月，因為交通不便的關係，

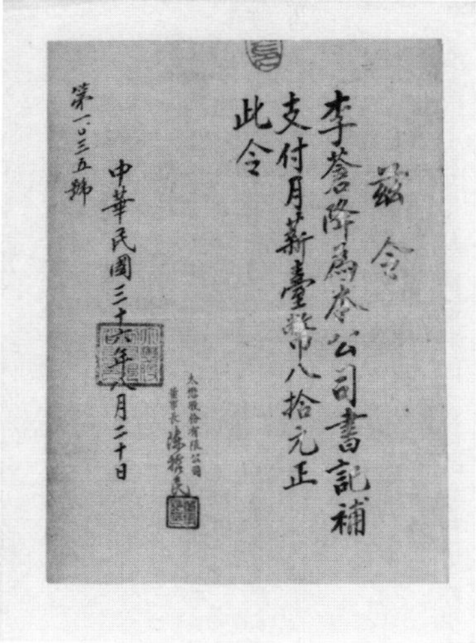

茲令

李蒼降爲本公司書記補
支付月薪臺幣八拾元正
此令

太懋股份有限公司
董事長

中華民國三十六年八月二十日

第一〇三五號

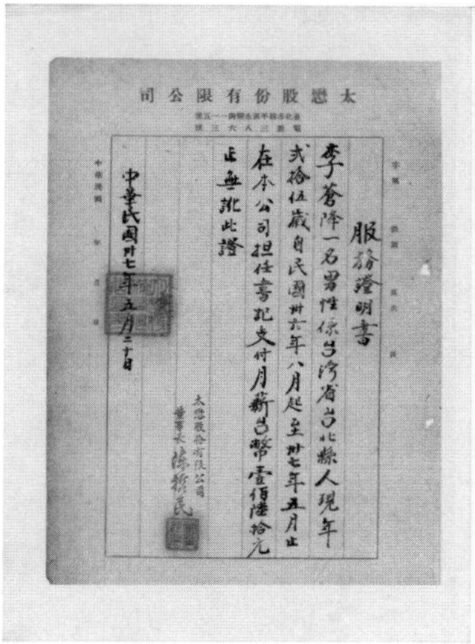

太懋股份有限公司

服務證明書

李蒼降一名男性係台灣省台北縣人現年
貳拾伍歲自民國卅六年八月起至卅七年五月止
在本公司担任書記支付月薪台幣壹佰陸拾元
正無訛此證

太懋股份有限公司
董事長

中華民國卅七年五月二十日

1947 年 8 月至 1948 年 5 月，李蒼降任職太懋公司。

我辭退了基隆中學的兼職，轉到台北泰北中學兼課。然後，我通過竹中同學劉沼光介紹，加入了中共在台灣的地下組織「台灣省工作委員會」。

劉沼光，一九二一年生於新竹縣新埔鎮地方望族，東京一高畢業後就讀東京帝大醫學部，光復後插班台大醫學院，當時在台大醫學院擔任外科教授徐榜興的助教。

就在這時候，有一天，從杭州回來的李蒼降來找我了。我發現，經歷了光復以後這樣那樣的事件，在杭州、上海又受到國內反內戰學生運動洗禮的他，在思想認同上，自然就如同大多數的台灣青年一樣，從所謂的白色祖國轉向紅色祖國，同時也就有了要求實踐的強烈願望。因此，通過他的介紹，我又認識了他在台北二中時期的同學林如堉。

林信子：大哥林如堉說，他在殖民政府開始徵調文科學生入伍當兵的一九四三年決心去參加新四軍，於是離開上海東亞同文書院，獨自坐船到舟山群島再轉溫州、永嘉；可是人生地不熟，始終找不到門路，最終於一九四五年春天，在福州參加了國民政府所屬的海軍，並且配合盟軍登陸台灣的計畫，一度準備搭乘帆船回台，投入實際的戰鬥。日本投降以後，他隨所屬海軍部隊回到高雄接收；後來辭任海軍翻譯官，在長官公署台灣省地方訓練團受訓後分發桃園角板山，從事山地行政工作；二二八之後應聘台北泰北中學，擔任史地老師。

李薰山：暑假結束後，我又通過李蒼降的介紹，認識了還在台大農學院念書的李登輝。再後來，我又再通過李蒼降的介紹，認識了日據末期以來即是台北學生領袖之一的陳炳基。這樣，經由李蒼降的積極串聯，我們五個有心改造台灣社會的青年終於通過不同的道路走到一起了。

陳炳基：在杭高讀書時，李蒼降不斷給留在台灣的劉英昌、唐志堂和我寄來《觀察》、《文萃》等民主黨派雜誌，使得我們對大陸上國共鬥爭的情況能有一定程度的了解。這段期間，我也以法商學院學生自治會總負責人的身分，先後於一九四六年十二月及一九四七年一月九日組織領導了兩次反美學運。

二二八期間，我積極參與台北地下黨組織的武裝鬥爭，擔任第一大隊大隊長。事變後，我流亡上海，七月返台，月底就加入地下黨，擔任省「學生工作委員會」五名籌委之一，由省委直接領導。劉沼光也是學工委之一。所以，我知道，他所發展領導的李薰山的身分。

後來，李蒼降告訴我，他與李薰山、李登輝及林如墇等三個朋友想要組織一個進步的團體，並問我要不要也來參加？因為這種做法違反地下黨「單線領導」的組織原則，我立即向上級領導廖瑞發報告。廖瑞發聽了以後，跟我說可以啊，你可以參加。這樣，我就以學工委的身分參加了這個還在發展中的五人團體。我與林如墇也是在五人第一次碰頭時才第一次見到面。

李登輝：一九四六年我離開日本，回來台灣……到台灣大學復學時，農學院包括我在內才五個學生，第二批學生晚了兩年才進來，人數也不多，可能只是多了四、五人。在沒有多少人的情況下，台灣大學農學院成立學生自治會，由我做理事長。

二二八發生前，我還住在我阿姨家。那時候何既明慢慢介紹我一些同學，例如一起開書店的林如墇、劉甲一，還有蘆洲李友邦的姪子李蒼降等等，這些人都是他的同學……我認識這些人以後，也認識了陳炳基，但是我還不大知道李薰山。

二二八事件發生以後，台灣人才進一步知道國民黨政府實際的情形，大家討論，看政府這個樣子，對國民黨失望，為了台灣的未來，開始反對國民黨。因為戰爭破壞整個環境，人民生活的依靠都沒了，台灣的知識分子差不多都認為，人不管有什麼思考、有什麼精神，再怎麼說，最重要還是物質的生產、物質的建設，看起來共產主義說的物質建設也是最重要的優先嘛。共產黨因此真正在台灣擴大規模和組織。

那時我們也沒其他辦法可想，發生二二八這種事件以後，出來喊的人後來都被打死了，再也沒有一個人出來喊，讓所有台灣人團結起來。當時許多人就想，共產黨也許會有辦法，我們實在沒想得太深。現實上，台灣有那麼多人被打死，而且國民政府統治的情況是四處都有貪汙，物價高，經濟差，每一項問題都發作起來。我們想，台灣應該走另外一條路，無論怎樣，另外一條路可能就是一條出路。

陳炳基：後來，我們五人一起研讀了有關馬克思主義的理論書籍。我記得，最早研讀的是《新民主主義論》，後來也讀了《論人民民主專政》等小冊子。因為其他人的中文閱讀能力還不夠好，林如堉在大陸念過書，中文較好，於是就先由他翻譯成日文，然後再油印給我們四人。起先，我們這個小團體的名稱換來換去，經過一段時日的學習、討論之後，我們對當時的台灣社會性質與運動性質也有了科學的認識，於是就決定為我們的小團體定名新民主同志會。

李登輝：一九四七年八月……林如堉、李蒼降、陳炳基、李薰山和我五個人才真正開始要組織，但不是組織共產黨。我不太了解他們各人的事情，像李薰山是怎麼來的我也不知道，突然之間有這個人來……新民主同志會成立的時間我不太記得，但是主要是在二二八事件以後，需要組織來對抗國民黨，台灣才有法度……我和這四個人大部分都是在學習，當時毛澤東提出「新民主主義」，也提出「聯合政府論」，「鋼鐵是怎樣煉成的」也是毛澤東的話，大陸有很多這款書進到台灣來，大家都在討論……新民主同志會成立那時候我已經離開天水路，住在……羅斯福路的日本宿舍。那間宿舍後來叫做普羅寮……新民主同志會成立以後，常常去普羅寮開會。

李薰山：我們五個人後來就定期在李登輝位於川端町的住處召開讀書會與工作會議。起初，新民主同志會應該是由學工委之一的劉沼光通過我領導的地下黨的外圍組織。十月，李登輝填寫了入黨申請書，經由我親自交給劉沼光，並獲得批准。另外，李蒼降和林如堉也在十一月經由陳炳基及其他管道入黨。一般說來，當時共產黨的入黨條件有兩個標準：工農無條件，知識分子需觀察半年。由於當時台灣地下黨有大量發展黨員的迫切需要，所以他們三人並沒有經過半年的觀察期就獲得批准，直接成為正式黨員。

李登輝：當時李薰山告訴我：「你要參加這個會議（按：新民主同志會），所以你要入黨才可以。」這大約是一九四七年十月的事情，確實的時間我不是記得很清楚。入黨的時間是各人的事情，我不知道其他人的確實入黨時間，別人也不知道。

韓佐樑：一九四七年秋天，我從杭高畢業了。因為家裡的經濟越來越不好，我母親就不願意拿錢給我再讀大學。她希望我找個工作，結婚。生小孩。但是，我們沒有背景，裙帶關係，工作很難找。我就同她講，我有同學在台灣，已經幫我在台灣找到工作了。她沒別的辦法，只好同意了。我說的同學就是李蒼降。我於是從上海搭華聯的船，兩天兩夜之後，在十月十日來到基隆。李蒼降早就在碼頭等待接我。上岸後，他就帶著我搭乘公共汽車前往台北，然後安排我在衡陽路他表弟楊斌彥家過夜。第二天，他又帶我到蘆洲，暫時住在中路村一號的李家。

晚年的韓佐樑（左）與作者。

到了十一、十二月左右，他又介紹我到農林處農機局製造實驗工廠，當辦事員。這個工廠主要是做牛車、脫穀機、圓鍬、鏟子等農具。後來，我才知道，廠長林水旺是李蒼降台北二中的學長，日據末期，他們因為抗日坐牢而互相認識了。

我到農林處農機局製造實驗工廠沒有多久，李蒼降就帶我到羅斯福路電力公司對面一條巷子裡頭的一棟破舊的日本式的矮房子，鑰匙一插、門一開，把燈打開來。屋子裡只有我和他。他給我看了裡面的印刷設備，再找幾張他們印的舊的《光明報》給我，同時告訴我，說他已經加入地下黨了，也向上級報告說想找我參加，上級已經同意了。他邀我參加「新民主同志會」。我看不慣國民黨，並且知道國民黨不行了。我也曉得地下黨就是共產黨，要反對國民黨就只有參加這個黨，沒有其他的路了。我想既然他已經參加了，我也就答應參加。因為我們是同學，本來就很熟，而且一起搞過事，彼此都知道對方心裡怎麼想的，靠得住，不需要多講。他又叫我寫自傳，我回去以後就寫了。但具體怎麼寫的，我也想不起來了。後來我也沒有正式宣誓。我不曉得他同上面怎麼講我。那天，談完了以後，他又說要我給《光明報》寫一些文章。以後，我寫了，就親手把稿子交給他。我記得《光明報》是用蠟紙、鋼板寫的、油印的，後來怎麼樣我不曉得。不過我沒有刻過，就給他寫一點大陸貪汙的情況什麼的，也不是每一期都有，時間也很短。台灣的事情，我消息沒有這麼靈通，所以也搞不來。

李蒼炯：蒼降大哥從杭州回來之後，就一直在外頭忙，也不知道在做些什麼。那時候，母親還在，家裡的經濟已經很壞了。我讀成功高中。他曾經到學校找我，拿一些錢給我，叫我拿回家做生活費。據我猜測，他原先有意鼓勵小他兩歲、開南商工畢業的蒼土二哥參加活動，但二哥沒啥興趣而作罷。我讀了很多他買的有關社會主義的書與上海的雜誌，對國民黨官僚的作風也非常不滿；可是他可能考慮到家裡要有人照顧，也就沒有積極發展我參加。儘管如此，二哥後來也受到牽連，被關了五六年。我則因為和蘆洲另一個地下黨人李中志的弟弟黑仔（張金海）的關係，逃亡了四年多。

李薰山：有一天，劉沼光在會面時向我傳達上級指示：以後新民主同志會改屬為「台北

郭琇琮（1918-1950）。

市工作委員會」的一個「支部」，由林如堉負責；表面上還是以新民主同志會的名義發展組織。他同時拿了一張剪成兩半的名片給我，要我在規定的時間前往省立博物館門口與另外一人聯絡。當我按照劉沼光指示的時間來到博物館時，我看到當時是台大醫學院助教的郭琇琮已經坐在博物館門口的階梯上等我了。

敘事者：郭琇琮（1918-1950）出身士林士紳家庭，一路由樺山小學校、台北一中、台北高校而進入台北帝大醫學部的台灣菁英；在一九四四年四月日本憲警全面檢舉北部地區的反日學生組織時被捕入獄，光復後出獄，成為當時的學生意見領袖。

《安全局機密文件——歷年辦理匪案彙編第二輯》「匪台北市工作委員會郭琇琮等叛亂案」載稱：郭琇琮於一九四七年六月加入中共在台地下黨，並於十月接替廖瑞發擔任「台北市工作委員會市委書記」。

李登輝：郭琇琮當時是台大醫學院醫師，他和我其實沒什麼直接的關係。這個人思想很激烈。他和謝娥同派，謝娥後來靠到國民黨。二二八事件時，郭琇琮領導很多醫學院的人出來。

李薰山：這次之後，新民主同志會就改由郭琇琮領導。劉沼光就專心在台大醫學院搞學運。郭琇琮前後一共領導新民主同志會四個月。這段期間，我們經常去他位於建成町的娘家開會。一般說來，他只是利用這個機會傳達組織的指示而已，並沒有從事實際的組訓活動。到了年底，郭琇琮突然不再出席新民主同志會的例行聚會。當天，陳炳基帶了一名叫做李絜的外省籍青年前來。從此以後，郭琇琮就不再與新民主同志會發生任何聯繫。新民主同志會實際上也改由李絜負責領導。

陳炳基：李絜的本名是徐懋德，江蘇蘇州人，上海交通大學土木系畢業，綽號「外省李」或「小李」。他在學生時代就是上海學運團體的核心分子，因為台灣學運工作的需要，所以由上海局調派到台灣，實際領導台灣省工作委員會的學生委員會。新民主同志會於是在他的領導下，通過民主方式開展群眾運動。

七、紀念二二八週年行動與組織的破壞

敘事者：二二八後流亡滬、港的老台共蘇新在《憤怒的台灣》中寫道：儘管二二八後國民黨極力誇張宣傳中共的「陰謀」，一口咬定「二二八民變」是共產黨煽動的，甚至主觀捏造了許多中共在台灣的機構，說有什麼什麼工作團，台中有A團、台北有B團、台南有C

團等（據勁雨《台灣事變真相與內幕》）。然而，由於地下黨從成立到「二二八」期間一直沒有任何公開的表現，對此宣傳也沒有作出任何的公開反應，所以一般人民都認為這只不過是國民黨的推測而已。究竟台灣有沒有共產黨？當時，人們還是抱持審慎的保留態度。因為這樣，美國帝國主義所屬的通訊社即利用這種模糊的情況認真地宣傳「台灣沒有共產黨」，甚至強調台灣人民不歡迎共產黨，反對共產主義，藉此推動他們的「託管」、「獨立」陰謀。

一直要到一九四七年十月廿五日，情況才有了比較明朗的變化。這天，正在舉行台灣省第二屆運動會的台中市區及運動會場突然出現了大量沒有署名的宣傳品：介紹人民解放軍六十七條時局口號，並附有當時解放

李蒼降的遺腹女（左一）與徐懋德及其妻女，2015 年 10 月，天津。

戰爭的形勢圖。因為這樣，一般民眾都相信這是共產黨散發的，也不會再懷疑究竟台灣有沒有共產黨了。

到了一九四八年二二八一週年前夕，「中國共產黨台灣省工作委員會」決定首次正式具名向全島各地民眾散發〈紀念二二八告台灣同胞書〉，喚起台灣人民對二二八英勇鬥爭的記憶，從而加緊團結，加強對反動派的鬥爭意志並準備展開鬥爭；同時也廣泛介紹中共的政策。

李薰山：相應於地下黨的決定，我們也決定以新民主同志會的名義散發一份紀念二二八一週年的〈告台灣同胞書〉。除了陳炳基之外，我們四人於是按照指示，各自寫了一份草稿。經過逐篇討論後，其他人一致認為，我用日文草擬的那份文稿，一般民眾比較能夠

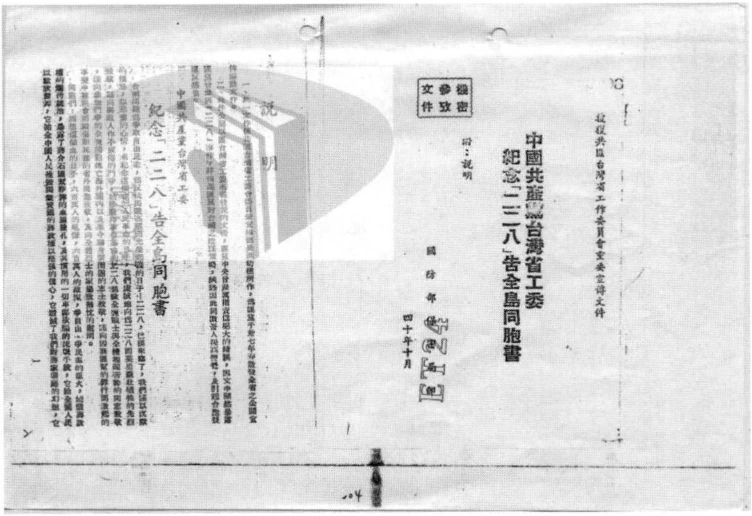
機密
參考
文件

中國共產黨台灣省工委
紀念「二二八」告全島同胞書

附：說明

國防部
四十年十月

說明

紀念「二二八」告全島同胞書
中國共產黨台灣省工委

〈紀念 228 告台灣同胞書〉

理解，最後就決定以它作為定稿，油印後寄發省參議員和各機關首長。我隨即從任職省府文書課的父親那裡拿到署有台灣省政府的信封，把它裝在裡頭寄出。我想藉此對外宣示：我們的組織已經滲透到省府裡頭了。二月廿七日晚上，夜深人靜的時候，我們又兩人一組，到街頭塗寫統一規定的政治口號。我與李登輝一組，沿著泰順街到台大，再到南昌街台電變電所，在沿路的牆壁上塗寫；一人寫，另外一人就負責把風。最後，我們在「二二八劊子手」彭孟緝官邸的圍牆成功地塗寫上口號，結束了當天晚上的紀念行動。

李登輝：共產黨的領導是單線領導，那個姓徐的偶爾會來，可能是一、兩個禮拜，或是一個月。我也是現在才知道他的名字，卡早（以前）只知道這個人瘦瘦的、小小的。他來時就對我說：你要這樣做、那樣做。通常他是學校有事，就命令我要怎樣要怎樣……實在說來，他要我做很多事情，譬如……說要我到古亭街去宣傳、去罵國民政府，要去牆壁上亂寫字等等，真正都有這種事情。

敘事者：一九八一年五月十六日，《中央日報》刊登了一篇署名裴可權，題為〈肅諜行動憶往——早年基隆「工委會」破獲記詳〉的揭密文章。根據台灣商務印書館《台共叛亂及覆亡經過紀實》一書的作者簡介，裴可權（1913-），浙江警官學校、中央警官學校特警班高級系畢業，歷任軍統局情報工作十年、忠義救國軍政治部上校祕書代主任、青島警察局分局長、台北市第六分局長、中央警官學校教官、政工幹部學校高級班教官的杭州籍警界高層。

裴可權在〈肅諜行動憶往——早年基隆「工委會」破獲記詳〉指稱：

一九四八年十月以後，隨著李薰山與林如堉的被捕，以及陳炳基轉入地下，逃匿花蓮新城充撈金砂監工，新民主同志會的組織（「台北支部」）基本上就瓦解了。當時年僅廿七歲的李蒼降於是將台北一部分同黨分子移交「上級」李絜，轉往基隆工作。

李薰山：紀念二二八一週年的行動搞完以後，李登輝就不再出席新民主同志會的定期聚會；原因不明。李絜又另外帶了一個在台灣省教育會研究組任職組長的蔡瑞欽，遞補他的空缺。我們的聚會地點也改在台北市三條通林如堉的住所。這年夏天，李絜在定期聚會中宣布，為了擴大對台灣民眾的號召，

肅諜行動憶往
——早年基隆「工委會」破獲記詳
裴可權

治安機關於三十八年九月，將基隆匪黨組織「工委會」書記鍾浩東逮捕，該組織已局部破獲，殘餘部份尚有共匪基隆「工委」李蒼降、藍明谷所領導的關係，及少數「個別黨員」。辦員李命掃清基隆潛匪第二階段工作，是在三十九年初捕獲李蒼降等時開始的。

蒼降自鍾浩東被捕後即逃隆，直到翌年元月，根據線索，在其臺北市南京東所，將其捕獲。同時被捕有其妻曾×麗、其姊李×偵訊李蒼降的過程進展得，辦案同志與他晤談數次得到所要的資料。蒼降當時年僅二十七人，臺灣光復後曾往杭州中，返臺後考入臺灣通志職員。三十六年十一月由基介紹參加共黨，在臺北炳基、林如堉、李薰山等「支部」，由林如堉負責以「新民主同志會」及「解放同盟」名義發展羣眾員。

他聽了以後，馬上回去通知林英傑。林英傑得到這消息，立刻將全部文件收存遷行李等逃走，並交待李蒼降設法將現住房子賣掉。林搬走後，李蒼降十分不安，惟其妻曾×麗已有身孕，不便隨其逃亡，因此李蒼降託請其姊李×姻到其住處陪伴曾×麗，自己則在外躲避。

這時，已得到有關線索的辦案人員，判斷李蒼降躲藏在南京東路，就在其住處附近佈置盯梢，嚴密監視，並繼續偵查。發現僅有曾×麗、李×姻二人。雖然暫時失去其蹤影，但我治安同志認為李蒼降早晚會回來探望，仍然日夜監視，不敢鬆懈。

一直到三十九年底，基「工委」藍明谷仍逍遙法外。有關偵辦工作第二階段，從三十九年底到四十年初，重點工作就是追捕藍明谷和他領導的人。自從三十八年年底開始，經刑警總隊通令各地警局刑警嚴密緝捕在逃匪犯，而情治工作人員亦分頭在不同的地方展開搜索。藍明谷等人在警方嚴密搜索網包圍下，無處可逃，紛紛落網。

藍明谷原為臺灣高雄人，抗戰時赴大陸求學。三十五年經北平「臺灣同鄉會」遣返上海，五、六月間抵滬，住上海「臺灣同鄉會」，認識同鄉會辦事員林×。林×本為共黨黨徒

1981年5月16日《中央日報》。

新民主同志會從此對外改稱台灣人民解放同盟；在組織架構上也分成宣傳、組織和教育三個小組，分別由陳炳基、林如堉和我負責小組領導，繼續以一般社會青年為發展對象，開展工作。後來，我們就各自發展了一些工人群眾。然而，也就在組織擴大發展的同時，特務系統的細胞也趁機滲透到台灣人民解放同盟的組織裡頭了。李絜於是向已經暴露身分的我們三人傳達上級組織的指令：台灣人民解放同盟已經被敵人滲透；陳炳基轉入地下，林如堉轉往福建，我轉往東北，而且一定要在十月廿日以前離開家裡。

徐萌山：一九四八年暑假，我回台探親。在台北，李蒼降租的一間日人留下的房子，我們見了一面。九月，我要回上海之前又和他再見一面。他在《光明報》發表了幾篇日文文章，從通膨和金圓券等問題說明國統區的經濟必然崩潰；他也拿了給我看，並要我提意見。他說，他正處於危險狀態。

陳炳基：十月廿五日凌晨，特務機構兵分三路，同時到林如堉、李薰山和我三人的家裡圍捕。我因為平時忙著搞運動，很少待在家裡，再加上政治警覺性高，接到指令後就不再回家，因此逃過一劫。可林如堉與李薰山卻因為回家探望家人而被捕。

李登輝：我和李蒼降離開以後，新民主同志會變成他們三個人的組織而已。後來可能是一些相識的人把陳炳基講出來了，另外印宣傳品的印刷工廠也去密告，因此有人要來掠陳炳基，他就跑去我三芝舊厝躲起來，在那裡住了幾個月，以後才跑去中國。那時候只有我老爸和我姪子在舊厝，沒什麼人，我先向厝內人說有客人會來……發生林如堉和李薰山被掠的事情時，徐懋德也來要我小心，我跑去公館那裡的蠶絲改良場躲起來，差不多有一、兩個禮拜吧。

劉英昌：我和陳炳基一起搞聲援澀谷事件的示威活動之後，李友邦告訴我們憲兵司令張慕陶已準備對我們下手，讓我們快躲起來。我就借著我大哥劉英芳的生意圈，往上海跑單幫，躲了起來。到了上海，在台灣同鄉會見到吳克泰。當時，他已參加台灣地下黨。二二八事件後的第二天，我在台北大稻埕又見到吳克泰、陳炳基和葉紀東等人。事件以後，吳克泰讓我見了台灣地下黨的總負責人蔡孝乾（本名蔡乾，化名陳照實）。以後，我在八堵加入了地下黨。在地下黨裡，我就以做生意，跑單幫商人的身分作掩護，與蔡孝乾保持單線聯繫，當交通員，負責台灣地下黨和中共華東局的聯繫，包括文件的傳遞、活動資金的轉移等。一九四八年，我受組織委派，帶了幾個被國民黨抓來當兵而流落上海的山地同胞回台灣。回到台灣以後，陳炳基和田進添來找我，說是他們暴露了身分，很危險，要找我躲起來。我和蔡孝乾是單線聯繫，不能叫他們和蔡聯繫，但我也不能見危不救。於是，我就同蔡孝乾提議：在花蓮有個日本人走後荒廢的金砂礦，可以利用起來，收留我們的同志。蔡也同意這樣的想法，並說這以後可以作為基地，讓不能公開活動的同志以工人身分隱藏起來，以後伺機還可以開展山地人的工作。此可謂一舉三得。於是，我和我二哥劉英烈及他的朋友一起出資，開了個金砂礦廠。我的身分是經理。黨組織工作就由李蒼降主持。

李薰山：在這波新民主同志會事件中，包括林如堉與我在內，一共有三十幾個牽連的群眾被捕。被捕以後，林如堉與我隨即被押往警備司令部。偵訊時，辦案特務一再追問新民主同志會一共有幾個人？這時候，只要我們在嚴酷的刑訊中無法堅持，或在口供中稍漏口風，與我們有過組織連帶關係的人——李登輝、李蒼降、劉沼光、郭琇琮和徐懋德——也將立即遭到被捕的厄運。我們在被捕之前得知，同志會只有我們兩個和陳炳基，一共三個人，暴露身分，所以在個別偵訊時都不約而同地回答說三個。因為我們的回答與特務所掌握的情報一致，他們就笑著誇我們太坦白了。這樣，我們沒有受到什麼嚴刑逼供，很快就被送往軍法處結案。

八、一九四九年的婚禮

敘事者：一九四九年年初，歷經遼瀋、淮海與平津三大戰役以後，大陸上國共內戰的形勢有了決定性的轉變；國民黨在大陸的統治面臨著全面崩潰的局面。一月廿一日，在各方逼退的壓力下，蔣介石發表文告，表示為「弭戰銷兵解民倒懸」，宣布引退；由李宗仁副總統代行總統職權。

在這樣的新形勢下，台北市大專院校學生社團的活動也已漸漸成為本省報紙省聞版內的重要新聞。敏感的記者競相預測本省學潮勢將擴大。

四月一日，南京派出張治中為首的和平代表團，北上與共產黨議和，希望隔江而治。也就在這樣和戰不定的政治悶局下，南京各大專院校的近萬名學生，為了貫徹真正的和平，於是在代表團搭機啟程之時，齊集在總統府門前，舉行一場堅決反對內戰的集會和示威遊行。然而，當和談代表們的座機剛剛降落北平機場時，南京的空氣中卻已經瀰漫起沖天的血腥氣味。學生隊伍遊行經過的柏油路面上，到處是遺落的鞋子及濕漉漉的猩紅鮮血……。鮮血然後就從南京流向全國。

陳炳基：三月廿九日晚上，台北各校學生在台大法學院操場聯合舉辦慶祝青年節的營火晚會。李蒼降與我仍不畏被捕的危險，出現在會場

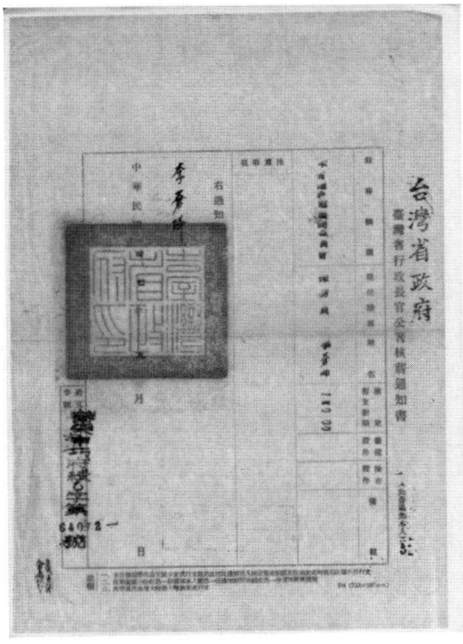

台灣省政府的核薪通知書。

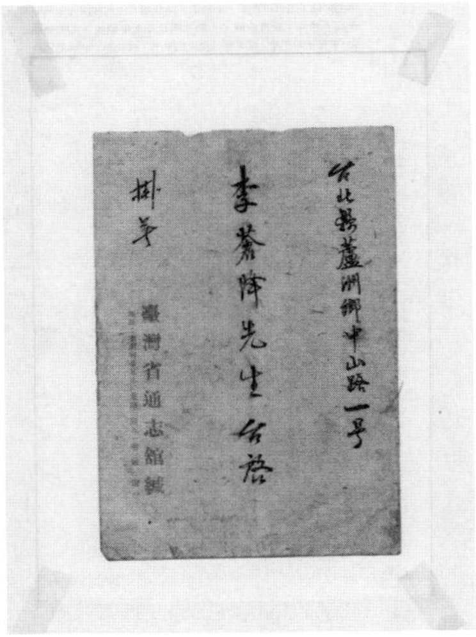

台灣省通誌館的掛號信封。

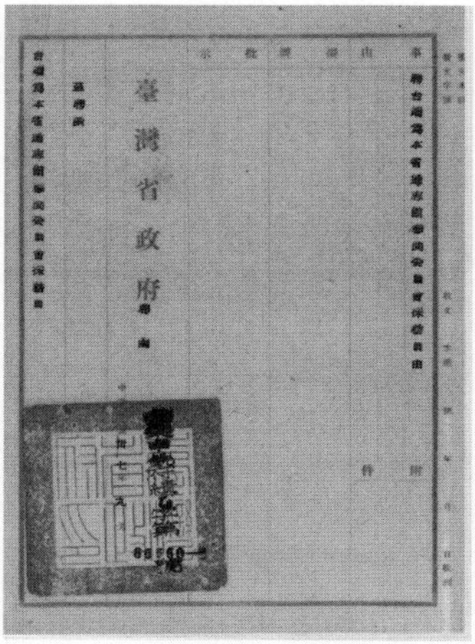
臺灣省政府

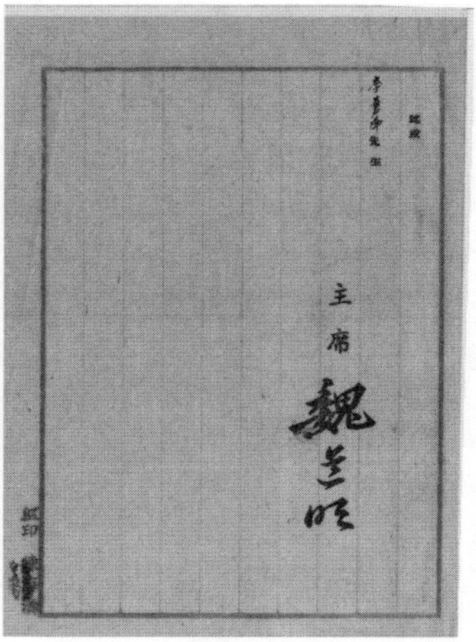
主席 魏道明

1948年9月台灣省通誌館顧問委員會聘函。

上。四月六日凌晨，為了鎮壓三月下旬以來風起雲湧的台北學運，國民黨台灣當局派出大批武裝軍警，強行闖入師範學院與台大的男生宿舍，集體逮捕了兩三百名學生。在這場一般稱作「四六事件」的鎮壓發生以後，四月八日，黨通過李蒼降向我傳達指示說，黨顧慮到我已經因為新民主同志會事件而被公開通緝，許多牽連四六事件而被捕的學生又都和我有關係，因此要我撤退大陸。四月十日，我於是在組織的安排下，從基隆搭船，潛往上海。

許訓亭：大概是一九四九年春天吧，李蒼降突然到我家找我，說他要結婚了，請我向林振榮借禮服。我問他什麼時候，在哪裡請客？他說不請客。我說，你起碼也要請我們這幾個好朋友。他堅持說不請。我們都很憤慨。幾天後，他來我家還禮服，同時也帶新婚的妻子來與我認識。以後，他就不曾來找我了。現在想來，他似乎在那時已經在搞革命工作了，所以才刻意與我們疏遠吧。

曾碧麗：我第一次見到李蒼降是二二八之後，在一個同學家裡。她的未婚夫劉英昌與他同是日據時期因為抗日而坐過牢的朋友。蒼降從杭州回來後跟他很要好。

我是羅東人，我父親林清泉是牙醫，家境不錯，一九二五年我出生以後就請奶媽照顧我，所以我一直住在奶媽家裡。我虛歲五歲的時候奶媽過世。家人要把我帶回去。可是我那「寄藥包」為生的奶爸對我有感情了，捨不得，就把我託給他親戚，晚上再帶回去陪他。我父親動用了認識的警察才找到我，把我帶回家。我母親吃齋念佛，不太會照顧小孩。我回家以後就一直生病。我父親只好把我送給基隆一個做生意的朋友做養女。養父姓曾，名叫曾火，家境也不錯。因此我也改姓曾。

太平洋戰爭時期，就讀蘭陽高女的我去應徵看護士，先在台北紅十字會訓練，然後被送去日本占領的香港的野戰醫院服務。一年三個月後回來。因為正式護士很缺，我和那些戰地回來的就在馬偕醫院對面的神學院（今國賓飯店）重新訓練，並且通過考試，正式取得護士證書。我記得，畢業那天，台灣第一次遭受到盟軍的空襲，總督府被炸壞了，中山北路上也死了很多人，場面很嚇人。救護站是有些老醫生，但不會處理運來的傷患；倒是我們這些從戰地回來的護士有經驗，知道怎麼處理。後來，我去基隆警察局第三科（司法科）當雇員，訓練日本人護理的救護，月薪四十五圓，比一般雇員的廿五圓高了很多。當時，基隆跟高雄被炸得最厲害，幾乎每天晚上都會來空襲，基隆市民就要去防空洞躲。我是基隆女子救護隊隊長，帶領六個從戰地回來的隊員，各揹一個救護袋，四處去救人。最遠的一次，我們走到社寮島那邊去救護傷患，轟炸之後，那裡死了很多人，死者的手的皮膚都像戴手套一樣膨脹起來，很殘忍。我才知道，炸彈爆炸的時候要把嘴張開，讓炸彈爆炸之後的暴風出來，才不會那樣。

日本投降以後，我仍然在基隆警察局第三科工作。本來，局裡頭有三個女職員，兩個日本人，那時就只剩我一個了。日本人要遣返回去的時候，我就被派去檢查他們的行李。我記得，當時國民政府接收台灣是先派憲兵過來，然後是國軍，最後才是警察。國軍來的時候，我很高興，也跟著大家去碼頭歡迎。但是，看到那些國軍不太像樣的軍容卻讓我大失所望。社會治安很亂。他們顯然也把我們台灣人當作戰敗國的子民那般對待。我也因此感到苦悶。然後二二八就發生了。我也救了很多人。

因為受日本教育的關係，認識蒼降的時候，我既聽不太懂也不太會講台灣話，更不用說國語了。他先問我在警察局上班的待遇如何？科長是誰？然後問我對剛剛發生的澀谷事件的看法與感想。我用日本話回答他，說我不在現場，不知道這件事。他似乎對我印象不錯，就說要跟我做朋友。我不大喜歡他這種直接的態度，就說我太忙，不要。因為工作職位的關係，基隆市若發生什麼事情，記者和一些相關人員都會來找我；我想，我哪有時間跟每個人都做朋友。第二次，他就直接到基隆警察局找我。當時，我正在上課，學國語。工友來跟我說有人找我。我以為是公務，就收拾課本，走下樓去。結果，我看到是他在等我。我想這個人真沒禮貌，就不太高興地用日本話說我正在上課，要他趕快離開。他卻笑著說，你去上，我等妳。第三次，他乾脆就直接到第三科來找我了。那天下午，大概三點多鐘吧，他神色自然笑笑地走進來。我嚇了一跳。我在司法科接觸的人很多，我注意到一般進警察局的人不外是三種嘴臉：例如，有犯罪心理者會怕怕的；想要說情的地方仕紳則是一副拍馬屁的嘴臉；打聽情報的記者則會故意裝作傲慢的風騷。我不曾見過像他那麼大膽的人。我不曉得他真正的身分是什麼？但我從他的言行舉止知道，這個人肯定不是個簡單的人物。我對他有了一點好感於是告訴他，以後要找我，不要到警察局，直接到我家裡。

我和蒼降交往之後，對他也就有了更進一步的認識。他語氣溫柔，談吐幽默，但很少開口；開口就切中要害。他性格溫和，儘管工作的心理壓力大，但仍讓我感到溫暖。雖然他才大我兩歲，但我打從心裡欽佩他。我跟他談到我去迎接國軍時的失望情緒，他就安慰我，說那是因為國家長期戰亂財政困難的緣故。他還經常笑我，說我日本屎吃太多了，要我去偉大的祖國看看。徐州（淮海）戰役之前，我於是與一位推事的太太一起去大陸。我們從基隆搭船到上海，住在台灣同鄉會會長李偉光醫師的家裡，然後到南京、鎮江。因為戰事緊張的關係，我們沒到徐州、杭州和北京。五月，我就跟著一批公費留學生回台。

徐萌山：曾碧麗到大陸時，李蒼降來信要我照顧她。她要回去時，我就找了上海台灣同鄉會，幫她買了一張船票，送她回台。

曾碧麗：我從大陸回來後就結婚了。結婚那天（一九四九年四月二十七日），我坐李友邦的轎車一直到大路的盡頭，然後再坐轎子，抬到李宅大厝的中庭。那天，我們沒有照相。蒼降安慰我說，等結婚一週年再照吧。

1949年4月27日李蒼降與曾碧麗結婚。

一九四八年六月一日，台灣省政府為保存文獻史料而成立台灣省通誌館，纂修省誌。蒼降於同年九月受聘為該館顧問委員會採訪員，核定暫支薪額舊台幣一四〇元。婚後，他仍然在台灣省通誌館顧問委員會擔任採訪員。我們過著有規律的生活。他很用功，經常看書，寫稿，到半夜一兩點才睡。他也帶我看書，開始給我洗腦。但他從來不直接跟我談政治問題。

九、基隆中學《光明報》事件

敘事者：《安全局機密文件——歷年辦理匪案彙編》第二輯「匪基隆市工作委員會鍾浩東等叛亂案」載稱：一九四九年四月，基隆「工委會」成立；由基隆中學校長鍾浩東負責主持，李蒼降擔任「工委」兼「支部書記」。

五月十九日，台灣省警備司令部宣布：台灣全省戒嚴。其後又禁止一切「非法」集會、結社、罷工、罷課、罷市；並制定新聞、雜誌、圖書管理辦法。緊接著針對「匪諜」的《懲治叛亂條例》也頒布實施了。

《安全局機密文件》又載：國防部前保密局自從偵破「新民主同志會案」以後，就「根據所獲得的線索，運用關係深入偵查」地下黨的組織。「經五個月之長期培養，獲悉共匪在台除以『愛國青年會』名義，祕密吸收匪徒外，並散發《光明報》，及其他反動文件。」後來，保密局又「據報有王明德者（台大法學院畢業、無業、一九四九年一月參加「匪黨」），曾屢次郵寄《光明報》與他人」；於是「選派幹員，嚴密調查及監視」王明德的「言行動態」。八月十八日，王明德「被警方於檢查戶口時扣押」。廿三日，保密局將王明德提局，詳加審訊；王明德「供出匪成功中學支部王子英等同黨數人」。廿四日晨，保密局即會同刑警總隊，根據前所蒐集之資料，與「王犯供詞」，將「成功中學畢業」的姚清澤、郭文川、余滄州等「匪犯」

逮捕。復於廿七日夜，將台大法學院學生詹照光、孫居清、吳振祥、戴傳李、林榮勳等捕獲。並「循供」深入偵查……擴大破案。總計先後捕獲所謂「匪諜及涉嫌分子四十四人」。

這就是一般稱之為五〇年代白色恐怖序幕的基隆中學《光明報》事件。

韓佐樑：我和李蒼降都是單線聯繫，他的上級或是別的人，我都不認識。他曾經帶我到基隆中學去喝喜酒，但也沒告訴我那個人是不是地下黨。我也曾經在迪化街見過李友邦一面，李蒼降當時沒說別的，就講這是他叔叔。

當時我總是想要發展組織。可是農機局工廠的工人不到幾十個人。我就想那裡有比較多被剝削的工人？我想到礦工，一個是九份，公家的，一個是金瓜石，私人的。但是怎麼去呢？我就離開農機局，想先去九份的國民學校教書，然後再說。當時台灣很缺老師，也不需要人介紹，我就去板橋教育科登記，拿高中文憑給他檢查。我說別的地方我不去，就希望金瓜石或者九份。暑假的時候，就通知我到九份。結果，原來是一個人要包辦一班，全部科目都給你教。唉呀，這個要命啦。我唱歌不會，體育又不行，要怎麼教咧？所以我教一下子就走啦。

我教書不能教，又找不到工作，就流浪啦。過幾個月了，我才由朋友輾轉介紹認識了一個青田老鄉；這位老鄉的父親是接收大員，他自己是林場管理局轄下巒大山林場的人事室主任；通過他的介紹，我就要進去三千多公尺高的望鄉分場當量木頭的檢測工。因為這不是組織上派我去的，實在是因為學校我教不來，一定得走，而且要先找個工作。我於是主動同李蒼降聯繫，他要我試著在那邊組織山地同胞（原住民）。

但是，李蒼降並不知道山地同胞住在哪裡，我也不知道。我就從水里坑徒步上山。到了山上，才知道附近都沒有人住。在山上，我實際上是做工人出入的管理登記。幾個月後的某個早上，人事室主任突然打電話叫我趕快下去。我問怎麼啦？他說山上發現《光明報》，這是從來沒有的事啊！我上去了才有這種事。他要我不能害他，說他有老婆兒子一家人要養呀！他於是把我跟別人調職。我就下山了。我想，他是因為有「聯保」制度，怕自己惹上麻煩而不能舉發我，只是要撇清關係，所以叫我趕快下來。實際上，他並不知道我是幹什麼的。我也不願意拖累他。

然後，很久不見的李蒼降突然來了。看到他，我很高興。但是他臉色沉重，說他馬上要走，就搭下一班火車，車票已經買好了。我問他怎麼那麼急？他就說出事了。他叫我要小心，能離開這裡最好。我們在飯桌上沉默地對坐了好一陣子，然後火車要開了，就揮手道別。我因為他這樣冒險來通知我，很感動。他離開以後，我就立刻辭職了。

接著我又開始在許多地方流浪了，一邊做打雜的臨時工，一邊等待進公家工廠的機會。我先到嘉義一家餐館打工，後來看到金瓜石金銅礦務局招考一批煉黃金的分金工的啟事，報名資格是要高中畢業。我就去報考，並且運氣好，就考進去了。後來，金銅礦物局為了取得「美援」資助而在美方的壓力下改成公家和公司交互持股的公司，並且成立了爭取工人福利的工人策進委員會。我在策進會當主任委員，可以名正言順的搞工運。通過為工人爭福利，我首先把廠長搞下台。後來，我看到報上說同日本談「和約」不邀請中國參加，於是在正式談判之前，趁機發動絕食。因為整個金銅礦物公司響應的不少，保安處就派人來問我為什麼搞絕食？可我理由正當，他也沒辦法。當時，國際形勢很不穩定，人心浮動，大家都認為台灣快要解放了。因為礦工的生活都很刻苦困難，一講就通，所以我在這裡的工運做得非常好。我想，假使解放軍真要從東北角登陸的話，我帶幾百個人去，一定是沒有問題的。但是，我同李蒼降有一陣子沒聯繫了，沒有他的同意，也就不能正式發展這些人成為下線。我一直盼望著他來與我聯繫。

裴可權：治安機關於三十八年（一九四九）九月，將基隆匪黨組織「工委會」書記鍾浩東逮捕，該組織已局部破獲，其殘餘部分尚有共匪基隆「工委」李蒼降、藍明谷所領導的關係，及少數個別黨員。辦案人員奉命掃清基隆前匪第二階段工作，是在三十九年（一九五〇）初捕獲李蒼降等時開始的。

李蒼降自鍾浩東被捕後即逃離基隆，直到翌年元月，根據新舊線索，在其台北市南京東路住所，將其捕獲。同時被捕的尚有其妻曾×麗、其姊李×姻……

基工委會被破獲後，（李蒼降）逃回台北，繼續領導台北的關係，仍受「上級」李×指揮，化名賴慶鐘，偕妻曾×麗住在南京東路，掩護匪幹林英傑（化名吳永祥，係匪「台灣省工委會」

祕書），擔任林英傑與李×的聯絡交通，並協助林英傑抄寫匪偽「新華社」廣播資料。這樣平安無事的過了三個多月，到三十九年元月六日，他又照往常一樣擔任林英傑與李×的聯絡交通。只是，這天李×神情顯得有幾分焦慮，除向其索取林英傑交來之資料外，並約定第二天再會晤。次日他們又再度晤面，李×並未多言，直截了當地囑咐他通知林英傑謂，南京東路的人已經發生事情，著他迅即離開，往尋過去聯繫的人。他聽了以後，馬上回去通知林英傑。林英傑得到這消息，立刻將全部文件、收音機、行李等遷走，並交代李蒼降設法將現住房子賣掉。林搬走後，李蒼降十分不安，惟其妻曾×麗已有身孕，不便隨其逃亡，因此李蒼降託請其姊李×㛎到其住處陪伴曾×麗，自己則在外躲避。這時，已得到有關線索的辦案人員（保密局特務），判斷李蒼降躲藏在南京東路，就在其住處附近布置盯梢，嚴密監視，並繼續偵查，發現僅有曾×麗、李×㛎二人。雖然暫時失去其蹤影，但我治安同志認為李蒼降早晚會回來探望，仍然日夜監視，不敢懈怠。不出數日，李蒼降果然返家，埋伏在近旁之同志立刻展開行動，李無還手餘地束手就擒。

曾碧麗：一九五〇年元月十八日晚上，蒼降說有事要出門兩個禮拜。我和他那不識字的大姊（三十幾歲）在家。八點多，我正在洗頭髮，蒼降從外頭回來說要趕快搬家。但不到半個鐘頭，我和蒼降及大姑三個人就同時被保密局特務逮捕了。原來我們已被監視兩個多星期了。當時，我身懷六甲。他們在屋裡翻箱倒櫃地搜查的時候，我就告訴他們我離預產期僅剩一個多月。他們回我說等到要生的時候會再把我送回來。結果，我什麼東西——包括嬰兒服——都沒帶，就被抓走了。

在保密局，我被關進應該是大人物待遇的獨居房。我的精神壓力很大。我不但沒有因為即將臨盆而被善待，反而被嚴酷審問；可我也不知道要說什麼。因為我懷有身孕禁不起打，他們就把我的長髮綁成一條長長的辮子，然後吊在半空中刑問。他們實在沒常識，不知道這樣吊會讓我「胎盤早期剝離」。結果，刑問結束，我被送回押房，當晚，下體就開始流血。我雖然當過護士，但因為頭一次懷胎，沒有經驗，也不知道情況會有多嚴重。第二天，血流不止，我整天肚子痛，吃不下飯。第三天早上，獄卒來勸我，說我有孕在身，不吃點東西不行。他說完話，看到牢房的地上都是血，就趕快通報上級。可是，他們大概是不敢把我送到外頭的醫院治療，就把我搬到審問室，然後叫來一個軍醫和一個護士來幫我接生。他們一直叫我用力，但我沒吃東西，沒有力氣；他們只好用剪刀剪開。嬰孩終於出來了，但不會哭；過了一陣子，也許是人工呼吸的作用吧，終於哭了。我聽到嬰兒的哭聲就昏過去了。

本來，像我這樣的情況應該必死無疑的，但天可憐見，我和被迫早產的女兒竟然都奇蹟似地活過來了。俗話說「夫妻本是同林鳥」，可讓我至今仍難以理解的是，就算我先生是個「無惡不作的匪徒」吧，像我這樣一個有孕在身的弱女子，難道也罪大惡極到必須承受這種慘無人道的待遇嗎？

我懷孕時，蒼降已經和我討論決定，如果生男孩叫什麼名字，若是女孩則叫什麼名字。後來，我跟剛出生的嬰孩要被送到連雲街李淦的家暫住。他們也讓他來看嬰孩。他撫摸著小嬰兒的頭說，就叫黎紅吧。

李淦畢業於東京大學農經系，事件發生時擔任合作金庫研究室主任；因為潛逃在外，他太太及三男一女都被特務監視；也因為她前兩年剛剛生下最小的女兒，所以那裡有一些嬰兒的衣物可以使用。我大姑也同時被叫去那裡。他們每天給她二十元買菜，煮給包括兩個監視特務在內的我們吃。小孩滿月後，我想回去南京東路的住處拿先前準備好的嬰兒服，就抱著嬰兒，由大姑陪同，走回去。到了那裡，人家告訴我，那棟房子已經是保密局特務頭子谷正文的老婆在住了。我們於是又折回連雲街。

在連雲街住了三個月後，我和大姑及嬰兒又被送回保密局關押。在那裡，兩坪左右的押房，關了十幾個人。我也遇到了嬸嬸嚴秀峰。她看到我嚇了一跳，這才知道我們也被抓了。

我後來聽一些曾經在保密局和蒼降同房的難友告訴我，蒼降在那裡遭到比我還慘酷得多的刑訊。他們甚至用尿和灰水灌他。他被刑得需要人攙扶才能走出去接受審訊。為了擴大辦案成績，偵訊特務勸他說蔡孝乾都說出來了，他只要說幾個重要人物出來，就不必被刑得這樣厲害。然而，他始終沒有答應。聽說那時已經是五、六月了。

十、戰爭颱風與訊問筆錄

敘事者：一九五〇年三月下旬，國防部總政治部設立；蔣經國擔任主任。五月十三日午後，他便以此身分在政府發言人沈昌煥舉行的中外記者招待會上大聲疾呼：準備應付「戰爭颱風」，人人提高警覺性，做政府的耳目。他同時宣稱：「國防部已將共匪在台領導機構『台灣省工作委員會』破獲……並且正在進行徹底肅清潛伏在台灣的共匪力量。」

蔣經國：匪第三野戰軍司令員陳毅曾於四月二十二日在上海江灣總部召開華東軍事會……決定在五月間以海空軍協同陸軍同時進犯舟山、金門兩地。同時根據匪俘身上所搜集的匪方文件看來，匪確實正在積極集中兵力，企圖進犯台灣……打不打台灣是敵人的事；但是一定要消滅敵人卻是我們的事。今天我們不但不怕，而且希望敵人早日來打；因為我們可以趁這個機會，來獲得在台灣消滅敵人主力，再進攻大陸的戰略勝利。……我們堅決相信匪來十萬就會被消滅十一萬，來二十萬就會被消滅廿二萬……颱風是一種天然的災害；但是只要天文台預告颱風什麼時候到來，那麼，家家戶口（戶）都可準備應付颱風。那怕它是一種很大的天災，但因我們知道它，所以可以防制它的災害，颱風過去了，大家又照常的在和煦的陽光下生活和工作。今天我們要說：「戰爭颱風」一定會來的；但是這個「颱風」像天時颱風一樣的，吹過之後，太陽仍會重現的。

敘事者：五月十四日，《中央日報》頭版頭條全文刊載了蔣經國在這場記者會的談話。同時又在頭版二條醒目刊載了蔣經國宣布的「共匪台灣省工作委員會祕密組織破獲經過」及政治部公布的「勒限中共黨徒自首」辦法與「脫離共產黨誓書」表格，以及「破壞四匪首（蔡孝乾、張志忠、洪幼樵、陳澤民）的簡歷」與照片。在第四版更刊載了蔡孝乾等聯名發表的所謂「告全省中共黨員書」：

全省中共黨員們！現在全省的組織已全部瓦解，各級的領導機構已停止活動，絕大多數的黨員幹部正在等候政府當局的處理。但時至今日，還有部分幹部和黨員，畏罪逃亡，深受顛沛流離的痛苦。我們……願最後以台灣省工委的資格，對全省中共黨員進一忠告，希望大家立刻依照政府規定的自首辦法，自動交出一切組織關係，以迅速終結整個案件，而澄清台灣的社會局面……

六月一日，保密局偵訊與李蒼降有組織關係的板橋朱內外科醫院醫師朱耀珈。

朱耀珈：我是於卅七年一月經林如堉介紹在台北市參加共產黨。我參加後初由林如堉領導。……林如堉被捕後，上級改派李蒼降來領導我，卅八年十一月間，將台北市雙園支部交我組織及領導。李蒼降因有其他工作曾斷聯絡。

敘事者：六月二日，保密局繼續提訊與李蒼降有組織關係的省府建設廳地質調查所技佐傅賴會、自營牛馬車修理店的陳宇與曾任士林電工業股份有限公司駐衛警察的呂聰明。

傅賴會：我於卅七年四月在我家中經李蒼降介紹參加共產黨。我入黨後始終受李蒼降領導，所以不知道其他關係。

陳宇：我是於卅八年二月在台北縣三重鎮經李蒼降介紹參加共產黨。我參加後，李蒼降叫陳新得、蔡世揚和我合組支部，由我負責。……到同年五月起，李蒼降即未再來領導。亦未另派他人來聯絡。

呂聰明：我是於卅八年七月由楊成吳介紹在雙園入黨。我參加共產黨組織後，是歸李蒼降領導，約每半月開會一次……初期要我等宣傳民間囤積糧食，響應共軍登陸及設法保護工廠，十二月以後李即他去……我曾見過李蒼降找士林電工業股份有限公司工員沈

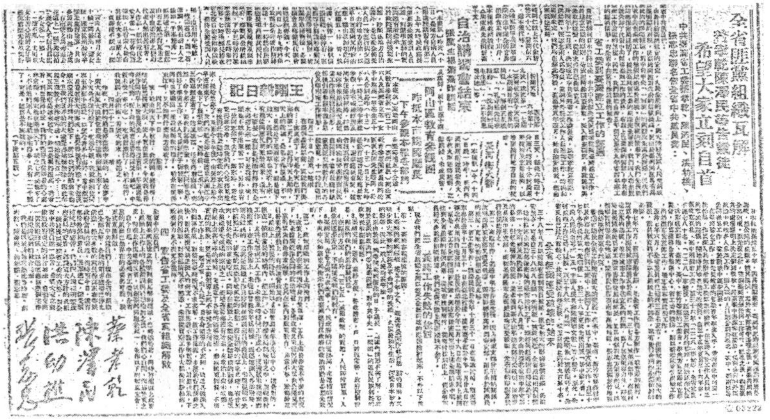
全省匪黨組織瓦解
蔡孝乾陳澤民告誡黨徒
希望大家立刻自首
中共臺灣省工委蔡孝乾、陳澤民、洪幼樵、張志忠聯名告全省中共黨員書：

1950年5月14日，《中央日報》蔡孝乾等聯名發表的所謂「告全省中共黨員書」。

招檳（廿七歲，台北人，住士林工廠），李也對我說「他有事須到士林」即可測知。

敘事者：六月三日，保密局又再提訊與李蒼降有組織關係的太懋文具店同事楊成吳、士林電工公司工員沈招檳與在雙園耕農的潘水櫃。

楊成吳：我於卅七年曾在永樂町太懋文具店服務，時有同事李蒼降曾相處三個月，後分別離店。他曾到我家訪我。至卅八年十一月廿八日，他才向我取去自傳，參加共產黨組織，歸雙園小組聯絡。我參加後由李領導。我參加小組會三次，討論土地問題。李曾取書一本及《觀察》刊物等與我閱讀，但他都已收回。起初他來找我時，我曾介紹呂聰明、潘水櫃與他認識。我加入後才與他們成立小組。卅八年十二月我曾見一姓陳者來聯絡，云李將在雙園賃屋，因租金問題未獲成功。

沈招檳：卅七年秋，呂聰明曾帶一李姓者來場參觀，並介紹認識。卅八年十月，李來調查廠內生產情形，並邀我參加共產黨組織。我未即答應。他又續來三次。至月底，我才加入組織。我加入後，由李來聯絡五次，要我設法於動亂期中保護工廠，及介紹新黨員。他曾先後帶來雜誌三本交我閱讀。本年一月聯絡即告中斷。

潘水櫃：卅八年七月，我在雙園時與呂聰明、楊成吳、馮萬塗等人閒談看報討論時局，至十一月始由呂聰明介紹我參加共黨組織。我參加後即成立雙園小組，以馮萬塗為書記，歸李蒼降聯絡，曾取書本一本與我看，叫我們宣傳反抗地主，實行耕者有其田工作。本年一月，始由陳姓者來聯絡，第三次來聯絡時，曾云李已被捕，要我們注意。

敘事者：六月十日，保密局繼續提訊與李蒼降有組織關係的台灣旅行社職員黃兆銘。

黃兆銘：卅八年七月，我在基隆由李蒼降介紹參加共黨組織。我參加後由李蒼降領導，曾取雜誌及辯證法唯物論等書刊與我閱讀，起初每月聯絡二次，至十二月失聯。他曾叫我發展新黨員，但我工作連續調動三次，所以沒有機會。

敘事者：六月廿五日，韓戰爆發。基於本身在太平洋地區的戰略考量，美國的對華政策由原先的「放手不管」大幅轉變為「阻共防台」。廿七日，美國總統杜魯門片面宣稱「台灣中立化」聲明的三項方針：下令美國海軍第七艦隊駛入台灣海峽，阻止中共對台灣的任何攻擊。要求台北國府停止一切對中國大陸的海空攻擊。台灣未來地位的決定，必須等待太平洋安全的恢復，對日和約的締結，或聯合國的考慮。

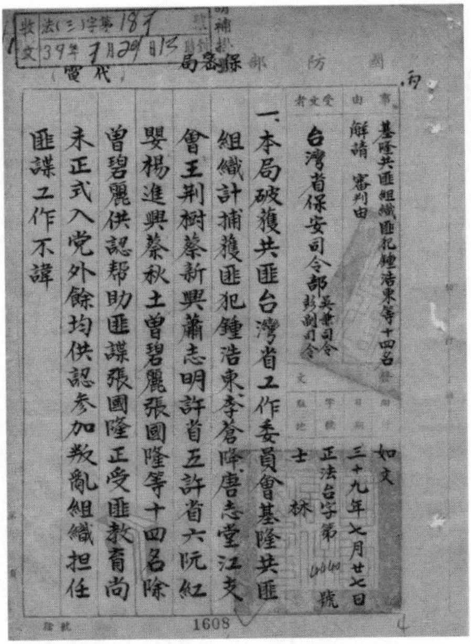
收文 法(三)字第187
39年7月29日
國防部保密局（代電）
事由：基隆共匪組織匪犯鍾浩東等十四名解請審判由
受文者：台灣省保安司令部 吳兼司令 彭副司令
如文 三十九年七月廿七日 正法台字第 號
一、本局破獲共匪台灣省工作委員會基隆共匪組織計捕獲匪犯鍾浩東李蒼降唐志堂江支會王荊樹蔡新興蕭志明許首五許首六阮紅嬰楊進興蔡秋土曾碧麗張國隆等十四名除曾碧麗供認帮助匪諜張國隆正受匪教育尚未正式入党外餘均供認參加叛亂組織担任匪諜工作不諱
1608

1950年7月27日，李蒼降、曾碧麗和鍾浩東等同案共十四人，被保密局移送台灣省保安司令部軍法處結案。

歷史進程的軌道從此轉變了。

七月廿七日，保密局長毛人鳳發文台灣省保安司令部吳兼司令與彭副司令，事由為「基隆共匪組織匪犯鍾浩東等十四名解請審判」。

毛人鳳：本局破獲共匪台灣省工作委員會基隆共匪組織計捕獲匪犯鍾浩東、李蒼降……等十四名除曾碧麗供認幫助匪諜……尚未正式入黨外餘均供認參加叛亂組織擔任匪諜工作不諱。

奉總統（卅九）午梗機資字第二三〇四號代電批飭移送貴部依法審判等因茲檢附匪犯鍾浩東等十四名卷供壹冊請查收辦理並將審判結果見復為荷。

敘事者：七月廿九日，台灣省保安司令部軍法處簽署押字第二〇九八號「押票回證」，並以「有逃亡之虞」的理由羈押李蒼降、曾碧麗及鍾浩東等同案共十四人。同時也建立了該案的「審理案件卷宗」。

從目前可見的檔案來看，在軍法處，李蒼降至少經歷了兩次審訊。

第一次是八月十一日。審判官陳慶粹提訊了李蒼降與鍾浩東、唐志堂及曾碧麗等七人。根據「訊問筆錄」所載，首先出庭的鍾浩東在有關李蒼降部分的問答如下：

？你在保密局供過基隆工作委員會是你負責的嗎

：是的、叫我同藍明谷李蒼降三人籌設基隆市工作委員會
？工作委員會為何組織
：正在籌備沒有具體計畫、是分三部分領導由我及藍明谷李蒼降三人負責
？李蒼降領導多少人
：我曉得在鋼鐵造船廠有四個工人是他領導的姓名不詳

鍾浩東之後，審判官接著點呼李蒼降入庭訊問。原始筆錄如下：

？姓名事項
：李蒼降男廿七歲台北縣人住台北縣……無業
？曾碧麗是你的妻嗎賴慶鐘身分證是偽造嗎
：是的、賴慶鐘的身分證不是我偽造是上級給我
？陳炳基介紹你參加共黨在何時？
：卅六年十一月由陳炳基介紹入共黨
？你妻曾碧麗參加共產黨嗎
：沒有、因為我被捕他受累拘來

?你參加共產黨後做何工作
:我當初與林如堉等成立一個支部被破獲後我們逃亡約經過半年多至卅八年四五月由一位外省人姓李的介紹到基隆與鍾浩東聯絡鍾說要組織基隆工作委員會由我鍾藍三人分別領導
?你們基隆工作委員會何時被破獲
:卅八年九月底十月初被破獲的、我逃亡後至今年一月十八日才被拘
?你所領導的有那些人
:我所領導的有許省五、而許省六是許省五領導的、蔡新興是我領導的、江支會是外省人姓李介紹給我領導、唐志堂是我領導、張國隆是外省李介紹給我但還沒有參加、因張與外省李只是朋友
?蕭志明王荊樹是否藍明谷領導的
:我不曉得、因為各人各有領導的人
?楊進興蔡秋土你領導他們嗎
:我不認得他們
?你有什麼話說
:我曉得組織失敗自覺錯誤請從輕發落

緊接著，出庭的是汐止軍民合作站書記唐志堂，他在有關李蒼降的部分問答如下：

？你是受李蒼降領導的嗎何時參加

：是的、卅七年七月參加

？你參加後有何活動

：李蒼降拿反動書籍給我看、叫我盡量吸收黨員、我只吸收李三才一名

？你在保密局供過你上級叫你做的七點事你做了嗎

：1. 教我閱讀反動書籍吸收李三才 2. 加強學習 3. 親近軍官、為軍官賣武器應報上級收買 4. 調查汐止鎮附近地形 5. 調查礦工狀況 6. 調查佃農地主情形 7. 接近群眾宣傳、但是我都沒有做、這是上面指示的一種方式我是不敢做的

然後是李蒼降所云「外省人姓李介紹給我領導」的「駕駛兵」江支會：

？你何時參加共黨

：卅七年八月參加

？你受何人指揮

：李蒼降

？你們同道被送來的十四名中你認識幾人

：我只認識李蒼降一人其餘不曉得

？你在何地參加共黨

：參加時在台北、聯絡時在基隆、我只是口頭答應參加

最後一位出庭的是廿二歲的曾碧麗：

？你丈夫叫何名字

：李蒼降

？你何時與他結婚

：卅八年四月

？他叫你參加共黨嗎

：沒有

？他對你宣傳共黨情形嗎

：他只拿唯物論給我看而已、沒有對我宣傳、但也沒有參加

？你幫你丈夫做何共產黨事情

：沒有

？你有幾個孩子

：只有這個女孩子現在六個多月、在保密局時生產的、我因用刑太利（厲）害未滿十月生產

？你還有什麼話說

：我身體衰弱我孩子有病請使我保外治療

第二天，也就是八月十二日，審判官陳慶粹又提訊了與李蒼降有組織關係的許省五等三人。根據「訊問筆錄」所載，與李蒼降有關的內容如下：

許省五，卅一歲，在基隆市開廣告店，一九四九年一月，在台北市火車站經由周耀璇介紹參加共黨，然後由李蒼降與他聯絡。李蒼降介紹林天河給他認識。林天河再介紹他的朋友阮紅嬰、楊進興、蔡秋土三人與他認識。一九五〇年五月十五日被捕。

許省六，廿九歲，在基隆市開廣告店，聽李蒼降（化名姓林）說共產黨好，於是在一九四九年夏天，經由其兄許省五介紹，在家裡入黨。

張國隆，廿六歲，基隆市的雜貨商，一九四九年四五月，在碼頭做買賣時認識想要與他共同做生意的李蒼降（化名姓陳）；他說他是小本生意很苦，所以沒有合作。

八月十三日，審判官再提訊王荊樹、蔡新興、楊進興與蔡秋土等四人，其中與李蒼降有直接關係的是任職基隆水產公司倉庫職員的蔡新興。

根據「訊問筆錄」所載，蔡新興的供詞指出：一九四九年七月廿九日，李蒼降在基隆火車站介紹他參加共產黨，供給他共黨書籍，要他研究，並要他吸收黨員；但他並無吸收黨員。李蒼降曾經要介紹一位姓邱的台中人與他聯絡，但他不知道此人的真實姓名。他公司的工作很忙，所以絕對沒有為李蒼降做過調查或宣傳的工作。

八月十五日，審判官又再提訊李蒼降、王荊樹、許省五、楊進興、蔡秋土等五人。其中，並安排楊進興與蔡秋土、王荊樹與鍾浩東互相對質。李蒼降原始的「訊問筆錄」如下：

？你是李蒼降嗎

：是的

？你曉得王荊樹是共產黨嗎

：我不曉得

？蔡新興是你領導的嗎

：是的
？楊進與蔡秋土你領導的嗎
：我不認得這二人、不是我領導
？林天河你認得嗎他與你聯絡嗎
：不認得、沒有聯絡

十一、軍法處第二法庭的會審

敘事者：八月廿一日，上午八點，台灣省保安司令部軍法處再將李蒼降、曾碧麗與鍾浩東等同案共十四名提訊，由審判長陳慶粹與兩名審判官周咸慶和顏忠魯共同在該處第二法庭會審。其中，與李蒼降有關的內容，原始的「會審筆錄」摘錄如下。

一，點呼鍾浩東入庭：
？你所領導的有幾個支部
：卅七年八月間領導基隆中學支部卅八年七月間與藍明谷李蒼降籌組基隆市工作委

員會

二，點呼李蒼降入庭：

？你在基隆工作委員會時吸收那幾個人

：我吸收唐志堂等五名

？你還領導新民主同志會及台灣解放同盟會嗎

：我只有參加二個團體並非我領導

？和尚洲小組雙園支會士林電廠地質研究所各小組是你領導嗎

：是的

？你曾經叫唐志堂與軍界人接近收買槍械

：沒有此事、我只叫他對本地情形要調查研究

？你還有領導其他團體嗎

：還有台灣旅行社姓黃的、還有一位姓朱在台北延平北路周皮膚醫院當助手

？你還有什麼話說

：我覺得以前錯誤請從輕處分

三，點呼唐志堂入庭：

？你是李蒼降領導的嗎

：是的

？李蒼降叫你做何工作

：叫我讀書學習、接近軍界人員、倘有出賣槍械時要報告上級收買、吸收黨員、調查地質

？你有什麼最後陳述

：我所說的上級叫我做的事、但是我沒有實行請庭上明察

四，點呼李蒼降入庭與唐志堂對質：

？李蒼降、你曾經叫唐志堂聯絡軍官、調查佃農田主情形、吸收黨員、研究學習嗎

：我叫他教育黨員、吸收黨員、自行學習、對汐止鎮佃農田主情形要調查、接近軍官及時收買槍械事我沒說

？唐志堂、他的話你聽見嗎對不對

：他說的對的、買槍的事或許是我自己想的

五，點呼江支會入庭：
？李蒼降叫你做何工作？叫你吸收黨員嗎
：沒有叫我什麼事、也沒有叫我吸收黨員
？你在保密局說李蒼降叫你多多〇〇朋友吸收黨員、調查基隆情形及〇兵嗎
：我沒有說這些話

六，點呼蔡新興、許省五、許省六、阮紅嬰入庭：
（蔡新興）
？你是李蒼降領導的嗎何時入黨
：是的、卅八年七月底
？你為李蒼降做過什麼工作、有無叫你吸收黨員
：沒有、他叫我吸收黨員、但我沒有做
（許省五）
？你受李蒼降領導嗎？何時入黨
：是的、卅八年一月
？你為他做過什麼事

：我吸收許省六一人
（許省六）
？你是受李蒼降領導嗎、何時入黨
：是的、是去年暑天入黨
？何人介紹入黨
：許省五
（阮紅嬰）
？李蒼降領導你嗎
：不是、我是林天河領導的

七，點呼王荊樹、楊進興、蔡秋土、蕭志明入庭。
八，點呼曾碧麗、張國隆入庭：
（張國隆）
？你與李蒼降認識
：我認識他是姓陳、只與他見面五次
？他叫你參加共黨

：他說現在時局很壞問我要不要參加組織、但我說我不管此事、也沒有問他是何組織

？你為他做過什麼事嗎

：沒有

（曾碧麗）

？你丈夫叫什麼名

：李蒼降

？你丈夫是共產黨你曉得嗎

：我在被捕前一個月才曉得、我因跟他搬家來台北看到他寫抄共黨書籍才曉得、我曾勸他不久就被捕了

？你丈夫是共產黨何以不報告政府

：我看報對共產黨〇〇甚嚴、我不敢向政府報告、只勸告他、又是夫妻關係

？你還有什麼話說

：沒有

九，點呼鍾浩東、李蒼降、張國隆入庭：

（李蒼降）

？家裡有幾個人

：母一、妻一、女一、弟二、弟婦一、姪一、妹一

？你有無產業

：有四分田是我大弟弟特有財產、其他沒有產業

？張國隆有無參加共產黨

：沒有、因為他對於政治不感興趣所以我放棄他

（張國隆）

？張國隆、你的確沒有參加嗎

：絕對沒有參加

會審結束了，鍾浩東、李蒼降等十四人又被還押。

審判長陳慶粹與兩名審判官周咸慶和顏忠魯，以及書記官洪源盛，隨即在軍法處會議室召開該案評議會。

「鍾浩東等案評議錄」原文如下：

報告（略）

評議結果 鍾浩東李蒼降係台灣共產黨匪要廣收黨員圖謀不軌應處極刑唐志堂江支會蔡新興許省五許省六阮紅嬰王荊樹蔡秋土蕭志明楊進興均依參加叛亂組織罪論唐志堂江支會情節較重蕭志明楊進興情節較輕曾碧麗張國隆應依檢肅匪諜條例論處

主文

鍾浩東李蒼降連續共同以非法方法顛覆政府而著手實行各處死刑各褫奪公權終身全部財產除酌留其家屬必須之生活費外各予沒收

唐志堂江支會共同參加叛亂之組織各處有期徒刑十五年褫奪公權十年

蔡新興許省五許省六阮紅嬰王荊樹蔡秋土共同參加叛亂之組織各處有期徒刑十年褫奪公權五年

蕭志明楊進興參加叛亂之組織各處有期徒刑五年褫奪公權三年

曾碧麗張國隆明知為匪諜而不告發檢舉各處有期徒刑一年

十二、判決

敘事者：八月二十二日，台灣省保安司令部軍法處審判長陳慶粹，審判官周咸慶與顏忠魯，根據「鍾浩東等案評議錄」，草擬完成該案判決書：

被告　鍾浩東　男　三十六歲　高雄縣人　住基隆中學宿舍　業前基隆中學校長
　　　李蒼降　男　二十七歲　台北縣人　住……　無業
　　　唐志堂　男　二十六歲　台北縣人　住汐止鎮……　業軍民合作站書記
　　　江支會　男　二十四歲　新竹縣人　住……　業准尉駕駛兵
　　　蔡新興　男　二十六歲　台北縣人　住基隆市……　業基隆水產公司倉庫職員
　　　許省五　男　三十一歲　基隆市人　住……　業廣告店
　　　許省六　男　二十九歲　基隆市人　住……　業廣告店
　　　阮紅嬰　男　二十三歲　台北縣人　住……　業基隆造船廠工人
　　　王荊樹　男　二十九歲　高雄縣人　住基隆衛生院宿舍　業醫師
　　　蔡秋土　男　二十四歲　基隆市人　住……　業基隆造船廠工人

張國隆　男　二十六歲　基隆市人　住基隆……　業雜貨商

楊進興　男　二十七歲　基隆市人　住……　業基隆造船廠工人

蕭志明　女　二十九歲　廣東梅縣人　住高雄縣……　無業

曾碧麗　女　二十三歲　基隆市人　住台北縣……　無業

右列被告因犯叛亂罪一案經本部判決如左

主文

鍾浩東李蒼降連續共同意圖以非法方法顛覆政府而着手實行各處死刑各褫奪公權終身全部財產除酌留家屬必需生活費外各予沒收

唐志堂江支會共同參加叛亂之組織各處有期徒刑十五年褫奪公權十年

蔡新興許省五許省六阮紅嬰王荊樹蔡秋土共同參加叛亂之組織各處有期徒刑十年各褫奪公權五年

蕭志明楊進興參加叛亂之組織各處有期徒刑五年各褫奪公權三年

曾碧麗張國隆明知為匪諜而不告發檢舉各處有期徒刑一年

事實

鍾浩東李蒼降均係台灣著名共產黨員鍾浩東曾領導基隆中學總支部李蒼降曾參加「新民主同志會」「台灣解放同盟」及領導和尚洲雙園支部士林電廠地質研究所各小

組三十八年七月間由奸黨上級派往基隆與在逃之藍明谷組織基隆市工作委員會以鍾浩東為書記藍明谷李蒼降充工委發展群眾吸收黨員……李蒼降所吸收者計有唐志堂江支會蔡新興許省五許省六等五名均經訓練指示活動……本年六月間經國防部保密局破獲連同尚未參加之黨員張國隆曾碧麗二名一併解送本部審理合予判決

理由

本案被告鍾浩東李蒼降對於與在逃之藍明谷主持基隆市工作委員會及領導基隆中學總支部新民主同盟會台灣解放同盟和尚洲小組雙園支部士林電廠地質研究所各小組發展群眾吸收黨員之犯行業經自白不諱核與在保密局初供無異……李蒼降所吸收之黨員唐志堂江支會蔡新興許省五許省六五名亦均供認不諱互相參證又與事實相符自堪採信查該被告等竟敢連續密結匪徒且有指示被告唐志堂接近軍官收買武器調查地形以備奸匪登陸策應等情其共同意圖以非法方法顛覆政府而著手實行已無可疑實屬罪無可逭自應處以極刑以昭炯戒……被告張國隆曾碧麗雖尚未加入奸黨組織然均知李蒼降為匪要而與之接近並不檢舉亦屬觸犯戡亂時期檢肅匪諜條例罪證明確應予依法論科案關叛亂均有褫奪公權必要被告鍾浩東李蒼降之全部財產除酌留家屬必需生活費外依法均予沒收

據上論結除藍明谷林天河鍾國輝俟獲案另結外合依戒嚴法第八條第二項戰時陸海空

軍簡易審判規程第二條第一項末段第八條修正懲治叛亂條例第二條第一項第五條第十條第十二條第八條第一項戡亂時期檢肅奸諜條例第九條刑法第一百條第一項第二十八條第三十七條第二項第五十六條第五十九條第六十六條第七十三條刑事訴訟法第二百九十一條前段判決為主文

判決書草擬之後，審判長陳慶粹隨即呈送台灣省保安司令部軍法處長包啟黃，並附便條說明：

本案係國防部保密局奉總統（卅九）午梗機資字第二三〇四號代電發交本部審判茲已審判終結應否先向資料組徵詢意見敬請核示

八月廿八日，包啟黃「核判」了該判決書。

八月廿九日，台灣省保安司令部以兼司令吳國楨與副司令彭孟緝的名義，將「鍾浩東等叛亂案卷判」發文總統府機要室資料組。

九月二日，總統府機要室資料組電覆台灣省保安司令部：

本案既經依法擬判本組無意見相應檢還案卷二宗判決原本一份復請查照為荷

九月九日，台灣省保安司令部再將「鍾浩東等叛亂一案罪刑」卷判呈奉國防部批示。九月廿一日，國防部參謀總長周至柔批答：

核准鍾浩東等叛亂一案罪刑

希知照並將執行鍾浩東李蒼降二名死刑日期具報備查

九月廿九日，參謀總長周至柔再將保安司令部檢呈的「鍾浩東等叛亂一案卷判」，「簽請總統蔣鑒核示遵」。

十三、與妻訣別書

敘事者：十月二日，在獄中狹窄的押房裡，早就對自己的下場有所覺悟的李蒼降給曾碧麗寫了一封不見得寄得出去的「與妻訣別書」：

親愛的賢妻：我記得我們相識的時候是一九四八年初春，從此，除夏季你去南京一、二個月間暫別之外，我們都過得很甜蜜。你還記得草山之行、獅頭山之遊及礁溪之遊否？那時我們是何等的快樂，呼吸著山間新鮮自由的空氣。至一九四九年春，我們排除萬難，才能設法籌備費用結了婚。婚後雖在經濟困苦的壓迫下掙扎，卻因我們精神上的互愛、了解而過得甚快樂。到海邊釣魚拾蛤的快樂，尚歷歷在眼前。後虧你奉職維持家計，稍得寬暢。但好景不常，旋因你養母逝世而往羅東。未幾，更接著基隆中學的事件，不得不開始避難流浪的生活，東奔西走，幾個月都不得安居。那時你已懷胎，累得你太苦了。後得住南京東路，想從此可暫安居了，不料更住不到兩個月而發生這慘情。姊姊、你、我都同時被捕，從此我們快樂的生活更被迫結束。那時適在你生產之前，這個打擊及保密局的扣（拷）打，使你身體受不起（而）早產小兒黎紅；又

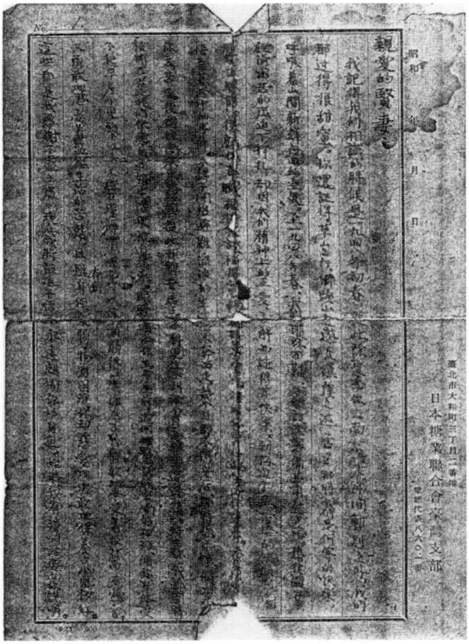

1950 年 10 月 2 日，李蒼降給曾碧麗寫訣別書。圖為作者搶救回來的被水淹過的原信影本。

你在產褥中更被拋打以致衰弱得疾。你為了我勇敢的忍受著扣（拷）打而不漏一言，又勇敢的忍受著監獄生活的苦楚，且雖有病，身體衰弱，物質困難，你卻慈愛地勇敢地保養了小兒黎紅。這些都是我感謝不盡之處。現在我將被迫不得不永遠離開你的身邊，此時我有幾句話要向你說明。

一，回憶我們相識至今這一年半的期間，及結婚以來的這一年半，你都時常感覺滿足、愉快、感謝的念。綜合我們兩之間的事，我實際虧負你的事太多了。你時常幫助我，原諒我的不對，我卻不但沒有幫助過你，使你安居，且累你受這大難，你卻能勇敢地忍受，對我毫無怨心，這些都讓我時常感覺對不起你，感謝你，你實在是我最好的伴侶了。我能找到你，這是我生平最感幸福的了。我絕不希望你，為我的死而悲傷，影響你的健康而使我難過，我望你加強氣力快些回復你的健康，堅決地繼續我的意志，做我未能去做的事業，這是你能給我的最大的安慰了。

二，對你的前途，我希望你能自闢前途，自擇良配，不要拘束我，不要拘束舊封建禮教的束縛。你是一個有自主、能力、勇氣、學識的女性，我相信你定不會為了這些而束縛自己的前途。你也曾對我說過，發見你比其他各地的女同志都有學識、進步。我相信你如勇敢地去爭取開闢前途時，定會發見你的前途是遠大光明的。這也是真真我所希望、所期待著的哪。

三，關於小兒黎紅的事。她生在獄中，長在獄中，在苦難中掙扎生長起來，因此對她甚覺憐憫，一面也對她很期待能比別兒長得賢明有用。我不希望她做一個嬌柔軟弱的女郎，而希望她做一個剛毅能幹的新時代的模範女性。這也須全依靠你的管教了。雖如此，但我絕不希望你因為有小兒而耽誤你的前途，如發生這矛盾時，小兒可交給托兒所，而毫無猶豫地前進你的路。

四，家庭的事。

a.我家赤貧，我們被捕後定要為維持生活而向親戚告貸。關於這些負債，或將來家族生活發生問題時，請你將此情詳告組織，請求幫助。

b.我等來軍法處後，屢蒙大姑、二姑、三姑等之愛顧，不勝感激，你如有機會請代我致謝，並安慰他們。

c.你的親父、養父母、張義母等，代為我致意。

d.給媽媽、姊姊、弟妹的遺言已寫好，放在枕頭套內，請你將枕頭送回，並對他們說明，拿出來看。

五，我的後事已詳細託在（給）同室的幾位同志，請你將來詳問他們。

這幾天真緊張極了。這正表示著時局的緊張及光明的將來臨。這是生產前應有的陣痛。我不怕死，許多同志都笑著臉勇敢地赴死了。我們的死將還有些意義！

1.有許多同志因受蔡孝乾的發表文告、廣播的影響而自墮志氣，甚至有一部分人更輕視、蔑視組織，對這些人，我們的犧牲將能給一個血的教訓，鼓舞他們的志氣，加強他們的警覺心、鬥爭心及心（信）念。

2.自蔡孝乾的發表文告、廣播而使一般人民對我們的組織發生誤會及輕視。我們的犧牲將對（在）人民眼前提出血的反證，使人民了解，蔡孝乾所做的事乃是他個人該負責的，並不是組織全體的責任，我們的組織雖遭破壞，但大部分乃是有骨頭的。

3.對尚未遭破壞、被捕的同志，即能提高他們的警覺心、鬥爭心。

末了，「冬天有淒涼的風，卻是春天的搖籠（籃）」。我們的犧牲是光明前難免的事，你不必為我的死而過度悲傷吧。謹留數言，順祝您及早回復健康，永遠快樂。

十四、槍決與領屍

敘事者：十月四日，蔣中正以總統府代電指示國防部參謀總長周至柔：

查本案被告唐志堂係於民國三十七年參加共匪組織據供且有吸收黨員之活動惡性重大

核其犯罪情節與僅消極地參加叛亂組織之情形不同除唐志堂一名應以共同意圖非法方法顛覆政府而著手實行改處死刑並沒收財產外餘均准照簽擬辦理可也

十月六日，參謀總長周至柔電告台灣省保安司令部：

一，卅九年九月九日（39）安潔字第2077號代電暨鍾浩東等叛亂一案卷判均悉

二，經簽奉總統卅九年十月四日聯芬字第390257號代電核示「查本案被告唐志堂係於民國三十七年參加共匪組織云云（抄原代電函）准照原判辦理可也」等因

三，希遵照改判並將執行鍾浩東李蒼降唐志堂三名死刑日期具報備查判決書存卷發還

十月十四日，上午六時，省保安司令部軍法處將鍾浩東、李蒼降及唐志堂三名各提庭宣判，驗明正身，發交憲兵綁赴馬場町刑場。六時三十分，執行槍決。李蒼降得年廿六歲。

顏世鴻：我是台南人，日據台南二中畢業，一九四六年進入台大醫學院就讀。一九五〇年六月廿一日清晨，我因為「參加台大醫學院學生支部」而在學校宿舍被捕；廿四日被送往保密局；九月二日轉往軍法處。

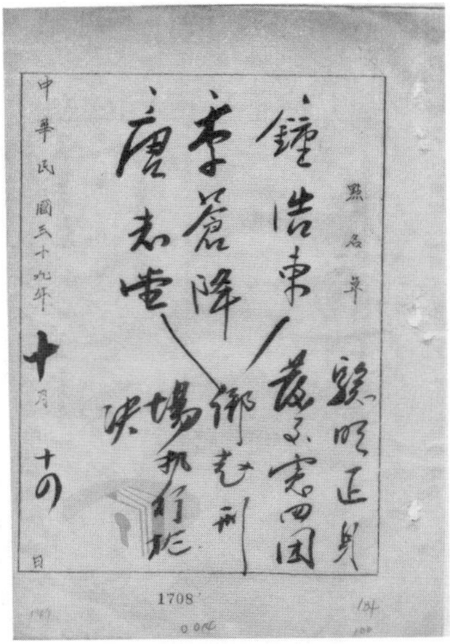

點名單。

在軍法處，我被關在A區第十房，李蒼降和一起被槍斃的基隆案的鍾浩東校長、唐志堂都關在B區。我那時候的眼睛很好，所以每位被帶出去的人的表情都有看到。

我聽說李蒼降很早就被逮捕了，但是任憑怎麼用刑都刑不出口供。後來，蔡孝乾被派去勸李蒼降，他說：「說出來沒要緊，只三個月的感訓而已。」其實這也是事實。最早被抓去的成功中學和台大法學院的一部分人就是被送到內湖新生總隊，大概感訓了六個月、一年之後就放出去了。不過，那是「懲治叛亂條例」還沒有出來的時候。李蒼降看到蔡孝乾也被抓來，心早就涼了一半，又聽他這麼說，所以才供出屬於他的組織名單。也就因為這樣，李蒼降被判死刑。

他們三個被帶出來時，我看見李蒼降的手被手銬銬住，但還沒有被綁起來（到了法庭他們才會被綁起來，然後在背後插上那枝「傳統文化」的旗牌）。當時，李蒼降的太太也被關在樓上。李蒼降還以手向他太太表示再見。我想她應該也有看到他被帶出去槍決吧。

曾碧麗：我被送去軍法處的時候，家裡的人就把已經七個月大的女兒領回去。在軍法處看守所，如果當天有執行槍斃，清晨五點多，就會把押房的窗戶關起來。所以，每天早晨，住在樓下男生押房的蒼降，都會利用放封時間，假藉倒馬桶，讓我看到他。可是那天，一直到早上七點多，我都還沒看到他出現。我就知道，他一定是被槍決了。

許訓亭：我是看到報紙才知道蒼降被槍決的消息。那時，我已經從市政府轉到大同中學當會計主任了。那天早上，我在辦公室看報，無意間看到蒼降被槍斃的報導，說他是基隆負責人。我很震驚，馬上打電話回家。我母親聽到後，哭得非常傷心。

李蒼炯：大哥在獄中曾經寫信回家，要家人不要寄太多菜，但要多寄一些不容易壞的菜脯和小魚乾。他槍決時，我還在跑路，後來聽說，是二哥和表弟去馬場町收屍。母親的傷痛當然無法形容。

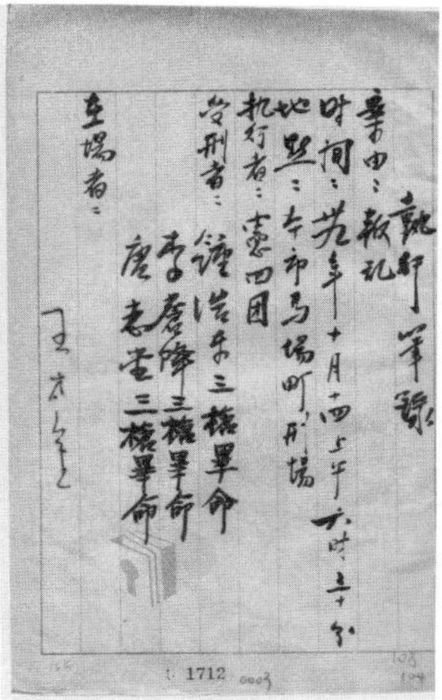
執行筆錄
事由：報記
時間：卅年十月十四上午六時三十分
地點：台市馬場町刑場
執行者：憲四團
受刑者：鍾浩東 三槍畢命
李蒼降 三槍畢命
唐志堂 三槍畢命
在場者：

1712

憲兵隊長的執行筆錄。

敘事者：十月十五日，台北《中央日報》及其他各報都根據軍聞社提供的通稿報導了李蒼降三人被槍決的消息。

十月十六日，李蒼土花錢請代書寫了題為「呈為民兄李蒼降犯案業已處以槍決之極刑請予其屍體俯賜領回藉以安置由」的領屍申請書，「謹呈軍法處公鑒」。

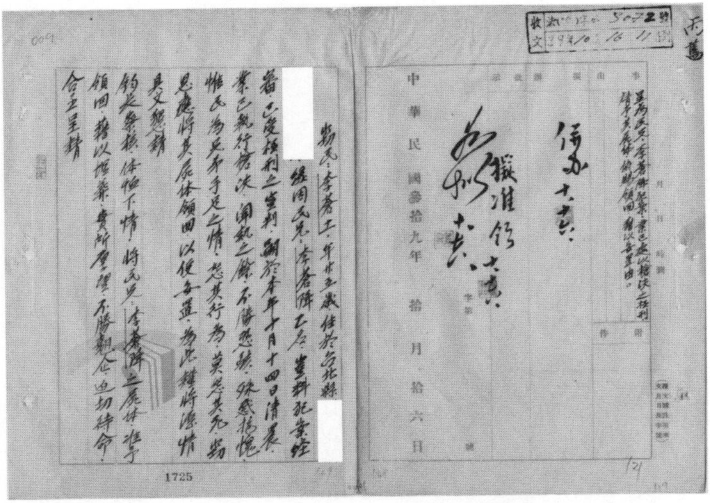

1950年10月16日，李蒼土花錢請代書寫的領屍申請書。

李蒼土：竊民：李蒼土，年廿五歲，住於台北縣……緣因民兄：李蒼降乙名，豈料犯案經審，已受極刑之宣判，嗣於本年十月十四日清晨，業已執行槍決，聞訊之餘，不勝恐駭，殊感抱愧，惟民為兄弟手足之情，怨其行為，莫怨其死，竊思應將其屍體領回，以便安置，為此謹將瀝情具文懇請鈞長察核，體恤下情，將民兄李蒼降之屍體，准予領回，藉以埋葬，實所厚望，不勝翹企，迫切待命，合○呈請鑒核，實感德便。

敘事者：十月廿三日，台灣省保安司令吳國楨向國防部參謀總長周呈報：

遵於十月十四日上午六時三十分將叛亂犯鍾浩東李蒼降唐志堂三名提庭宣判驗明正身發交憲兵第四團綁赴馬場町刑場

執行鎗決據報該犯等各中三槍斃命

十一月一日，國防部參謀總長周至柔將台灣省保安司令部所報「執行鍾浩東等三名死刑日期」轉報總統蔣「鑒核備查」。

十一月四日，總統府駐國防部聯絡室主任傅亞夫電告軍法局：總統蔣批示「准予備查」。

十一月十四日，國防部參謀總長周至柔電告台灣省保安司令部：總統蔣批示「准予備查」。

十五、倖存者的感言

徐萌山：在我心目中，李蒼降是一個有思想，有理想，政治水平高，有分析能力的台灣優秀青年的典型。他是有錢人家的子弟，要做國民黨的官很容易，卻積極主動地投入了這場新民主主義革命。這是很難得的階級覺悟。他若離開台灣，就沒事了。可是，他卻堅持留下來，戰鬥至死。

許訓亭：一個好好的人竟然被抓去槍斃，一顆子彈就沒了，很沒彩。我想到就很不甘……

李薰山：我經常想，如果我和林如堉在被捕以後就供出李蒼降和李登輝的話，李登輝就不可能有後來的地位，李蒼降也不會被槍斃吧。

李登輝：我想他（李薰山）說的可能很對，這段話很心適。新民主同志會成員被掠去的人只有三人，當時我和李蒼降已經離開同志會，他們沒有說出我們的名字，我們不是這個會的人，他們只講自己會裡的人，這是很巧妙的所在。可能當時特務也不知組織裡有幾個同志，他們只問被掠的幾個人的事情，所以他們也沒講出李蒼降和我。

所以李薰山說如果他和林如堉把我和李蒼降供出來，不知道我們兩人會變怎樣，他說的真對……每次他們來掠人我都會緊張，這個問題拖到一九六九年，晚上沒一日安心睡覺，都不知何時會怎樣，對未來不確定。我當時不知道為什麼他們沒有來掠我，我相識的人都被掠去了，有的人還被槍斃。

一九六八年我從康乃爾回來，一九六九年警總叫我去，這是第一次，也只有這一次，也是問新民主同志會這個案件……他們……只問我這一件事情，問同志會裡誰怎樣……他們叫我慢慢想，光想這個新民主同志會的事……他們把我拘留起來，把我放著，有時間就來問，疲勞轟炸，用這種方式約談，中間也讓我吃飯。他們的問話是慢慢「擠」，讓你去想。我問他：「究竟你是要問我什麼事情？」他們不告訴我，要我自己講。我那時候沒有想什麼，只是把「新民主同志會」的經過寫給他們……這樣被約談七天，來來去去，後來給我一個「自新證」，說我自新了。

韓佐樑：我和李蒼降後來就失聯了。我不知道他去那裡？我不知道他是否被抓？也就不知道自己是不是很危險？所以，從一九五〇年初開始，我偶爾會寫點文章。一開始，我是通過一個老鄉介紹，幫本來在杭州搞工運，逃到台灣後辦《中國勞工》的錢江潮寫些關於工業安全、勞工訓練的稿。我一直堅持用本名發表。我希望李蒼降可以看到我的文章而主動與我聯繫。我想，如果他還沒有被抓，我也就很安全。但是，十月十五日，我在《中央日報》看到他被槍斃的報導了。我心裡很難過，反覆回想著從杭高認識他到失聯前的一幕幕。因為過了一陣子我都沒出事，所以我知道沒有事了，就決定去蘆洲，看一看伯母，也給他上了香。然後，我就遵照他最後同我說「最好是離開」的交代，離開水湳洞的金銅礦物公司，再度四處流浪。一九七〇年九月廿二日，我在中油煉油廠任職期間，因為申請出國被挖出過去與李蒼降的關係而被捕，並以「參與叛亂組織」罪名，判處十年有期徒刑、褫奪公權五年。

十六、艱難的餘生

曾碧麗：蒼降被槍決那天，早上八點多，我和其他同案十幾個人也在軍法處看守所開庭判決。結果，我被判有期徒刑一年。我頭低低的，沒有流眼淚。法官問我有何感想？我就對法官說我不服。法官就說我「知情不報」。我反駁說，我不知道這些事情，如果知道，我可以勸他，可是夫妻一等親，我怎麼可能去舉報他呢？

判決以後的十月廿四日，我在看守所收到軍法處傳達兵送來的判決書。十月三十日，我又被移送到台北監獄關押。

敘事者：大哥李蒼降槍決之後，十月三十日，李蒼土又花錢請代書寫了一份題為「為家境清苦母衰子幼懇保徒犯曾碧麗乙名釋外支撐家務事」的陳情書，呈送台灣省保安司令部軍法處。

李蒼土：竊小民是居鄉下務農為業家道清苦因家兄不忠於國死後嫂曾碧麗被判徒刑一年母氏年逾天命精神萎微衰弱俸侍無人姪兒未及週歲撫育無人提孤家況悽涼之慘狀實堪令人嗚咽又兼徒犯曾氏身煩肺部結核因家道清苦在獄內不得十分的治療此懇乞鈞座開惻隱之心體恤下情垂憐小民遭遇悽慘苦境懇求將徒犯曾碧麗乙名准予暫為保外支撐家務則存沒感德無涯懇乞瀝情。

曾碧麗：天氣愈來愈冷了。我在被捕時所有衣物都被扣押，後來保密局派人還了四件，並說其餘的經清查後會再歸還。我身體病弱又無力購置新衣，於是在十二月十九日寫了一份報告交給法官轉給軍法處處長，希望代為轉詢保密局，早日發還我的衣服。

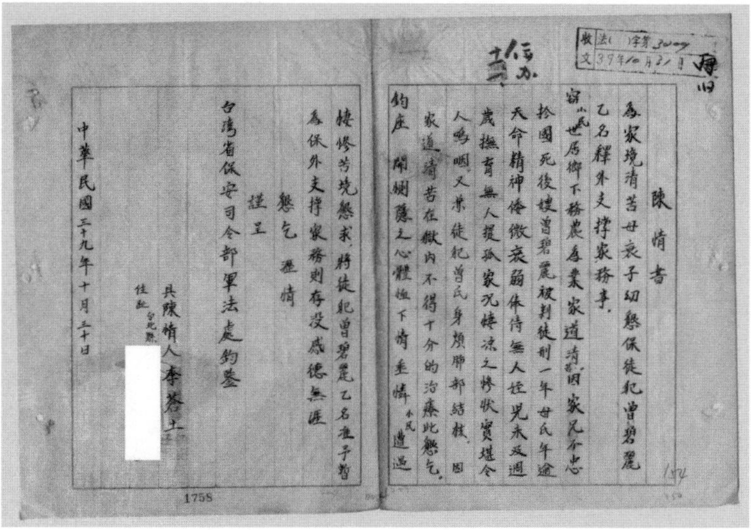
收文 法( )字第3007號 39年10月31日

陳情書

為家境清苦母衰子幼懇保徒犯曾碧麗乙名釋外支撐家務事。

竊小民世居鄉下務農為業家道清貧因家兄今忠於國死後建曾碧麗被判徒刑一年母氏年逾天命精神倦微衰弱依恃無人姪兒未及適歲撫育無人提孤家況悽涼之慘狀實堪令人嗚咽又兼徒犯曾氏身傾肺部結核，因家道清苦在獄內不得十分的治療此懇乞鈞座 開胸慈之心體恤下情垂憐小民遭遇棲慘苦境懇求將徒犯曾碧麗乙名准予暫為保外支撐家務則存沒感德無涯

懇乞 准情

謹呈

台灣省保安司令部軍法處 鈞鑒

具陳情人李蒼土

住址台北縣

中華民國三十九年十月三十日

1758

1950年10月30日，李蒼土向軍法處呈遞「為家境清苦母衰子幼懇保徒犯曾碧麗乙名釋外支撐家務事」陳情書。

陳慶粹：我接到曾碧麗報告的第二天，隨即草擬了一份「為已決犯曾碧麗請求發還衣服請查明見復由」的稿給國防部保密局毛局長：

一、據已決犯曾碧麗（女）本月十九日報稱「竊民於卅九年一月十八日在台北市被捕所有衣物均已扣押十一月初曾蒙保密局派員送還衣服四件並稱其餘衣物經清查後即可歸還現天氣寒冷民身體病弱且家境貧寒無力購置懇請轉詢保密局俾能早日發還」等情到部

二、請查明辦理見復為荷

報告呈給保安司令部軍法處處長包啟黃核判允准後，由保安司令部兼司令吳國

楨與副司令彭孟緝共同署名，發文士林芝山岩保密局。但保密局遲遲沒有回覆。

一九五一年元月十七日，我又以「電請將已決犯曾碧麗被扣衣服送部以便轉發由」，再擬一稿，致國防部保密局毛局長：

一、本部（39）安源字第三二九二號代電計達

二、已決犯曾碧麗被扣衣服四件即請查明送部轉發為荷

這份報告同樣經保安司令部軍法處處長包啟黃核判允准後，由保安司令部兼司令吳國楨與副司令彭孟緝共同署名，第二天再次發文保密局。

在此之前，元月十五日，我曾奉命草擬了一份「希查明叛亂已決犯李蒼降唐志堂有無財產具報憑核」的稿，同樣經保安司令部軍法處處長包啟黃核判允准後，由保安司令部兼司令吳國楨與副司令彭孟緝共同署名，發文台北縣警察局。關於李蒼降的部分，台北縣警察局長劉堅烈於元月三十日回電復請查核。

劉堅烈：據蘆洲派出所警員陳永興前往調查稱：「李蒼降現有弟二、妻、母、妹各一，弟婦、姪女、長女各一，全家共八口，家無財產，生活全賴其弟李蒼士維持，頗為艱苦」。

曾碧麗：一九五一年一月十七日，服刑期滿之後，我才出獄。我要出來時，台北監獄的

教育科長問我，妳對妳先生的遭遇有何感想？我因為一時激動而淚流滿面，然後回答說，我先生在日據時代就因為抗日而坐牢，為何祖國還要把他槍斃呢？我強調說，我先生是為了理想而犧牲，我覺得很光榮。我又說，打開歷史來看，每一個時代都因有這樣犧牲的人社會才會進步。那個科長被我嚇壞了，趕緊勸我出去以後絕對不要這樣講。

許訓亭：有一天，李太太抱著女兒來我家。我妻打電話給我，說蒼降妻來了。我馬上趕回去。見了面，我們哭成一堆，沒有說話。然後伊告訴我裡頭的情形。伊說伊在裡頭每個早上看得到他……他誇女兒的頭髮很漂亮。我聽說，伊因此而讓她留到初中才不得不剪短。那次之後，李太太就不曾主動來找我了。

曾碧麗：在那人人自危的恐怖時代，我竟然成了人見人怕的人。有些不明事理的親族甚至認為，蒼降是娶了我才會有這樣的下場。我的東西全被沒收了，戶口也被遷出去了，生活大成問題。我先生的姑姑建議我去賣切仔麵。那時，剛好一年一度的清明掃墓節到了，我就擔著麵攤和木炭上山擺攤。雖然掃墓的人潮都會經過我的麵攤，生意卻很差，賣了一個禮拜，不但沒賺到錢，還虧了本錢。我想，這樣下去也不是辦法。還好，家叔李友邦還在，我就去找他幫忙。他說我身體不好，又問我有沒有什麼一技之長？我說我日據時期曾被紅十字會派去香港野戰醫院做過護士，也有證書。他於是幫我作保，介紹我去蘆洲衛生所工作。

我在衛生所工作很認真，後來又被派去讀中央研究院辦的預防醫學公共衛生訓練班。因

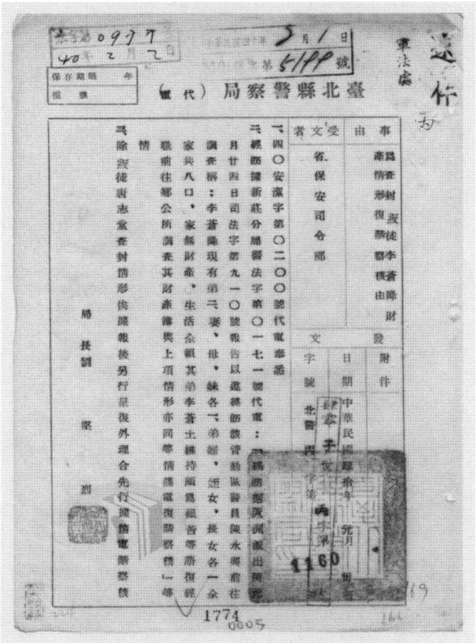
臺北縣警察局（代電）

事由：爲查封叛徒李蒼降財產情形復請鑒核由

受文者：省保安司令部

「四〇安濱字第〇二〇〇〇號代電奉悉
〻經飭據新莊分局警法字第〇一七一號代電：[illegible]
月廿四日司法字第九一〇號報告以遵經飭據管轄區警員陳永[illegible]前往
調查據報：李蒼降現有弟〻妻、母、妹各〻弟婦、姪女、長女各一，全
家共八口，家無財產，生活全賴其弟李蒼士維持屬實[illegible]等情復經
職前往鄉公所調查其財產確與上項情形亦同[illegible]等情據電復請察核」等
情
〻除叛徒唐志堂查封情形俟據報後另行呈復外理合先行據情電請察核

局長劉堅烈

1951 年 1 月 30 日，台北縣警察局長電復李蒼降「家無財產」。

為我的成績非常優秀，之後台大護校校長陳翠玉就找我去台大醫學院附屬醫院，幫忙帶公共衛生七年級實習醫生和護校三年級學生的實習課。在那裡，我碰到一些了解我的遭遇的人都會熱情地向我點頭致意；但他們仍然不敢與我靠近。

十一月十八日，李友邦被捕。之後，警察就經常來找我麻煩，親戚見到我更是有如見到瘟神一般，避之唯恐不及。不但是大人，連我女兒也同受折磨歧視；她在上小學時就曾被老師當眾罵說「共匪的孩子」。為了生存，我百般強忍各種屈辱。可是我也不能忍到完全沒有做人的尊嚴。有一次，警察又故意來找我的麻煩，我在忍無可忍的情況下就對警察說：「你們要是不放心我這個才廿四歲的女性，就再把我抓回去關好了。這樣，我也不必又要為生活奔波，還要被你們不斷地騷擾折磨。」

尾聲：長眠齋明寺

敘事者：李蒼降的英靈後來在台北二中同學協助下暫厝桃園大溪齋明寺。

清道光年間，皈依佛門的大溪墾民李阿甲前往普陀山法雨寺出家受戒，並請回觀世音菩薩，結草庵福份宮，供奉清修。同治十二年（一八七三年），第二任住持遷至占地二公頃多的員樹林現址，改名齋明堂，與齋教的龍華派結合。日據清宣統年間，第四任住持江普梅（俗名江連枝）回歸佛教，拜鼓山湧泉寺聖恩法師為師，轉承鼓山曹洞宗禪學。一九二六年，江普梅傳子江普乾（俗名江澄坤）為第五任住持。面對殖民當局企圖斬斷大陸傳來的佛寺與漢文化的皇民化政策，江普乾為延續血脈而策略性地與日本佛教曹洞宗掛鉤，將齋明堂改稱齋明寺，但暗中仍以我國曹洞宗禪學為師。一九三九年，在台北曹洞宗中學（今泰北中學）習佛的江張仁，從父親手中接管齋明寺，成為第六任住持，法號會觀。一九九九年一月廿二日，時年七十歲的法鼓山創辦人聖嚴法師，在一心讓齋明寺回歸佛教本源的江張仁三次拜訪盛邀之後，接下三級古蹟的齋明寺，成為第七任住持兼管理人。這座創建於清道光年間，已有一百五十餘年的古剎，於是又從日本曹洞宗禪學系統，回歸我國鼓山曹洞宗禪學佛家派下。

齋明寺歷經近百年波折後的回歸，似乎也象徵著安息於此的李蒼降的英靈，在歷經日據、光復、二二八而仆倒於白色恐怖時期期的馬場町刑場之後，終於有了暫時聊可告慰的結局了。

許訓亭：蒼降犧牲以後，我一直不曾夢見他。奇怪的是，有一天，他卻託夢來找我；他拿一筆錢給我，要我交給大溪員樹林齋明寺的住持。我和齋明寺的住持江張仁認識。所以，日據時代，我曾經帶蒼降去那裡玩。夢醒以後的第二天，我把這夢告訴母親。母親就說不知他家裡人有沒有在祭拜？上班後，我就託住蘆洲的同事去找李太太，說我有事要見她。我和李太太見了面，立刻就問伊究竟有沒有在拜蒼降？伊哭著說，蒼降的骨灰罈還放在外頭，沒有入塔祭拜。我就要伊趕快入塔。伊說沒這個經濟能力。我於是找了那幾個二中的朋友。這時，大家對蒼降的誤會已經解消了，而且對他的刻意保護更加感激。我們於是湊了四百元，讓伊將蒼降的骨灰遷入齋明寺萃靈塔安息。

曾碧麗：我雖然與蒼降前後只有九個月的

曾碧麗在蘆洲李家，2015年10月。（藍博洲攝影）。

夫妻生活，但是印象深刻難忘。入塔前一天晚上，我夢見我和蒼降在一條溪水碧綠的溪畔又見面了。我們在一座植有各種奇花異草環境優雅的古老禪寺前散步。他溫暖地微笑著，然後指著那座位於禪寺後頭夕陽斜照的靈塔告訴我，說明天起，他就要住到這裡了。第二天，到了齋明寺，我發現，那裡的景致竟然就是我昨晚夢境中與蒼降一起散步的地方。

二〇一四年一月二十六日初稿
二〇一五年十一月十四日二稿
二〇一五年六月十一日三稿

參考資料

【口述證言】

李薰山先生，一九八八年五月六日，陽明山。
曾碧麗女士，一九八八年九月四日，台北市。

李蒼炯先生，一九八八年九月四日，台北市。
林信子女士，一九八九年二月廿六日，台北市。
葉銘聰先生，一九八九年五月廿日，淡水。
韓佐樑先生，一九八九年九月九日，台北市。
陳炳基先生，一九九〇年四月七日，北京。
徐萌山先生，一九九〇年四月九日，北京。
許訓亭先生，一九九二年九月廿九日，台北市。
劉英昌先生，一九九三年六月一日，北京。
嚴秀峰女士，一九九七年七月廿三日，蘆洲。
李蒼降二姊，二〇一四年十一月十四日，三重。

【文字資料】

李嚴秀峰，〈蘆洲李氏古蹟沿革簡介〉。
董舒林，〈從兩級師範到杭州高級中學〉，收錄於《浙江省杭州高級中學八十週年校慶紀念冊》。
高寧，〈杭高台籍校友名人史跡考：李蒼降生平小記〉，維信公眾號：「杭州教育發布」，二〇一六年四月五日。
《中共的特務活動原始資料彙編》，香港阿爾泰出版社，一九八四年一月。

李登輝口述，〈我為什麼加入又退出中國共產黨？——回首恐怖動盪的年代〉（張炎憲訪問）。

《安全局機密文件——歷年辦理匪案彙編》第二輯：「匪台北市工作委員會郭琇琮等叛亂案」、「匪基隆市工作委員會鍾浩東等叛亂案」。

蘇新，《憤怒的台灣》，台北時報出版公司，一九九三年二月。

裴可權，〈肅諜行動憶往——早年基隆「工委會」破獲記詳〉，一九八一年五月十六日《中央日報》。

裴可權，《台共叛亂及覆亡經過紀實》，台灣商務印書館，一九八七年年八月二版。

尋找
福馬林池撈起
的詩人**藍明谷**

序曲：台北橋頭大清早的鴉啼

敘事者：一九九三年五月一日下午。歷經多年的尋訪之後，我終於在前基隆中學校長夫人蔣碧玉女士的引領下，來到台北市景美區三福街巷弄裡一間尋常的公寓房子，見到了因為牽連基隆中學《光明報》案而於上個世紀五〇年代白色恐怖時期被槍決的藍明谷老師的遺孀張阿冬女士，聆聽記錄已經八十高齡的老太太追憶當年的受難經過。

張阿冬：一九五一年，農曆三月廿四日。台北橋頭淡水河邊。天還沒有亮，我父親就起來了。他煮了一些吃的東西，然後提著菜籃子，要給拘押在青島東路軍法處看守所的藍先生送去。他推開大門，跨過門檻。棲息在屋外大樹上的幾隻烏鴉在枝頭呱呱地悲啼著。是不是有什麼凶兆呢？父親一邊走一邊迷信地想著，會不會出事了呢？他的心緒一下子就被這幾聲鴉啼搞得壞透了。

藍先生是父親的二女婿，也就是我先生藍明谷。他是南部岡山人，光復後才從北京回來台灣，原本任教於基隆中學。我在婚後一直跟著他住在學校宿舍。因為這樣，我們父女見面的機會就比以前來得少了。自從聽到基隆中學出事，校長和許多教職員都被抓的風聲之後，父親就一直擔心我和藍先生是不是也被抓了呢？後來，他看到報上公布：牽連基隆中學「匪諜」一案而被抓的廿二個人之中，有四名外省籍的教職員遭到槍決，其他包括校長在內的十八名則被判「感訓自新」。他感到慶幸的是，報上公布的名單裡頭並沒有我們的名字。可是，他還是因為許久沒有我們的音訊而感到擔心。

日子在憂心中一天天度過。

我和藍先生先後入獄，並被解送台北刑警總隊以後，父親終於得以再次見到我們。我從寧夏路刑警總隊寄給他一紙明信片，上頭並沒有多說什麼，只說我已經在刑警總隊了，希望他能夠給我帶些吃的東西，以及一些生活用品。父親於是準備了我所要的物品，前往探監。藍先生的家人遠在南部，南北奔波，非常不便。父親就經常給我們夫婦倆探監、送菜。後來，我被移送台東外海的綠島集中營；藍先生則被移送青島東路三號軍法處看守所結案。父親仍然按時給藍先生探監、送菜。

這天早上，那幾隻烏鴉的悲啼聲使得父親一直靜不下心來。他提著一籃食物，一路憂心忡忡地走到看守所門口，按照規定填好會客單，交給門口的衛兵。

「藍明谷？」門房警衛接過會客單，核對了押房名單之後說，「人已經不在這裡了。」

「不在這裡？」父親有點懷疑。「上個禮拜，我還來看過。怎麼就不在了呢？」

警衛並沒有理父親。

難道，父親心想，這大清早的鴉啼果真是來向我告凶的嗎？然而，在事情的真相還沒有弄清以前，他寧可抱著一絲希望，於是試探地問警衛：

「是移監了嗎？」

「不曉得。」那名門警用一種傲慢的口氣回答。

父親沒敢再問下去，只好提著那籃沒有送出去的飯菜，拖著沉重的步伐，原路走回家。到了家裡，他愈想愈不能放心，於是給南部親家拍了一個電報，要他們趕快派個人上來，把狀況了解清楚。

一、苦悶的公學校老師

敘事者：一九九一年四月，我在北京全面採訪那些因為白色恐怖而流亡大陸的台灣老人的歷史。期間，吳克泰先生在訪談結束後主動問我知不知道一個叫做藍明谷的我的本家？我說在採寫鍾浩東校長與蔣碧玉女士的亂世戀曲《幌馬車之歌》時已經知道了，但還沒有聯繫上他的遺屬進行採訪。他就告訴我說藍先生有個弟弟在北京，同時問我想不想見他？我說當然想啊。這樣，兩天後，我就在吳

1993年5月1日，蔣碧玉與張阿冬女士在台北市景美區三福街。（藍博洲攝影）

1991年4月，蔡川燕先生在北京。（藍博洲攝影）

克泰先生安排之下，採訪了離台已經超過半個世紀而忘了鄉音的蔡川燕先生。

蔡川燕：我是藍明谷的弟弟蔡川燕。我父親名叫藍土生，從小沒爹沒娘，好不容易長大成人，因為做事勤奮，忠厚老實，被岡山當地一戶蔡姓人家招贅，與母親蔡氏妹結為夫妻，住在小地名叫街尾侖的農村。岡山的醬油有名。婚後，父親就以做醬油為生，通過長期努力工作與母親節儉持家，後來也購置十幾甲農地，並且蓋了一棟外牆貼有漂亮瓷磚的洋式樓房。他們先後育有五男二女。大哥藍明谷是長男，本名藍益遠，生於一九一九年。我生於一九二二年，是老二，照規矩從母姓。太平洋戰爭時期，日本帝國為了闢建空軍基地，強制徵收我家八甲農地。父親不得不拆掉那棟新蓋的洋房，自己用牛車，把拆下來的建材，一車一車，拖到更偏遠的大遼里，另外再蓋一棟住房。

父親是個孤兒出身的人。儘管沒有上過學，在日本殖民統治下，他卻通過自學而有相當的漢學修養；能讀《三國演義》、《封神榜》等章回小說，漢民族意識也很強烈。從我五六歲開始，他就在天未亮時，把大哥和我叫起來，讀漢文。後來，他又讓我們在設於村廟裡的私塾念四書。我們不但讀過，甚至背誦過《三字經》、《大學》、《論語》及《幼學瓊林》等書。父親還經常給我們講日本帝國侵占台灣時發生的故事。他一再向我們兩個小兄弟強調，日本征服台灣時，屠殺了難以數計的我們中國人。他又說，當年，日本人常常把小孩子吊起來，逼問村子有沒有人反對日本？如果說有，那麼，這個村子就要遭到屠殺肅清。因為這樣，台灣各地出現了許多「無

藍明谷的兩個弟弟與父母親的畫像。（藍博洲攝影）

人村」。通過父親口述的歷史教育，大哥從小就有了深刻的民族意識。他喜歡畫畫，尤其喜歡刻畫孫悟空、楊二郎等皮影戲人物。

大哥在岡山公學校學習的六年期間，成績非常優秀。然而，因為家裡的生活還不太富裕；父親擔心，如果不讓我們繼續念大學，在日本帝國民族歧視下，我們中學校畢業以後，恐怕不好找工作，因此就不讓大哥報考中學校。優等生的大哥只好升上岡山公學校高等科，再念兩年。這段期間，他不但當了級長，而且在歷史課表現的成績，特別受到老師誇獎。

高等科之後，大哥考上了公費的台南師範學校講習科；這是專為造就公學校本科乙種教員而設的學校。儘管岡山離台南並不太遠，可學校規定學生一定得住校，大哥因此初次嘗到離家的滋味。臨出門時，大哥掉淚了。母親也心痛地流著淚。我看到這樣的離別場面，不知為什麼也哭了起來。這時，父親才出來勸慰母親，說孩子是出門念書，不該哭啊。

就讀台南師範學校講習科的藍明谷。

日據時代，師範教育以培養學生「忠君愛國之志氣」並振起「國民志操」為目的；帝國主義的色彩非常濃厚。因此，在台南師範求學期間，大哥寫給我的每封家書，總會在一般問候家人平安的字裡行間之外，透露對日本殖民統治的不滿。其實，大哥的不滿，我也能理解；因為，在學校，我同樣處處感受得到日本人表現在教育上頭的民族歧視。最明顯的是，在學校，「台灣話」是不准說的，說了，就要挨打、挨揍。就是升學，台灣人也受到這樣那樣的限制。基本上，殖民地台灣的中學校就比日本本土要少，而且往往又分做日本人的與台灣人的學校；比如一中（台中一中之外）是日本人念的，二中是台灣人念的。而台灣人就讀的學校往往也插進好多日本人。在我看來，那些日本學生都笨得要命，學習也不好。可他們卻處處騎在台灣人的頭上。在這種「差別教育」的環境下，再加上大哥勸我要理解父親的難處，我也就不再奢望進入一般中學校。像他一樣，後來，我也順從父親的想法，去上屏東農業學校。

一九三八年，大哥修完三年的師範學校後被分發到屏東的枋寮公學校任教。

自從一九三一年九一八事變以後，日本就走上了法西斯道路，積極準備侵華戰爭。就日本殖民統治者而言，師範教育所培養出來的畢業生，實際上扮演著日本帝國向外侵略的尖兵角色。在這樣的教育環境下，年輕的大哥一直不太情願地履行著師範公費生的教學義務。他經常通過書信向就讀屏東農校的我抒發內心苦悶。他在信上這樣寫道，他這個老師實在當得很辛苦，當局要求他們把台灣小孩教成一個忠君愛國的日本人；可這種話，他實在說不出口。他無奈地說，他現在所能做的就只有教他們努力當一個好人……

大哥還向我提到，日本帝國主義統治台灣有幾個階段，先是鎮壓，然後是安撫；現在則是同化；而殖民當局就是以同化台灣人的名義，在台灣施行奴化教育。我現在不就是日本人奴化教育的幫凶嗎？大哥這樣自我批評道。同時，他也在信裡向我表明不想當老師的意願。可受到公費服務的規定制約，他又不能率性地辭職不幹。為此，他感到非常苦悶。

我在給大哥回信時也不知說些什麼才好，就安慰他說只要他好好地教下去，以後總會有出路的。可我沒想到，大哥立刻回信批評我，說我這種想法一點民族觀念也沒有。只要我堅持這樣的看法，他就跟我絕交。我收信後立刻回信向大哥認錯。當我再見到他時，竟然忍不住一陣鼻酸，眼淚也不由自主地掉了下來。

二、東京興漢會的殖民地青年

敘事者：一九三七年，日本軍國主義者製造了盧溝橋事件。中國的全面抗日戰爭爆發。台灣全島也進入所謂「戰時體制」。日本帝國也加緊對殖民地台灣進行所謂「皇民化運動」。與此同時，長期以來孤軍作戰的台灣人民抗日民族革命運動，不再只是台灣一地人民反對日本殖民統治，要求民族解放的運動而已。它已經納入國共兩黨重新合作的中國抗日民族統一戰線，並且成為世界反法西斯統一戰線的一個組成部分。

蔡川燕：大哥非常喜歡文學和歷史。因為小時候經常聽父親講述日本侵台當時台灣人民的抗日史事，他不但自學了世界史與中國史，而且一直向我表示，希望能夠親身到台灣各地採集民眾的歷史。他曾經在信裡跟我說：「真希望有一天能夠寫出一本站在民眾立場的台灣人民抗日史啊！」

我記得，盧溝橋事變發生以後，還在台南師範求學的大哥，在給我的信上談到了這件事，並且問我事變為什麼會發生？那時，我對歷史還沒有深刻的了解，回信時就按照日本當局的說法回答，說有一名日本軍人在演習時被中國軍隊開槍打死，雙方就打了起來。大哥接到我的信後立刻回信批評我，說他覺得我看問題太表面化了，而且沒有自己獨立思考的能力；依他看，這根本就是日本為了侵略華北而策動的陰謀。大哥又在信裡頭給我建議，說他認為我應該學點歷史，這對提高我的獨立思考能力會有幫助。後來，他每次寫信給我，都會出一道跟現實有關的歷史問題，要我回答；每一次，我都老老實實作答，然後寄給他批改。

通過這樣一來一往的書信討論，我的思想提高了許多。農校畢業時，我也接受大哥的建議，準備報考設於滿洲國的建國大學。大哥告訴我，我可以從那裡，想辦法到大陸內地，參加抗戰組織。

一九四〇年，我到了東京。因為父親反對，我報考建國大學的計畫未能落實而改考醫學專門學校，但落榜了。落榜以後，我並沒有回去台灣，在東京一個叫藍丁嬰的堂兄家裡住了下來。有一個長榮中學畢業，跟我同樣是落榜生的台灣青年劉世英，也住在那裡。我們兩個人同是落榜生，年紀又差不多，因此常在一起聊天，而且談得很投機。我們發現，彼此都對日本帝國主義的殖民統治非常不滿；我們也都認為，中國人要對抗戰做點事情，就一定要回祖國打拚。

補習了一年之後，一九四一年，劉世英考上東京第一高等學校文科；我則考取四年制的東京醫學專門學校。不久，大哥也來到東京。我們兩兄弟就在早稻田大學附近租房子，共同生活。

大哥告訴我，他在枋寮公學校教書時，有一次，帶學生到海邊郊遊，有名學生不小心掉到海裡，失蹤了；事後，校方追究責任，就把他貶調到客家庄的內埔公學校。經過這個事件打擊之後，他辭退教職的決心更加堅強了。於是不到一年就不辭而別，直奔東京。

大哥對文學和歷史非常有興趣，想報考高等學校文科。可在日本本土，殖民地台灣師範學校三年制的學歷不被承認具有中學校資格，不能報考高等學校。所以，到了東京以後，他準備了一年，才通過考試，取得等同於中等學校畢業的報考資格。

就在這時候，日本發動了太平洋戰爭。

那天，一早起來，我和大哥突然聽到房東說，日本和美國打起仗來了。我們高興極了。這樣一來，日本早晚必定戰敗。大哥向我分析說。可我們沒有意料到，日軍竟然在戰爭的初期有了很快的進展，因而心情感到沉悶。

為了尋找救國的途徑，大哥於是學習孫中山組織興中會的舉動，把我和王荊樹、張順安等在東京的台灣青年組織起來，成立興漢會，學習三民主義。當時，除了大哥以外，我們對社會和政治都不甚了解。我們只有一個共同想法，那就是：台灣同胞要想從日本帝國主義統治下解放，就需要有強大的祖國做靠山。因此，我們都把希望寄託在祖國的勝利和強大之上。

後來，局勢愈來愈緊張了。大哥一再強調，他必須想辦法趕快到大陸去。可他卻一直苦於找不到門路。因為沒有別的辦法，最後，他決定報考設在北京的一所東亞經濟學院。他無奈地告訴我，局勢演變到這個地步，也只能先到大陸再說了。

三、前往淪陷的北京

敘事者：一九四〇年二月十一日，也就是日本「皇紀紀元二六〇〇年」紀念日，日本殖民當局又通過戶口規則的修訂，制定台灣人改換日本姓名的規則。台灣的「皇民化運動」也通過這樣的「改姓名運動」進入最緊張的階段。儘管保持原來的姓名而不改的話會有種種的不利，但是一直到半年後的八月十一日止，卻只有一百六十八個「希望能夠『看起來更像日本人』」的台灣人改姓名而已。為了鼓勵更多的台灣人改用日本姓名，十一月廿五日，台灣精神動員本部公布了〈台籍民改日姓名促進綱要〉；同時又制定一種獎勵方法，規定說日語的家庭為「國語家庭」，在諸如物資配給等實際生活上給予和日本人同等的待遇。①

在那樣的處境之下，藍明谷想要去大陸的心情，也許可以通過在他之前隻身奔赴華北淪陷區，先後擔任北京藝術專科學校兼訓育主任、新民學院日語教授的張深切（1904-1965），得到理解。他在一九六一年十二月出版的《里程碑》一書，曾經這樣自述抗日戰爭爆發後自己為什麼要奔赴北京：

「我想我們如果救不了祖國，台灣便會真正滅亡，我們的希望只繫在祖國的復興，祖國一亡，我們不但阻遏不了殖民化，連我們自己也會被新皇民消滅的！」

蔡川燕：東亞經濟學院的招生報名和考試都在東京。大哥報了名，也考上了。他就寫了封家書，把自己最新的情況稟報父母；同時安慰父母，到了北京，立刻會寫信回家。

家裡的回信到的時候，大哥還在東京。因為父母親都不懂得日文，信是由妹妹寫的。妹妹以為大哥已經離開東京了，信就寄給我。信上說，父親尊重大哥的決定，沒什麼意見；可母親卻難掩思子之情，直說愈走愈遠，愈走愈遠……最後，妹妹在信上寫道：「最近，日本當局經常派人來家裡，要求我們改姓名。你說該怎麼辦？」我立即回了信。信上，我氣憤地寫道：「祖先給了我們一個很好的姓，絕不能改！你就這樣告訴他們吧。」信還沒發出去，大哥看到了，就勸我說：「你這樣寫不行。」我不太服氣說：「怎麼不行？」大哥心平氣和地告訴我：「你這樣只能讓妹妹為難。」我問：「那要怎麼寫？」他想了一下，說：「你就叫妹妹跟他們說，哥哥不在家，我們無法做主。先把它拖過去再說。」我覺得大哥說的有理，同時也打從心裡佩服他處理事情的方法，於是說：「你還是比我行。」

一九四二年，大哥終於如願前往思念許久的祖國大陸。我仍然留在東京，繼續未完的學業。兄弟倆因為住不到一起了，又恢復以往互相通信的習慣。

通過大哥寄來的書信，我體會到，儘管當時的故都北京已是日本帝國占領下的淪陷區，可他還是因為踏上祖國大地而心情激動。然而，一段時日以後，大哥看到的故都景象卻是在日本占領下，一般老百姓非常困苦的生活。他在信裡頭告訴我，街上經常有人餓死，到處都有乞丐在翻垃圾桶，找東西吃。相對地，他也看到一些高層的中國人過著另外一種完全不同的生活。他的心情變得非常苦悶。還好，大哥是個愛寫信的人，通過給我寫信和寫詩，他那苦悶的心情總算還有條疏通的出口。因為時代的動盪，我早就丟失了大哥當年寫給我的信和詩。可多年以後，我仍然清晰記得大哥有首詩裡頭的意象——一個瘋了的老太太，在路上，一邊走，一邊叫著自己孩子的名字，然後走過一座長橋。讀了這首詩以後，我只覺得它似乎反映了一種悽慘的現實生活，讓人不得不跟著對淪陷區的現實感到失望。儘管失望，可大哥在後來的信裡頭又告訴我，說他對中國的未來並不絕望。但是，他並沒有向我具體說明他的理由。

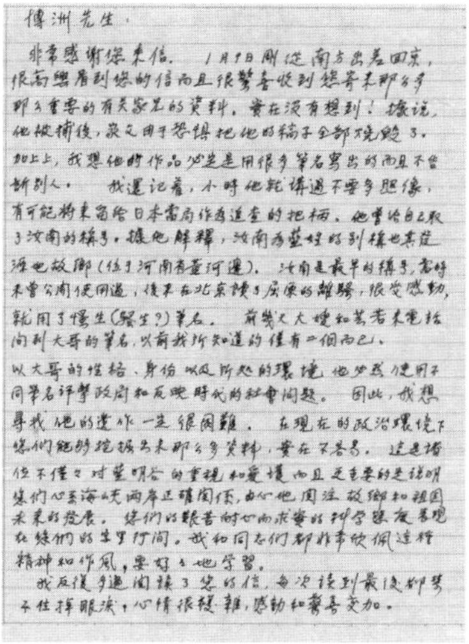

傳洲先生：

非常感謝您來信。1月9日剛從南方出差回京，很高興看到您的信而且很驚喜收到您寄來那么多那么重要的有关家兄的資料。實在沒有想到！據說，他被捕後，嫂子由于恐懼把他的稿子全部燒毀了。加上上，我想他的作品必定是用很多筆名寫出的而且不告訴別人。我還記着，小時他就講過不要多照像，有可能將來留給日本當局作為追查的把柄。他曾給自己取了汝南的稱号。據他解釋，汝南為藍姓的[illegible]故鄉（位于河南省黃河邊）。汝南是最早的稱号，當時未曾公開使用過，後來在北京讀了屈原的離騷，很受感動，就用了懺生（嗇生？）筆名。前幾天大嫂和[illegible]來電話問到大哥的筆名，以前我所知道的僅有二個而已。

以大哥的性格、身份以及所處的環境，他必然使用不同筆名評擊政府和反映時代的社會問題。因此，我想尋找他的遺作一定很困難。在現在的政治環境下您們能夠挖掘出來那么多資料，實在不容易。這是諸位不僅々對藍明谷的重視和愛護而且更重要的是說明您們心系海峽兩岸正確關係，關心他關注故鄉和祖國未來的發展。您們以艱苦耐心而求實的科學態度表現在您們的字里行間。我和同志們都非常欽佩這種精神和作風，要好々地學習。

我反復多遍閱讀了您的信，每次讀到最後都禁不住掉眼淚，心情很複雜，感動和哀喜交加。

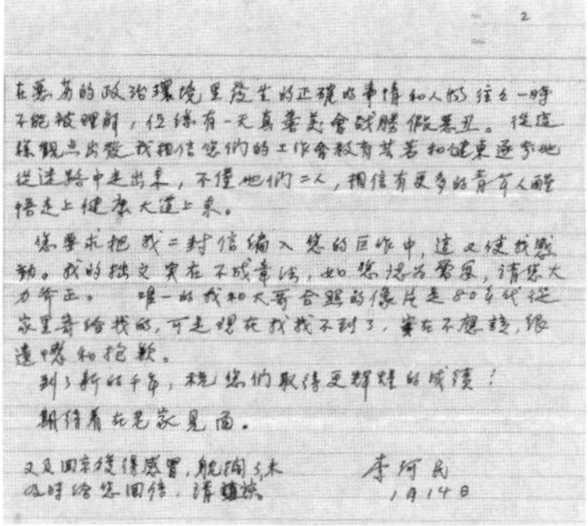

2

在惡劣的政治環境里發生的正確的事情和人物往々一時不能被理解，但總有一天真善美會戰勝假惡丑。從這種觀点出發，我相信您們的工作會教育[illegible]和健康逐步地從迷路中走出來，不僅他們二人，相信有更多的青年人醒悟走上健康大道上來。

您要求把我二封信編入您的巨作中，這又使我感動。我的拙文實在不成章法，如您認為需要，請您大力斧正。唯一的我和大哥合照的像片是80年代從家里寄給我的，可是現在我找不到了，實在不應該，很遺憾和抱歉。

到了新的千年，祝您們取得更輝煌的成績！

期待着在老家見面。

又及 回京後很感冒，耽擱了未及時給您回信，請諒。

李河民
1月14日

蔡川燕致作者信之一。

大哥在東亞經濟學院只念了一年。他在信上告訴我，說這所學校不合他的興趣。他想到北大學文學。然而，北京的物價很高，漲得又快，生活費比在東京和台灣都貴。家裡供不起他。他不願再靠家裡寄錢來念書，乾脆就不再上學了。為了生活，他經人介紹，到河北省南部的新鄉，給一位姓劉的台灣生意人記帳。到了新鄉，他才知道，這個劉姓商人做的買賣主要是向老百姓搜購糧食，賣給日本軍隊。這樣，一心抗日的他一刻也待不下去，就辭職不幹了。

因為窮，也因為苦悶吧，寫作，也許就是戰爭末期，在日本占領區的大哥所能做的事情之一吧。他因為喜歡屈原的詩與愛國情懷，於是取《離騷》之意，以筆名「懺生」，開始向北京的一些報刊投稿。

四、一個少女的死

敘事者：一九三七年七七事變後，五四時期曾經作為中國新文化、新文學運動中心的北京，因為華北淪陷區的文學刊物（含報紙副刊）仍然有三分之二集中在那裡，使得沉寂的北京文壇多少有點生氣，並繼續作為華北淪陷區文壇的中心。然而，此一時期，它主要的文學思潮卻表現為個人主義、唯美主義和浪漫主義等同現實、時代「疏離」的三種傾向。

從一九四一年起，伴隨著出版界的復甦，文學思潮的相對活躍，華北淪陷區文壇才迎來了長達三年的「中興期」，同時也發生了關於「色情文學」、「鄉土文學」及「小說內容和形式問題」等幾次文學思潮的論爭。基於華北文壇在創作上展現的「中興」局面，一九四三年，有人於是延續華北淪陷前期「文藝復興」的口號，提出「文藝復興之再出發」的口號。

北京這種文學思潮活躍的現象，意味著華北文壇自身的某種覺醒。然而，隨著戰時的政治和經濟形成統制的形勢，這種文學的覺醒自然也要被糾結於日偽的文化箝制之下。

一九四三年初，汪偽政府「對英美宣戰」、「擊滅英美」的文化思想在文化界甚囂塵上，日偽宣傳機構力圖把各種文學口號納入其「東亞思想戰」的軌道。這時，「國民文學」的口號就被強調提出，幾乎成為一九四四年淪陷區文學中的「文學旗幟」，並把淪陷區文學捆綁在「擊滅英美」、「復興東亞」思想戰的戰車上。華北淪陷後期開始於富有建設性、民族性的論爭的文學思潮，也就在這種力圖把文學同政治捆綁一體的「國民文學」的口號下終結了。

到了一九四四年下半年，由於戰爭造成的民窮財竭，紙張奇缺，報刊生存日益艱難，北京原有的八家報紙僅存三家，雜誌由九十二種銳減至六十八種，文藝雜誌也僅存五種，隨出版界的復甦而出現的文壇「中興」，也很快走完了它的路程。②

基本上，藍明谷在北京開始文學習作的時期，就是華北淪陷區的文學從「中興」走向衰落的歷史階段。他的作品以詩為主，兼及散文體的小說與其他類別的文章。他的寫作除了抒發心中的苦悶之外，另方面也想借著微薄的稿酬來維持起碼的生活所需。但是，在日本占領區的華北偽政權統治下的北京，可以想見，像他這樣初習寫作又具有抗日民族意識的文學青年所寫的作品，是不會有什麼發表園地的；除非他昧著良心寫一些沒有立場的東西。然而，那應該不會是他的行事風格。因此，他在這段時期的作品，目前僅見的就只有完稿於一九四五年二月廿八日的短篇小說〈一個少女的死〉。

蔡川燕：大哥向來都很關心弟弟、妹妹們。當他在枋寮公學校當教員時，小妹藍票正在念公學校四、五年級，因為功課不好，他就把她接到枋寮一起住；一面幫助她學習，一面照顧她的生活。有一個週末假日，我從屏東到枋寮看望他們。趁著小妹不在的時候，大哥感到灰心地跟我說，票妹的學習底子太差了。他覺得他要幫她已經太晚了。

為了把台灣人同化為有日本精神的「日本人」，殖民地台灣「皇民化運動」的中央機關

「皇民奉公會」，不斷舉行各種「職能奉公運動」與訓練，脅誘台灣人民協助推進侵略工作。它還在全島設立了五十所「婦女訓練所」，以救急、看護為主要課目，一共培訓了六千名以上的台灣未婚女子，派往華南及南洋。

在北京時，大哥通過我寫給他的信得知，兩個妹妹先後被迫接受「特殊看護婦」的訓練，然後分別派往香港與海南島「奉公」。結果，在海南島的小妹藍票卻因為感染瘧疾而病逝。大哥應該就是根據小妹藍票的真實遭遇，寫了小說〈一個少女的死〉：

三月八日

昨晚我們商量了一夜，決議向K大夫請求辭職回家。剛由夢中醒來，P便挽著我的手，很興奮地說道：「我們不該再有錯

皇民奉公會在全島設立五十所「婦女訓練所」，以救急、看護為主要課目，一共培訓了六千名以上的台灣未婚女子，派往華南及南洋。圖為台灣女學生在阿里山。

誤與無謂的犧牲。C姊，你想對不對？」這句話是由她大兄給她信裡所說過的。P受過這句警告的影響，她完全改變了從前溫柔而受動的思想態度，而且時常如發洩什麼箴言般地對我提說。當時我馬上表示同情，而且心裡感到莫名的興奮。

我催促她起床梳洗。早餐後帶著昨日收到的電報，我們一齊上班去。簽到以後，到外科室去找K大夫。K大夫剛上班，正坐在沙發上，把雪茄悠然地吸著。我們照常地說聲「先生您早」，而後是P先開口：

「K先生，讓我們辭職回家吧，家裡來電報叫我回去。」

K大夫似乎很感覺意外，然而他還保持著冷靜的態度。

「電報是誰拍來的，讓我看。」

「是家父。」

「有事速辭職回鄉父。」他低聲地念了電文，歪著頭腦海裡思索一下，才開口道：

「恐怕院長不准回去，因為你們訂下的四個月的合同，還剩下一個月的期限。」

「可是……我母親很擔心我，又聽說H

一個少女的死

〈一個少女的死〉。

島的風土病熱帶很普遍……我兩個哥哥和姊姊都到海外去了，我母親很盼我回去。您是我們同鄉的老前輩，請您幫幫我們的忙，向院長告訴一聲。」

「你別焦心風土病，我們為國家，為社會服務，總得拿出勇氣來；至於你母親的擔心是無謂的，我能夠寫封信勸慰勸慰她。」

如在眼前蕩漾著的幸福紅霞，只有一絲繫望，它被一把快刀打斷了，被沉黑的風雲遮覆了……P低著頭離開了外科室，我們回到看護室時，她汪汪的雙眸帶著淚珠，表示她難說的痛苦與失望。她突然昂起頭來說道：

「我們為國家服務，我們到底為誰的國家服務呢？C姊，你能夠解答我麼？」

似乎劈頭受了霹靂的擊打，我只有感到驚愕，而慢慢地變為一團難消的疑雲纏繞著我，抑壓我，漸漸地使我難喘息。但終於我不能開口解答她……

這天，直到正午，P始終精神不振，臉色蒼白。她告我說，覺得有點畏寒與頭暈。我以為她對於回鄉的事，想得太過於迫切了，至於精神恍惚。我勸她萬事向開處想，再等一個月，合同期限完了，我們不是就正正堂堂地能夠回鄉了麼？然而，她卻說，與此事無關，一定是因為昨晚受了涼的原故。於是我勸她請假，好好地休息，勿過於勉強。然而她卻不聽從。我很知道她堅強的性格。

到了下午，我們上班的時候，恰好來了一個滿身血跡模糊的外傷病人。他在生死關界徬徨著的靈魂，時常洩出斷續的苦痛呻吟。本來P很膽小，尤其今天又有點精神不快樂，所以我勸她離開病人。然而她始終幫著大夫處置病人的瘡口，一到了完全告終，才無力地坐在椅子上出神。

下午四時。是下班的時刻了。我拾掇完了診療室，想叫P一同回宿舍，才知道她已經跟K大夫外診去了。我後悔怎麼不早就勸她告假。她這樣完全不顧自己身體，如果害了病，叫我怎麼辦呢？

P由外診回到醫院時，臉色格外顯得火紅，全身顫慄，體溫上升到了三十九度八。請內科T大夫來診療，據他說，胸部並無異狀，亦非神經系的病症。T大夫即命採血，隨之檢查，追究病因。果然錦查氏染色的檢查玻璃板，經顯微鏡的透視，現出弦月形熱帶摩拉利原蟲的形態。熱帶熱——在H島是普遍全島的風土病，亦即是熱帶地方最可怕的，不知道侵蝕了多少寶貴生命的熱病。這三個月的經驗告訴我們，它有可怖的侵蝕力，尤其是在這設施不十分完善的醫院裡，是很有生命危險的。我很擔心P的病狀，躊躇了一會，向T大夫詢問。他說：「不要緊，叫她安靜地躺著，安靜是最必要的。服用那奎寧劑就可以回復原態，奎寧劑是瘧疾的特效藥，這是你們所熟知的。」

然而，我發見他眉頭尚有一抹憂色。我知道熱帶熱的特效藥是德國的阿提普咯與普拉斯摩恨，但不幸這裡卻並無這些藥品，真是無可奈何。只服用鹽酸奎寧恐怕不能獲得全功。

P躺在臥房，似乎喪失了思考能力，只閉上眼睡，呼吸短促而窒困。我刨開冰塊裝進冰枕裡，代替她的枕頭，又把毛巾濕過冰水按住她前額。她雖然閉著眼睛，情感似有微動，口唇稍微地顫了顫，做出欲說不能的樣子。我安慰她，勸她心身都得安靜才好。她是我的好同學，在這異鄉的唯一伴侶。她生出病來，如何叫我不焦心？

聽差送來藥粉與藥水。服侍她吃了藥水。等半個鐘頭後，又吃了藥粉。蓋上被子，一個鐘頭後便出了一身熱汗。體溫亦復了大半了。

三月九日

大清早，醒來的時候，我便挨近P床邊，伸手按住她的額。體溫已經回復了平常了。她握住我的手微笑著，而後很正經地向我道謝。我亦笑了，截住她話，不再讓她客套的恭維，而且說道：「難道我病了，你不服侍我了麼？我們何用客氣呢？」我又把話柄轉換過去，安慰她，雖然是熱帶熱亦不大要緊，不過三四天亦就愈了。

我們正在唔喃地談話的時候，聽見有拍門聲，開門一看卻是聽差送來一封信。是P的胞姊由S寄來的信。她總是在S的病院服務的。據P說，她在一年以前畢業女中，為著強壓的國民精神總動員，效忠國家等等名目，就由學校當局派去S服務。當時我們的信函是一概互相公開的；P與我各拉住信紙的一角，讀起來。

忽然她微笑地說：「哦，姊姊亦快要回去了！」她與高采烈。但這與奮隨著書信內容的進展，而漸漸地變為憂鬱了。信裡說：

「P，因你姊姊做著這種不出息的榜樣，才叫你亦受如此之苦，我懇求你原諒。我現在後悔那時為何不反抗，至現在才受這無謂的痛苦。我們的痛苦是有價值的麼？……「我們到底為誰服務呢？我不能坦白地告訴你，讓你自己去思慮，我希望你能夠發見我們所必據的真理與途徑……」

看完了信，昂起頭來的P，那瑪瑙色的，汪汪的雙眸帶憂鬱地注視著我，要催促我發表什麼意見似地……

「日本斷然不是我們的國家；我們雖然不能為國家服務，我們至少還能夠為同胞服務，P，這H島不是我們祖國的一部分麼？雖然H島既在敵人鐵蹄下呻吟……」

「為同胞服務？……可是我們無意中還得為他們虛偽政策的幫手妳信不信？

「C姊，妳怎麼健忘亦不能忘記前幾天的屠殺，我們雖然不曾親眼目睹，聽風聲亦足夠推察那悽慘狀況，而使人恐怖，戰慄了。我曾聽見我們故鄉有個地名叫『消人』的，現在正式名稱不知道改為什麼了。據我祖母說，當日本占台之時，許多的村鎮整個地男女老幼都為之虐殺殆盡了，這就是『消人』的起緣……他們自吹自擂地宣傳著道義建設，到底道義何在，是不是虛妄呢？」

她說到這裡十分感動的樣子，沉默了一下。

「我們知道必須為人眾服務，可是到底為誰服務呢……」

她的語調很激昂。我亦十分難過。經過暫時沉默而後，我恐怕這樣興奮於她的病有不好的影響，就催促她起來洗臉。

晨曦已射進屋來。書台上的鏡子，受著陽光反射出來柔和的光線。窗前的芭蕉葉顏色分外鮮明。

我理完髮，吃罷早餐，也就上早班去。我看見她吃了兩小碗米粥，有點放心。

到了中午，下班回來的時候，又發見她蓋上被子呻吟著。畏寒，發燒，頭痛，噁心……這種種的病狀與昨日無異。

三月十日

上午，P體溫平常。經院長允許不上班，在屋裡看護P。她精神還好，我們無意地又雜談起來。她似乎很高興地談起家鄉的種種回憶。

她說，她特別喜愛母親，對於父親卻有點生疏與畏懼。當她離開家鄉時，母親只說一句「P呀，妳珍重？」倚立門閭，眼睛卻不敢直視她。她記得很明瞭，很清楚。末了，她還說道：「過去，我是個很頑皮的孩子，時常使母親操心，母親的白髮不知道為此增添了多少！要是回去，我一定做一個孝順的兒女，不再會有今日的錯誤。」

她忽然憶起她哥哥寄給她的明信畫片。她叫我打開抽屜，給她拿出來。故都北平的古蹟名勝，以鮮明的原色印刷出來，可以想像到故都的幽雅與壯麗，令人羨慕不過。她微笑著說道：「你看，多麼美麗的故都呀。這畫片似乎有一種力量吸住我，這種力量也許就是故都的魔力吧。C姊，你看怎麼樣？……要是可能的話，我很願意合家搬到北平去住，也可以永遠離開受壓迫的故鄉……」

她忽然推翻被子，勢欲下床。我急忙按住她肩上，叫她必須保持安靜。她對我要求准她寫信；由要求而至哀求。然而我總不允許她，勸她多等幾天，身體回復了，再寫未遲。

下午，體溫又上升到了三十九度一分。

三月十一日

P的眼瞼與眼結膜變為黃疸色。眼見來診的T大夫面上有憂色。恐怕病症惡化了。熱帶熱是很有惡變為黑水熱的可能的。倘有普拉斯摩恨，或者不至於此。呵，普拉斯摩恨！

她精神好似極不快樂，終日沒有談過話。

三月十二日

P的體溫升至四十度八分，皮膚變為黃疸色，小便帶著葡萄酒樣的色彩。下午，小便再變為黑紅的血色，而且排尿時訴痛不止。

黑水熱！現在醫學界的謎，如一條毒蛇纏住她纖弱的身體……而把她，這純真的靈魂，一步一步地推進絕望的黑淵去！

三月的天空格外清朗。地平線上浮著飄飄的絮雲。由不遠的海邊傳來悠揚而漫長的浪聲。窗外的芭蕉已經放出花朵了。蜜蜂在狂歡喜舞，饗受春的盛宴。雖然這H島是位於熱帶的海島，三月已超過溫暖的程度而使人感到悶熱。但春神對於自然的恩惠是平等的，春的氛氣瀰滿了天空，而潛在一切生物的空隙，甚至侵入這孤客的病房……

轉眼看見了黃疸而無力的臉面，不覺地滴下酸苦的淚珠……

三月十三日

P訴苦終日。嘔吐不止，一日竟至數十回。頭痛非常。她說：如受一把鐵鋸，鋸著腦袋。可憐的P呀！她豐頰消瘦得可怕。她瑪瑙色的大眼睛已經喪失靈活，緊緊地鎖閉著，或無力地半開著。她長臥在被褥上，如喪失了生活能力的皮膚，毫無意義地披掩著一把骨頭。她這樣衰弱得令人為難相信，疑是在做夢。

數天前，是個多麼活潑，多麼健談的P，令人不敢相信便是現在的她……

她時常洩出苦痛的呻吟。她孱弱的手腕無力地顫動……這些無一不令人傷心！

三月十四日

上午，定時來診的T大夫說，據尿色考察，今早倒有點回復的氣色，若無再度惡化，即有一縷希望可靠。然而，到了下午，體溫不但沒有降下，而且上升了不少，仍使我愁眉不展。

三月十五日

清早，被P呼喚母親的叫聲驚醒。她雙手掀住被角，鎖住眉頭，口唇顫動著，叫她眷戀不忘的「媽媽」。我不覺目酸喉塞，滴下眼淚來。伸手去觸她的額與手，還感到灼身的熱度。

「媽媽……妳別傷心，我……姊姊，妳別告訴媽，說我病了，她一定……姊姊……」

她緊握著我的手，直喊她姊姊。她面容焦悴而沉鬱，有時還泛出兩點淚珠，更令人傷心。我真不知道怎樣安慰她才好。而且，無論我怎樣勸慰，她似乎已喪失了理解的能力，毫無響應。她的囈語，起初還有點脈絡關聯，而終至片段的，毫無聯繫的片言隻語，而且面容顯得更悲痛，更寂寞。

我向T大夫陳訴，要他施用更有效力的療法救治。他說，黑水熱是現代醫界的謎，如地球的南極或北極，甚至可比阿佛利加州的幽谷森林，是個完全無人踏到的境地。所以關於病原在世界的醫學界並無一定的學說，治療方法亦各人有各樣的見解，未曾發明更有效的療法。所以他只有採用對症療法了。服用鹽性涼水，為救治過度衰弱起見，打了一針鹽性水。又注射一針保護心臟衰弱的珂玢強心劑。

三月十六日

病狀不但無起色，尚且加增沉重，漸漸的邁入絕望的深淵！她呻訴全身痛疼如刀割。尿量亦缺少了。打了一針鹽性水。

終日精神未曾清醒。在夢幻之中時常呼喚母親。她思考力完全繚亂而至於喪失了。她呼喚「媽媽」孱弱的聲音，直傷著我心腸，叫人難過。

上午十點許，K大夫來看病。自P病臥以來，他只來過三次，每次，機械地詢問一兩句平常話，就走出去。他照例地詢問病人的起居。當然是我代答的。而後他還說，昨天有個重要的醫學實驗，解剖一個活人，是一個俘虜，實驗其身體的機能。

哦，天呀！活剖俘虜。這是怎麼回事？那是為國家奮鬥過的勇士，是我們的同胞，不幸被俘虜了，而竟把他活剖！這就是「道義建設」麼？無論其目的如何崇高，我們沒有要求犧牲，到底不是罪惡是什麼？

這苦慘的事實，銘刻在我腦裡，使我難過，而至於悲憤充滿著心胸。這個事實，不是充分的證明侵略者與屈服者的關係麼？這裡到底有何道義存在呢？

我猛然憶起P所說的「我們為誰服務？」這句話。現在，我才知道這句話的謎了。

P卻完全不知道這個世界有過一件慘虐的祕史發生，只在昏迷境界徬徨……

三月十七日

P終日精神迷濛，已陷入危篤狀態。到了下午，天氣變為特別悶熱，風雲亦加急起來。傍晚，來了一陣沛然的驟雨。

三月十八日

早起，P啜了一碗冷牛奶。十一時，施以救急處置。以葡萄糖液灌腸。又因小便極少，再施以導尿。打一針珂玢強心劑，精神似乎清醒一點，但不過如風前將滅之燈，顯出最後的一閃。她振出最後的毅力要揭破覆住她眼前的昏暗世界，然而只在一瞬之後，力衰氣盡，漸漸地墜入灰色世界去……

下午，又降有驟雨，屋背靠近窗前一棵芭蕉，把蒼翠的葉扇，任憑旋風飄弄，鵝黃色的花朵受驟雨與急風吹打，掉落地上，與雜草枯葉混在一堆。我把窗戶悄悄地關了。不覺滴下眼淚，我心裡的悲傷要擴到無邊……

P把口唇顫了一顫，裝作要招呼「媽媽」的樣子，卻沒有喊出；突然又拉住我的手，叫了一聲「姊姊」。我的心恰似被銳利的尖刀挖了一大口地感覺空虛無主，而又悲痛難受。

下午七時，將近黃昏的時候，脈息升沉不定；呼吸漸向微弱，突然又嘆息似地呼出一大口氣。繼之，雙頰變抽著風般顫動著。最後，打了一針強心劑，亦無法挽救她的英魄……

下午八時三十二分，觸不到脈搏。三分後的八時三十五分，富於春秋的少女，告終她十八年的生涯，竟與殘花俱謝了！

驟雨正淋漓逞猛，從不遠處聽到海潮的怒吼。這少女生在征服者壓迫之下，未曾聽到光明的消息，而無聲無息地，如那驟雨的一滴飛沫，或如凶浪的一滴水波飛迸，消逝……

五、勝利後的旅平台灣同鄉

敘事者：這篇日記體小說〈一個少女的死〉開場於國際婦女節的三月八日。通過感染熱帶熱的少女P的肉體死亡過程，藍明谷描寫了被日本帝國主義以「國民精神總動員」及「效忠國家」等等名目，強制派到中國戰場服務的殖民地台灣少女民族意識的覺醒：

「我們不該再有錯誤與無謂的犧牲！」

「我們為國家服務，我們到底為誰的國家服務呢？」

小說還譴責了日軍在H島（海南島）進行的屠殺，並以此帶出他小時候聽到的「消人」的故事，批判了日本帝國主義「自吹自擂地宣傳著道義建設」的「虛妄」，同時也揭發日軍解剖活虜的殘暴事實。此外，除了嚴厲批判日本軍國主義發動的侵華戰爭之外，小說也通過少女P對美麗的故都——「北平」的嚮往，暗示著台灣人民只有回到祖國懷抱，才能「永遠離開

1946年2月15日旅平台灣同鄉會創刊《新台灣》。

受壓迫的」處境。

從內容來看，我們也不難理解，在抗戰末期的北京，〈一個少女的死〉應該是不太可能公開發表的。也因此，一直要到一九四六年二月廿八日，完稿整整一年後，它才能夠以筆名「慅生」，在勝利後的旅平台灣同鄉會機關刊物《新台灣》第二期公開發表。這個事實，已經足以說明藍明谷當年寫作環境的惡劣情況了。

蔡川燕：因為戰事的關係，一九四四年九月，我提前半年完成了東京醫專的學業。畢業後，我馬上到了北京，準備與大哥會合，尋找參加抗戰的路。初到人生地不熟的北京，先來的大哥卻不在這裡。在無處可去的狀況下，我只好憑著自己剛剛修完的醫學專業，在天壇對面的先農壇，一個掛牌華北防疫處的單位找到工作。防疫處主要是培養疫苗和血清，工作單純。可我後來才發現，這個防疫處竟然屬於日本侵華組織同仁會系統。我沒想到，自己一心想要為祖國的抗戰貢獻一己之力，卻糊裡糊塗成了日本侵華的間接幫凶。在日本占領區，儘管人們不一定這樣看待我的工作，我卻是這樣自責的。然而，現實生活的壓力實在太嚴峻了。我不曉得，自己一旦走出這個防疫處大門，還有什麼地方能夠暫時棲身呢？這樣，我就繼續待了下去。

劉世英：一九四五年六月，東京帝大經濟系畢業以後，我也輾轉經由長春來到北京。我寄宿在蔡川燕的宿舍——什方院。我們準備與藍明谷會合後一起尋找參加抗戰的路。但是，藍明谷不在北京，我們在人生地不熟的華北占領區，始終找不到進入大後方的門路。在時代的悶局裡，我們的日子就無奈地一天天度過，因為有友人作伴，才比較沒那麼難熬。

蔡川燕：八月十一號早上，北京老百姓之間忽然盛傳，重慶的中央廣播電台已在昨天晨間播出抗戰勝利的消息。我在上班前聽到了這個令人振奮的風聲，可走在路上，卻沒有看到有人敢大聲高呼。在辦公室，也沒有人敢對這個消息有所表示。而且，偽政府辦的《華北新報》仍然載滿了日軍在太平洋的捷報。因為這樣，人們仍然存著戒心，不耐煩地等待著勝利消息的正式公布。

十二號一早，上班的時候，我看見街頭報板的周圍都擠滿了搶讀當日報紙的民眾。報紙仍然滿版都是日本在各戰場及太平洋海面上的赫赫戰果。可總的來說，街頭卻要比平常來得冷清許多。

劉世英：十三號，一早起來，我就看到《華北新報》在頭版醒目的地方，刊載了一則日軍華北最高指揮官下村的布告。布告的要點是：聽說，近來北京巷間謠傳日本無條件投降於聯合國的消息，這完全可說是侮辱皇軍的舉動。若是有人膽敢再散布這種謠言，則日本軍事當局決定將以軍法從事……

「小心點啊！」我和蔡川燕看了這則報導後互相警戒說：「不要在這光明來臨的前夕，叫瘋狗咬上一口。」

終於，勝利的消息在人們萬分忍耐地等待中傳來了。

十五號，中午十二點，日本天皇在東京向他的「忠良臣民」們作了無條件投降的廣播：「帝國政府已受旨通知美、英、中、蘇四國政府，我國接受彼等聯合宣言各項條件……」下午兩點，北京廣播電台立即將全文譯成中文，放送出來。聽了廣播之後，我們從屋裡走出來。我們看到，青天白日滿地紅的國旗已經在天空中和家家戶戶的門口飄揚起來了。街上的人們都跳了起來，高聲呼喊著：勝利了。

蔡川燕：幾天後，大哥也回到北京了。他說他一聽到日本投降的消息，立刻跳上一輛從新鄉開往北京的火車，急著要到北京來跟我會面。儘管戰後的交通秩序還很混亂，火車也時通時停，可他卻顧不了那麼多。他手裡拎著一個僅有的包包，擠上擁擠的火車車廂，腦子裡頭隨意想著未來的生活計畫。火車走走停停，終於還是駛抵北京車站了。下了車，他就直接奔往我的住所。可在路上他卻碰上了搶徒，把手上的包包搶了。這時候，他就真的是一無所有了。

「包包被搶，我不覺得難過。」大哥向我描述遇搶經過時說，「可惜的是，裡頭有好幾本我這幾年來寫的日記和一些文稿啊！」

勝利了。可是，在北京的我們暫時都處於失業的狀態。就像大哥的朋友鍾理和所講的：「勝利」似乎沒有改變多少社會的現實。

在北京的鍾理和（戴帽者）與友人。（鍾鐵民先生提供）

鍾理和：七七事變後日本人來到華北硬把北平改做「北京」，此外把時間改快了一小時。於是中國人也跟著用起「北京」，並且把時鐘撥快一小時。日本投降。祖國光復了「北京」，於是又把「北京」改回原來的北平，把時間撥慢一小時。

於今想起來像是歷史的戲弄亦只有「平」「京」二個字的改換而已。上至紫禁城之大，下至街頭乞丐之微，以及跳舞場、麻將、香檳、戲子、妹妹我愛你、高德旺在廣播電台說相聲、各個院子的穢水與髒土使主婦們皺起了眉頭……這些這些，一點兒不改舊樣。③

蔡川燕：大哥到新鄉之前就認識鍾理和了。因為同是台灣人，又都愛好寫作，兩人談得來，很快成為好朋友。那時候，鍾理和帶著家眷住在東華門後的南長街，單身的大哥經常去找他聊天。後來，大哥到新鄉工作，兩人就沒機會再見面了。回到勝利後的北平，大哥特地去了一趟南長街。但是，鍾理和已經搬家了。一直到同鄉會成立那天，大哥才又與鍾理和重逢。

1993年，蔡川燕先生在東華門後南長街的鍾理和舊居。（藍博洲攝影）

洪炎秋：平津的台灣同胞，除了來應會試和候選的外，五十年前有陳順龍先生在北平廊房頭條開設牙科醫館，是為濫觴，自此以後，逐漸增加，天津多商人，北平多學生，他們來此的共通動機，是要避免日本的壓迫，所以來的人都是愛國者。

平津兩地因台省學生頻頻往來，由是而引起一般台胞的注意，首先來者為醫生，隨後有水果商、茶商、漢藥商，以至其他商人，接踵而來，各方面越來越多，嗣後也有入機關做事者，也有在學校辦教育者，但因國籍關係，兼避日人干涉，故所報籍貫，不是福建，便是廣東，所以平津兩地，幾沒有注意到台胞的存在。中日戰事發生後，台胞為逃避日敵的徵用，跑回祖國者更多，多冒稱閩粵人——後因日敵注意此點，故又有改冒他省籍貫者——在各方面做事餬口，做大學教員二十餘名，醫師八九十名，鑛業工程師四五名，化學工程師七八名，電氣工程師六七名，在機關及公司中做事者二百餘名，其他則從事大小商業，計北平將近千名，天津則有一千二百餘名。此外還有被日敵強制徵用的軍屬九十五名。

平津的台灣同胞，愛國家愛鄉里的精神，都非常熱烈，所以八月十五日日敵宣傳投降的時候，男婦老幼無不興奮萬分，甚有感激涕零者。北平的台胞，即於是夜集合慶祝，遂即成立台灣省旅平同鄉會籌備會，發表宣言，開始工作。第一步要求敵軍立刻釋放由台灣強制徵來的軍屬士兵，交由本會收容，第二步聯絡各界同鄉，協助地方當局，維持治安。

九月九日敵人在南京簽降，該會即在這歷史上可紀念的日子，假座大光明戲院，召集成立大會。④

劉世英：那天，吃過午飯後，我和藍明谷及蔡川燕兄弟一同前往西單大光明戲院，參加台灣省旅平同鄉會成立大會。會場裡頭充滿著熱情與興奮的談話聲。人人的臉上都是笑著的。

鍾理和：人聲、喚呼、笑顏、熱情……太陽、青天。大門交插著飄揚的國旗與黨旗。在異族支配與蹂躪之下，踱過五十餘年的人們，感慨當無量也。⑤

劉世英：就在這時候，藍明谷看到一個朋友一臉微笑地走來，立刻興奮地走上前去，伸出手來，跟他緊緊地握手，然後向蔡川燕和我介紹說這位是鍾理和，美濃客家人，出過一本短篇小說集《夾竹桃》。蔡川燕和我隨即先後向鍾理和伸出手，彼此握了握手。藍明谷然後又向鍾理和介紹蔡川燕和我，並且強調說我們兩人都是為了抗日而從東京來到北京。鍾理和就說他很敬佩我們的愛國心。蔡川燕和我立即異口同聲說哪裡，哪裡。我又接著說，說起來慚愧。還沒有機會投入抗戰工作，日本就投降了。對祖國一點貢獻也沒有。這時，講台上的主席宣布大會開始。原本嘈雜的會場突然就安靜下來了。

鍾理和：中央沒有來賓蒞場，祖國對台灣是否抱有關心？疑問、苦悶、不滿。但無論如何，吾人有需反省的地方很多。⑥

新台灣：出席者共有五百多名，討論百出，情緒熱烈，其盛況洵謂近年來未有見之，公選執行委員七名，即梁永祿、洪櫆、林朝棨、張我軍、張深切、吳敦禮、洪耀勳、監察委員二名，即陳天錫、蘇子衡。⑦

鍾理和：一部分的青年不滿足以往曾做過日本軍走狗「密探」的某一二個——其中一個旗色不甚鮮明——老年輩居然被選為委員，大部分的

旅居北京的台灣人：張我軍、連震東、洪炎秋、蘇薌雨（左起）。
（台灣民眾文化工作室收藏）

青年則因對於張我軍——即張四光的一篇〈論台灣人的國家觀念〉一文中太過蔑視了青年的存在——據說那是太過侮辱了青年而激起忿懣與糾紛。⑧

張我軍：日本政府儘管從正反各方面，用積極消極各種方法，要使台灣人忘記自己是中國人，甚至要他們厭惡或輕侮中國，而在台灣人腦中種下效忠日本的國家觀念，但是結果如何呢？仔細分析起來，自然是相當複雜的，因為這五十年之間變化不少；然若就現狀而言，約略可以將台灣人的國家觀念大別為三種：第一種可以說根本就沒有國家觀念，這種人所求的只是安居樂業……不過，若說他們完全沒有民族意識卻又未必，因為他們，與其受異族的統治還是寧受同族的統治呀。第二種是身在台灣而心在中國……他們無時不盼望著中國早日復興從速收回台灣……。第三種是相對地信奉日本是他們的國家，他們便是日本的臣民。大體來說，知識階層大多屬於第二種人，二三十歲以下的青少年一大半屬於第三種人，其餘屬於第一種人。

……第三種人雖然似乎有些問題，但是在他們身上循行著的血是漢族的血，是先天的，他們所受的教育是後天的，是可以矯正的……何況在環境已經大變的今日，要改造一部分台灣青少年的國家觀念，當然並不是一件太難的事，這是可以斷言的，還有一例可以說，這次中日戰爭開始後，有一部分台灣青年，甚至改成日本式姓名，純粹當了日本人來到中國做著日本的事的；但是和國人一接觸，他們身上的民族血便叫醒了他們的民族意識，不幾年竟成

1993年，蔡川燕先生在南池子胡同緞庫後巷尋找鍾理和舊居。（藍博洲攝影）

了一個愛國的中國人了。所以，台灣人的國家觀念，雖然必須國人努力工作，然而絕不是一部分人所擔心那樣的嚴重的問題。

唯有一事，千萬要注意！青少年的心是單純而坦白的，對於一切事，第一印象最為深刻，所以當接收伊始，由國（府）遣派前往的黨、政、軍人員，必須慎重選擇，萬勿在台灣青少年同胞的腦中留下不良的印象！⑨

鍾理和：那時候一個青年學生站起來要求為保持同鄉會面子起見須撤消此輩漢奸委員之職。同鄉會分裂了。二個陣營對壘相持。——老年與青年，擁護學生與擁護學生所攻擊的張四光與漢奸的二派。

兩個「時代」的鬥爭，青年與老輩的鬥爭。忿懣、熱血、不平、真誠！張四光（張我軍）對青年的謝罪、辯解。老輩的妥協與慘敗。至今日，我才真正感到青年的力量，此力量之偉大。唯其如此，青年亦當自覺其存在，不要使此存在無意義。老輩不曾認識青年的力量而忽視青年的存在，此是他們的失敗。

不意五十餘年來的奴化政策，尚未麻痹或消滅這些人們的道德與正義感。正義萬歲。青年萬歲。⑩

蔡川燕：會後，我們三人和鍾理和一同走出會場。在路上，兩人並排，前後走著，大哥和鍾理和走在一起，我和劉世英走在一起，邊走邊聊。幾天後。某日下午，大哥和我來到南池子胡同緞庫後巷，按址找到鍾理和的住處。但是，在言談之間，我們發現，鍾理和對台灣青年的主觀期望很快就灰心了。他的情緒跟幾天前簡直有天壤之別。

鍾理和：現在正是要求我們青年努力與活動的時候，但我卻痛切地覺到自己的空虛。直至今日，都未見我所寫的（〈為台灣青年伸冤〉）原稿登出。沒想到在開旅平同鄉會那天，青年那種真摯與熱烈，過了幾日便消逝得這麼乾淨。如此一來倒覺還是年老一輩做事腳踏實地之可靠了。可憐亦復可歎。因此我遂把自己的熱情壓抑下去。而（把）寫得只剩一頁的〈為海外同胞伸冤〉稿子收起。

我想這樣也好。本來我是打著不干涉任何公事與政治活動的旗幟的。然則我現在正可本著自己的內心的要求做點自己的事了。

青年銷沉可嘆。

「青年萬歲！」是的，這是我在開始時寫的一句話。這是我始終信而不疑的一句話。如果這句話有需訂正，那就是世界上最可悲哀的時候，也是最可悲哀的一件事。⑪

蔡川燕：大哥不知如何安慰鍾理和才好，就說其實他也不必那麼灰心。一陣沉默之後，大哥說他覺得鍾理和未免太過於感傷了，就用一種鼓勵的語氣勸慰他，有空不妨多出去走動走動，畢竟青年一代還是有希望的。

我們又隨意聊了一陣之後，鍾理和說有一位名叫謝人堡的台灣同鄉有事找他……哥哥打斷鍾理和，問說謝人堡是不是那個曾經參與一九四三年關於「色情文學」論爭的謝人堡？對！就是他。鍾理和繼續剛剛被打斷的話，說他聽說謝人堡正在和平門裡舊簾子胡同籌辦一個新報《新中華日報》，因此也想去了解一下，看看有沒有合作的可能性。他問我們能不能陪他走一趟。我們沒其他事就陪同他前往西城區，探訪謝人堡。可到了謝人堡的住處，他卻還沒下班。鍾理和給他留了字條，然後又帶領我們轉往東鐵匠胡同，拜訪他的表弟邱連奇。

因為我在勝利後也失業了，生活比較困難，第二天起，大哥就決定暫時寄住邱連奇家。這之後，因為住得比較近，他就經常去找鍾理和聊天。[12]

新台灣：台灣省旅平同鄉會繼於九月十一日開第一回執行委員會議決各委職務分擔如下：主任委員，洪槱。事務組委員，洪耀勳。文書組委員，張我軍。聯絡組委員，張深切。調查組委員，吳敦禮。學務組委員，林朝棨。宣傳組委員，梁永祿。自該會成立以來所做之工作如下：辦理同鄉登記，發給會員證。為新來之台胞開設國語講習會。斡旋同鄉學生轉入中國學校……。[13]

鍾理和：九月十八日，陰微寒。各報咸競登九一八紀念文，街衢國旗飄揚，全市皆浸在回憶紀念與狂歡之中。十四年前的今日——然中國已勝利，國恥已雪矣。

瑞如至。不知他而今有何感想。他卻說急欲回台糾合昔日同志復行報國工作。可笑，可樂，此種人至此時候，又復搖身一變，一下子又變為一個熱烈的愛國者了。[14]

蔡川燕：大哥告訴我，在鍾理和的印象中，瑞如這人，在日偽統治時期是一個投機分子。但是，此時卻已經搖身一變了。他原來心裡還想著瑞如「而今有何感想」，可他立刻知道自己畢竟多慮了，對瑞如這種人，沒有什麼變化是不能適應的。他的心情反倒被瑞如的來訪搞得低落了。還好，傍晚的時候大哥來找他。他因為心情被瑞如的來訪搞得低落，就帶著幼子鐵民，跟大哥一起到中山公園走走。進了公園，他們就直接走到音樂堂。這時候，音樂堂的廣場已經擠滿了看戲的民眾，他們擠不進去，於是就走到一處高坡上，遠遠地俯瞰音樂堂的舞台上正在演出的京戲。其實，像這樣看戲也滿有意思的。鍾理和向大哥說，如果把人生當作一齣戲的話，這也未嘗不是一種生活的態度。你說的沒錯。大哥回應鍾理和。只是，這也未免太過消極了吧。那麼，你又能怎麼樣呢？鍾理和辯解。歷史不就是忠奸不辨嗎？你看，從前當日軍走狗或是投機分子的人，現在搖身一變，不都成為同鄉會的委員或「愛國者」了嗎？大哥沒有回應鍾理和，靜靜地望著坡下看戲的人群。可他心裡卻一直尋思著：為什麼向來性情溫和的鍾理和會變得那麼憤世了呢？他們彼此無語地又坐了一會兒，然後從高坡走下來，繼續走向遊人稀少、古木深幽的公園裡頭，邊走邊聊，聊時事，也聊文學寫作的事。

鍾理和： 此日音樂堂有李萬春與李世芳之紀念劇。立於紀念堂外面，沿高坡之上瞰眺京劇，又別饒興趣。

公園古木深幽，遊人甚稀，立於園後護城河岸鐵柵欄邊，翹望對岸巍峨之紫禁城——角樓、午門，與蒼蒼的牆，和靜謐的護城河。風光固依稀昔時也。然它也知道人間、歷史已經有何轉換麼？[15]

蔡川燕： 幾天後，大哥與鍾理和又同往太廟，觀看美國新聞處舉辦的第二次世界大戰圖片展覽。他們對法西斯發動的戰爭及其在世界各地的暴行，都抱以絕對批判的態度。[16]

鍾理和： 那裡有「法西斯的毀滅」一節，觀看之後，人莫不懷恐怖憎惡與寒心之感。

記得家鄉有這麼一段趣事。某人以不正當之秤與人糶穀，秤起來既減其三分之一，而經過記錄時，記錄者更減其三分之一。村人某見狀出為大家說：

「不但過秤的要損陰德，只怕看見的人都要絕子絕孫哩！」[17]

六、白薯的悲哀

敘事者：按照《開羅宣言》與《波茨坦宣言》的規定，台灣在日本投降以後復歸祖國。一九四五年十月廿五日，台灣行政長官公署長官陳儀在台北中山堂接受日軍投降。從這天起，台灣全境的領土主權及人民即復歸中國統治。陳儀並且公開聲明：「台灣人民自民國三十四年十月二十五日起一律為中華民國之國民。」外交部也早已電告駐外使節照會各國政府表示：「台胞自三十四年十月二十五日起一律恢復中國國籍。」

按理，台胞身分已經與各省省民全無二致，也應該與其他各省人民享有一致的權利和義務才對。但是，重慶政府在處理台胞及其財產的態度上卻不是這樣。

一九四六年一月十四日，行政院公布「集中管理台胞令」。在北平的許多台胞因此被第十一戰區長官司令部司令下令集中。同一天，北平的《世界日報》又登載了一則「行政院核准公布《關於朝鮮人及台灣人產業處理辦法》」的中央社電訊。辦法規定：

一、凡屬朝鮮及台灣之公產，均收歸國有。

二、凡屬朝鮮及台灣人之私產，由處理局依照行政院處理敵偽產業辦法之規定，接收保管及運用。朝鮮或台灣人民，凡能提出確實籍貫，證明並未擔任日軍特務工作，或憑藉日人勢力，凌害本國人民，或幫同日人逃避物資，或並無其他罪行者，確實證明後，其私產呈報行政院核定，予以發還。⑱

這兩則命令相繼披露以後，原本因為復歸祖國懷抱而歡騰雀躍的旅平台胞，立即掉入「人人自危」、「家家不安」的緊張狀態；有的人因此停掉原有的營業，有的人則賤賣財產，還有一些人甚至被當地的不肖分子搶劫。

政府的政策這樣。一般民眾對台胞的看法也是這樣。許多台胞走在街上時常聽見「台灣人也是日本人」的話，而說話者往往帶著「一種不理解與輕視的特別眼光」。⑲

鍾理和：日本投降時，我嘗聽到國內很有些人士對台人所抱的那侮辱式的關心。據他們說台灣人之有飯吃，是完全依賴於日本勢力的。實際，台灣人並非依靠於日本勢力，然而依靠於歷史與社會環境，卻係事實。他們過去受的是日本教育，法律上又是日本籍民，然則他們只好、也只能藉此教育與國籍賜與他們的能力與方便吃飯。如此，他們很自然的都在偽政權之下解決了生活問題。這固不是他們的權利，也絕不是他們的責任。⑳

蔡川燕：那時，我們在報上讀到一則短評，作者引用魯迅先生說過的話：「蒙古人征服中國以後，把他的『臣民』分為蒙古人、色目人、漢人和南人等四種。南人與漢人本來都是漢民族，因為南人做奴隸的時日比漢人較遲，所以他的奴隸地位也就比漢人較劣一等。」從而揣摩出淪陷區也有四種人之別的說法：第一種人當然是日本人，第二種是朝鮮、台灣人，第三種是東北人，第四種人則是淪陷區的同胞。

敘事者：魯迅這段話應是出自一九三四年一月三十日作，發表於二月四日《申報》「自由談」，後來收入《花邊文學》的〈北人與南人〉一文，其中提到：「二陸入晉，北方人士在歡欣之中，分明帶著輕薄，舉證太煩，姑且不談罷。容易看的是，羊衒之的《洛陽伽藍記》中，就常詆南人，並不視為同類。至於元，則人民截然分為四等，一蒙古人，二色目人，三漢人即北人，第四等才是南人，因為他是最後投降的一夥。最後投降，從這邊說，是矢盡援絕，這才罷戰的南方之強，從那邊說，卻是不識順逆，久梗王師的賊。孑遺自然還是投降的，然而為奴隸的資格因此就最淺，因為淺，所以班次就最下，誰都不妨加以卑視了。」

蔡川燕：按照那則短評的邏輯，那就是做日本人奴隸越久的人地位越高了。我們都對這種不可思議的說法感到氣憤。大哥也感慨地說，他原先以為祖國同胞對台灣人的這種看法，只是因為台灣人原屬日本籍民而有的一時誤解，隨著勝利後台灣人恢復國籍的事實，這種偏見自然會雲消霧散的；但是，從政府最近頒布的幾項政令看來，他的樂觀是不大可靠的。

我們知道，其實，很多台灣青年雖然受過十幾年的日本教育，但是他們未曾忘記自己是中國人，還感覺著胸膛裡潛流著的熱血——不是日本人的，而是漢民族的熱血。但他們有什麼辦法呢？他們過去在法律上確實是日本人，受其壓制，喪失行動自由，無論如何也不能擺脫殖民統治的鐐鎖。除非祖國富強起來。他們相信，祖國一天不富強，台灣就一天不能解放；首先必須拯救祖國，才能拯救台灣。為了拯救祖國，也為了拯救台灣，他們覺得繼續接受殖民教育是不對的，於是設法擺脫監視，返回祖國，來到淪陷區的北京，尋找參加抗戰的門路。然而，在這異鄉，他們不得已只好在這城市飄泊，終日飽嘗著舉目無親的苦悶。同時，他們必須先解決生活的問題；為了掙飯吃，就不能不工作。因為這樣，在一些國人看來，台灣人和奴才就似乎一樣了。人們提到台灣人時都要帶著侮蔑的口吻說：那是討厭而可惡的傢伙。

鍾理和：北平沒有台灣人，但白薯卻是有的！並不是沒有台灣人，而是台灣人把台灣藏了起來！白薯——就這樣被大用起來！

北平是很大的。以它的謙讓與偉大，它是可以擁抱下一切。但假若你被人曉得了是台灣人，那是很不妙的。那很不幸的，是等於叫人宣判了死刑。那時候，你就要切實地感覺到北平是那麼窄，窄到不能隱藏你了。

白薯是不會說話的，但卻有苦悶！

秋天是風雨連綿的季節，而白薯，就是在這時候成熟的。

仔細別讓雨水浸著白薯的根。如此，白薯就要由心爛了起來！

爛心——那就是白薯苦悶的時候！[21]

蔡川燕：大哥認為，這種現象是歷史的錯誤造成的。他於是寫了一篇反映問題的〈問答小天地〉（四月七日），發表於五月一日出版的《新台灣》第四期：

A：你姓名？

B：姓風……

A（厲聲地）：你姓名？

B：……？姓風，風雪遊。

A：歲數多大？

B：二十五。

A：你那國人？

B：中國人！

A：中國人？既是中國人，籍貫那兒？

B：台灣。

A（帶著奚落似的迷笑說道）：台灣人不是日本人麼？

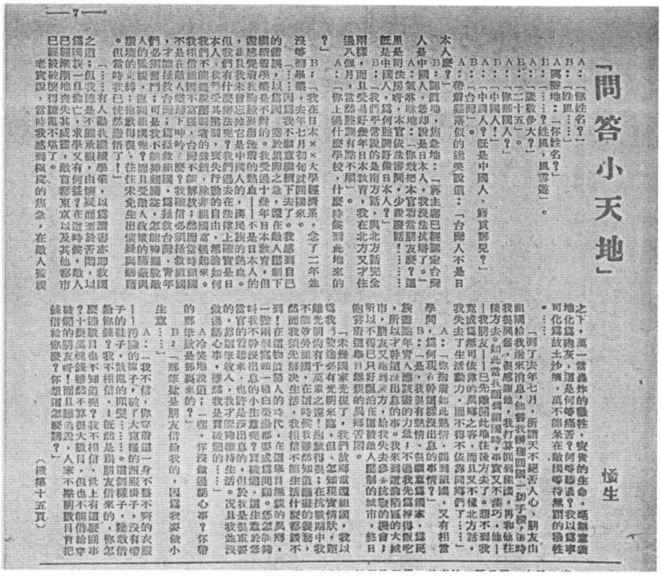
「問答小天地」

悟生

1946年5月1日的《新台灣》第四期刊登〈問答小天地〉。

B（認真地，焦急地）：蔣主席已經認定台灣人是中國人，您卻說是日本人，我沒法抗辯了。

A（氣咻咻地）：你敢把本官看當朋友麼？這裡是司法房呀，本官依法審問，少說廢話！……既是中國人，為何腔調好像日本人？

B：我們平常說的是南方話，與北方話完全兩樣，而且受過好幾年日本教育，我在北方又才住過八個月，當然腔調有點不順。

A：你上過什麼學校，什麼時候到此地來的？

B：我在日本XXX大學經濟系，念了兩年並沒等到畢業，去年七月初旬就回國來。……因為我不願意繼續下去了。我感到自己的錯誤，以為國家於累卵之際，還在敵人壓制下繼續著學業是不對的。我受過十幾年日本教育，但還感覺著我胸膛裡潛流著的熱血不是日本人的，並且我未曾忘掉它是中國人的，漢民族的熱血。但我們有什麼辦法呢？我們過去在法律上確實是日本人，我們受其壓制，喪失行動的自由，無論如何我們不能擺脫壓制者的鐐鎖，除非祖國富強起來。我相信祖國不富強，台灣不能解放；然而當時祖國不是在敵人鐵蹄下呻吟麼？我確信必須拯救祖國，才能拯救台灣；為拯救祖國，為拯救台灣，青年們必須奮鬥；可是我不能插翅騰空，怎能夠擺脫敵人的監視，返回祖國呢？而且受敵人政策的瞞蔽與環境的束縛；抱歉得很往往未免生出懷疑與躊躇。但當時我已恍然澈悟了！……有人勸我繼續學業，以為讀書亦即救國之道；但我總是不能屈服，由懷疑而至於苦悶，以為國族一旦淪亡，求學又有何益？在這時候，敵人已經漸漸地喪失其威靈，敵首都東京以及其他都市已經被破壞得繚亂不堪了。老實說，當時我感到極度的焦急，在敵人監視之下，萬一當轟炸的犧牲，寶貴的生命，毫無意義地化為砲灰，這是何等痛苦？何等難過？我以為寧可化為故土沙礫，萬不能呆在敵國等待無謂的犧牲……到了去年七月，所謂天下不覺苦人心，朋友由祖國給我送來消息，他替我辦理回國一切手續，這時我很興奮，很感謝他，我打算回到祖國，再和他往後方去。如此當我找回到祖國時，事實又不湊巧，他——我朋友——已先離開此地往後方去了。想不到我竟成為無可依靠的異鄉之客，而且又不懂北方話，我失去了生活動力，而不得不依靠同鄉們了……

A：你抱著如此熱情，回到祖國，又有相當學問，為何現在幹這樣沒出息的事情？

B：是，我很有熱情，很願意為國家，為民族盡點年輕人應該盡的力量；不過我先為掙得飯吃，所以才幹這沒出息的事。我來到這淪陷區的大城市，朋友又跑到後方，給我失去參加抗戰的機會；所以不得已只好漂泊在這被敵人壓制的城市，終日飽嘗著這舉目無親的異鄉苦悶。未幾國家光復了，我們故鄉重還祖國，我以為我的前途必有光明來臨，但，怎知現實情狀，距離光明尚有千萬重之遠！抱歉得很；在抗戰期中我不能效勞祖國，在這時候我雖然知道應盡的義務，然而我須先解決生活，我相信不能生活什麼都談不到！在這物價驚人的時代，在這舉目無親的異鄉，一餐兩個窩頭、一碗白菜湯都要成為問題，您怎能夠叫我不幹沒出息的小生意呢？買破爛，這生意於您當官的看起來，也許是沒出息的，但於我是很重要的，靠這筆收入，我才能夠維持生活。況且我並沒有做過虧心事，雖然我是買破爛的……

A（冷笑地說道）：嘿，你沒做過虧心事？你帶的那筆錢？是那裡來的？

B：那筆錢？是朋友借給我的，因為我要做小生意……

A：我不信，你穿著這一身不整齊的衣服，汙穢的褲子，破了大窟窿的西服褂子，沒有帶子的鞋子，散亂的頭髮……。這個樣子，誰敢借給你錢？我不相信！既然是跟朋友借來的，你怎麼連數目也不知道呢？我不相信，世上有這麼回事？十幾萬塊錢雖然不算很大數目，但也不能借給穿破爛的的朋友呀！而且難道說，人家不點明數目肯把錢借給你麼？你想這怎麼講？

B：借來的數目，我卻並未忘掉，但因為借來二十萬元已經過了好幾天了，其中化了幾萬塊錢，所以剩下十幾萬；不過我卻忘掉了詳細數目。假如你不相信，可把我的朋友群天明叫來，當面見證。

A：我總不相信……

B：您不相信，我不能再三抗辯了，您可叫群天明來，萬事就明白了。

A：也不用多費事了。（他站了起來，命令巡警把這形色可疑的流浪者，帶回監房，臨走時還帶著警告的口吻，向流浪者說道）：我告訴你說，你吃飯是不礙的，但像你這樣人不該做事，做事便要犯法；你不該穿破爛，穿破爛便不該帶錢，帶錢便是形色可疑！

B：……？

七、中國往何處去？

敘事者：勝利以後，久經戰亂的中國老百姓都沉醉在歡欣鼓舞的興奮狀態之中。他們以為，從此以後就能夠免除戰爭的威脅，過著安定的正常生活了。但是，中國的政治現實卻不是他們所希望的那個樣子。美國《時代》週刊駐華記者白修德（Theodore H. White, 1915-1986），即便是一個外國記者，目睹過抗戰勝利後重慶國府官場百態的他，也已看到中國的隱憂，而在《中國暴風雨》一書中寫道：

> 和平是到來了，但那陳腐的政府，那由來已久的苦難，那照舊的恐懼，全部依然存在。中國並沒有較從前絲毫接近改革，反而是離開國內的和平更遠一些了。戰爭是已經過去了，但是中國還會有長期的大流血和大鬥爭。

白修德的預測其實並沒有脫離事實太遠。

實際上，中國的政治現實是因為日本的侵略而暫時隱退的國共兩黨之間的鬥爭暗流，一直支配著整個中國的政局發展。

白修德（TheodoreH.White,1915-1986）。

從抗戰勝利到一九四六年七月全面內戰開始以前，是中國共產黨從抗日戰爭過渡到解放戰爭的歷史階段，它的主要任務是保持土地改革的成果，以及盡速進入東北。

相對地，國民黨的新使命則是重建它在一九三七年以前的轄區的統治秩序，以及迅速進入東北，進而消滅共產黨。與此同時，為了不讓八年抗戰的果實落入中共手中，美國大力動員陸、海、空軍力量，支援以蔣介石為代表的重慶國府，趕緊把軍隊遣送到中國最具重要性的華北和華中沿海城市去接收。於是，到北平接收的國民黨軍隊走出各處的群山峻谷，帶著過去所受的身心苦難和疾病，沿著當年被日軍擊潰時曾經走過的道路，勝利地重聚漢口美軍基地，然後，以解放者的姿態，搭乘美軍C54巨型運輸機，飛往共軍心臟地帶的北平古都，用亮晃晃的刺刀和美國星條旗重建國民黨的權威。[22]

十月十日，蔣介石與毛澤東在重慶談判後簽訂「雙十協定」。然而，「協定」剛剛簽訂後的第三天，十月十三日，他就向各戰區發出「剿共」密令，一手撕毀兩黨協定。一直到該年年底，為了深入華北，並為進兵東北，打開陸上通道，國民黨動用了一百九十萬人以上的兵力（其中包括正規軍一百二十萬、偽軍三十五萬、日軍三十五萬），沿津浦、同蒲、平漢、平綏鐵路，大舉進犯共產黨的解放區。

與此同時，中共中央也發出「關於雙十協定後我黨任務與方針的指示」：和平方針雖已奠定，但暫時許多局部的大規模軍事衝突仍不可避免，對國民黨軍隊的進攻，應進行自衛還擊。

鍾理和：十月二日。隨著嘹亮而且撩人的號角的吹鳴，胡同裡的人們都一致翹起首來凝望著，幾天來陰雲溟黯而今天豁然開朗的碧空。好像要由空中捕捉號角聲。然一顆心卻既在胸腔裡興奮踴躍而且燃燒了。

據說今天盟軍即以飛機抵平。——普海騰歡。

1945 年 9 月，台灣省旅漢同鄉會組織隊伍，高舉大幅標語，歡迎進入漢口的國軍部隊

十月四日。號角吹鳴。歡迎國軍。人心欣忭而起舞。

十月七日。歡迎盟軍，街頭俱為人群所堵。誠可謂人山人海，國旗招展，青天白日旗與星條旗。車上人的旗與車下人的旗。車上人的笑顏，車下人的歡呼。搖曳的槐樹。遼曠的秋空。二個民族的真誠的流露。崇高的感激，感激的瞬間，而歷史便在此等旗影與人群後面，靜靜地展開了別一個新的不同的面。㉓

蔡川燕：目睹這樣的變局，大哥和我以及周遭一些台灣青年的心情，與鍾理和並沒有什麼不同。然而，美軍進城以後，我們卻經常看到他們開著吉普車四處亂撞。「市虎傷人」的事情日有數起。民間甚至流傳說：「撞死一個中國人，還不抵撞死一頭驢！」

大哥和我談起這事時憤憤不平，說中國老百姓的性命竟然連一頭牲畜都不如。

鍾理和：淪陷區政治界的頹廢委靡、腐敗、貪官汙吏的橫行，這些使國民陷於絕望與詛咒，故人們對內地抱有甚大的希望與期待。然被憧憬與被信仰的重慶，果能滿足他們的此種欲望——企求與渴望否？

第一個官僚，第二個官僚，第三個還是官僚！㉔

蔡川燕：大哥認為，問題不僅僅是官僚主義而已。更要不得的是，儘管國民政府表面上在懲治漢奸，可它暗地裡卻為了私利而與南京和北京的偽政府祕密往來。它希望在戰爭的最後關頭，偽政府控制的軍隊會在必要時倒戈，攻擊日軍；更重要的是，不論在什麼狀況下，也都要把槍口對向中共所屬的八路軍。就在國共兩黨瀕臨對決的緊急關頭，整個的偽組織果然都投入了國民政府的懷抱。據報載，過去在汪精衛偽政權擔任過行政院長、上海市長等職的周佛海，現在搖身一變，又被蔣介石任命為「軍事委員會上海行動總隊總指揮」。在華北，也有六個曾經替日本帝國主義打共軍的將官，已經被國民黨收編，再度高舉國民黨的旗幟，抗拒共軍向鐵道及城市逼進，以便等候國民政府來接收。

鍾理和：搖身一變的時代與搖身一變的人們。什麼都是搖身一變，都在搖身一變。只差變得像與不像而已。有的變得維妙維肖，比真物有過之而無不及。但可惜都與孫猴子相彷佛，一條尾巴雖變成了一柱桅杆，然而卻因不能挪在前邊而露出了馬腳。

某東北人最近又在第十二軍獲得一份好缺——中校。據說係因為他有一知友也是東北人，在該軍裡身當要職。他得意揚揚的問我的姑表（邱連奇）「要不要也來一份，尉級是拿得準的。」他原係在偽政權之下得意過一時的。當政府正在忙於捕緝漢奸的時候，他卻很順利的搖身變了過來。

這便是祖國勝利，高呼建設、軍政刷新的時候的現象，可哀可歎！[25]

蔡川燕：是啊！在敵人指揮刀下舐血的走狗，一躍而為「抗戰的英雄」；殺人不見血的劊子手，一變而為「地下工作者」。歷史沒有是非，忠奸不分，甚至於顛倒。大哥因此語重心長地說，他認為，國民政府遲早要失去民心的。問題是，中國將往何處去呢？而我們台灣青年面對這樣的變局又該如何？

劉世英：時序進入十月下旬的時候，北平的清晨慣常地會有重重的濃霧掩沒著胡同裡的屋簷；天氣陰晴不定，溫柔而微黃的陽光偶爾從屋外照進大雜院的院子裡；北平的冬天眼看著也將來臨了。然而，中國的政局似乎並沒有隨著蔣介石與毛澤東簽訂「雙十協定」而穩定。那段時日，我們經常望著這一片迷濛的景色，憂心地想著中國的局勢發展與自己的出路問題。也許是受到時代的悶局的影響吧！到了夜裡，聽到胡同裡傳來小販悠悠地吆喝著「燒餅，羊雜碎！」的夜賣聲時，總覺得也比往常要來得寂寞些。

蔡川燕：為了了解中國的局勢變化，尋找中國往何處去的答案，大哥經常和我及劉世英等一些在北平的台灣青年聚在一起議論時事。起初，鍾理和也會跟著大哥一起來參加討論；但後來就藉故推辭了。大哥勸他聽聽其他人的想法，不要老是在家裡悶著。他就說，去也沒什麼用的。

鍾理和：青年徒高空論究於事實何補。少說話多做事如何，不如平心靜氣，多看一點書為佳。而今我只能在藝術裡，在創作裡找到我的工作與出路、人生與價值、平和與慰安。我的一切的不滿與滿足、悲哀與歡喜、怨恨與寬恕、愛與憎……一切的一切，在我都是驅我走近它的刺激與動機。甚且是糧。㉖

蔡川燕：我們就國內的政局與台灣的情事互相交換意見。因為年紀較大，再加上對社會現實也有相對深刻的認識，因此，每次聚會，其他人就會習慣性地要大哥首先發言。那天，他起了個話頭說，據報載，現在，北平一般老百姓對於那輩「五子登科」式的人物已經恨之入骨了……什麼叫「五子登科」式的人物？有人不解地插話問說。所謂「五子」，大哥解釋說，是金子、車子、房子、女子和票子；因為這「五子」都是接收大員的接收對象，所以，人們就稱他們是「五子登科」式的人物。

劉世英：除了「五子登科」，這些人還有一種說法是「天上掉下來」或「地下鑽出來」的人。這怎麼說呢？所謂「天上掉下來」，是指這些接收官員都是坐飛機來接收的。至於「地下鑽出來」，是說有許多接收官員原本都是在偽政府做過事的人，可他們搖身一變，都編造說自己過去是「潛伏的地下工作者」。儘管蔣介石曾經告誡那些接收官員：擾民者，殺無赦！可誰來執行命令？那些官員以為受降就是要分配，於是大家就動手搶起來了。所以，在「五子登科」式的接收下，北平的復員工作只能停擺。市面上只見「捧西洋、罵東洋、搶大洋」，一片「三洋開泰」的氣象。物價也由勝利之初的狂跌變為狂漲了。

蔡川燕：我們這些年輕人，起初，因為對國內的政治不了解，再加上過去一直接受日本帝國主義的反共教育，雖然知道中國還有一個共產黨，卻不太清楚它的究竟。因此，我們都把中國的未來寄望於國民黨。我們認為，國民黨是國父孫中山先生創立的；因此，它是中國正統的代表。可是，勝利以後，先是重慶的國民政府對台胞的處理政策充滿著歧視。當國民黨接收北平的大小官員來了以後，我們又親眼目睹了他們貪汙腐敗的作風。因此，我個人認為國民黨的三民主義在中國已經走不通了。我的論調立刻遭到一個在北大任教的葉姓副教授反駁。他站起來，說三民主義既不是資本主義，也不是社會主義，而是一種混合的主義；它沒有那兩種主義的弊害，卻有那兩種主義的優點。所以他認為，三民主義和國民黨仍然是中國唯一的希望所在。再說，國民黨有美國做後台，他強調，共產黨一定不敢再跟國民黨打的。有人不以為然，說共產黨也有蘇聯做後台，所以還是會打起來的。即便是這樣，姓葉的北大副教授馬上又反駁說，共產黨還是不敢怎麼樣的！畢竟美國有原子彈。

劉世英：藍明谷眼看再這樣爭辯下去，將會發展為沒有交點的意氣之爭，甚至傷了彼此的感情，於是就出來打圓場，說我們也不必再這樣爭辯下去了。我們大家對國內與國際的政治局勢，認識都有限，所以，也不能說誰的看法一定對。問題是，我們不妨認真研究一下，為什麼國民黨會既怕又恨共產黨呢？如果說，共產黨和國民黨一個樣的話，那麼，國共之間就沒有什麼矛盾了；這樣的話，國民黨也就大可不必害怕和痛恨共產黨了。他指出，現在國民黨接收官員的表現我們已經現實地體會到了，可我們對共產黨卻仍然不很了解，如果從另一個角度來看的話，我們應該思考的是，共產黨既然反對國民黨，那就肯定表示它和國民黨的主張是不一樣的。所以，我們不妨先搞清楚共產黨究竟是一個怎樣的黨？它為什麼反國民黨？反對什麼？在這樣的認識基礎上，我們的討論，乃至於爭辯，才有它的意義吧。他的提法不但沒有遭到其他人反對，還引導我們學會從另一個角度來看中國的前途問題。

鍾理和：台灣光復紀念日——廿五日。也即為受降日。

這幾日來夜裡都有槍聲。但沉溺於都會的繁榮與享受的人們卻絲毫也不去理會它，好像根本沒有這回事。

在汽車的笛聲與輪聲和鄰人們的高談縱笑以及胡同裡的夜賣，至於不知由那裡送來的平劇的轉播，張君秋那古典的、悲哀的、纏綿悱惻的歌聲。在這一切聲浪交響樂之下，那槍聲是顯得那麼渺小、軟弱，而且覺得滑稽。

聽說近日捕得幾個日本人，由他們的身上搜出了台胞身分證出來。據他們說那不是假的，明明蓋有宣撫會台胞辦事處的圖章。使當事者莫名其妙的發了大半天的呆。然而這裡並沒有什麼稀奇。不過他們把東安市場的原理——襯衣一領四千元，皮鞋一雙二千五百元……等等適用到這上頭來罷了。

一份台胞身分證十萬元。如此而已。

然而，然而……中國的風也吹到台灣來了。

十一月七日。這幾天來都為八路軍之事占滿了報紙的篇幅，驚擾了人們的心。實在說來，中國的此種現象在這種場合，在國家的發展上、前途上是吉是凶誰也不會知道的，然而此事可於民眾的態度上，多少獲得一種朦朧的解答與途徑。

歌謠二首：

此處不留爺，自有留爺處，處處不留爺，大爺投八路。

盼中央望中央，中央來了更遭殃。

十一月廿七日。《世界日報》社論強調，人民只有一個願望，趕快復員；國家只有一條出路，統一和平。

晚上，雪悄悄地落著，它像感知中國運命的可悲似地悄悄地落著，不叫人知道。

雪喲，落在中國的雪也是這樣的可哀嗎？[27]

八、奔向解放區

敘事者：內戰的陰霾布滿中國的上空。國共兩黨以外的各民主黨派紛紛發表宣言：呼籲停止內戰，要求迅速召開政治協商會議。十一月間，重慶各界群眾成立了「反內戰聯合會」。十二月一日，昆明各校師生為反戰而聯合罷課，國民黨當局武裝鎮壓，製造了「一二・一慘案」。國統區人民反內戰、反獨裁、要和平、要民主的民主運動因此不斷高漲。

面對這樣的形勢，美國總統杜魯門不得不於十一月廿七日調回「扶蔣反共」的赫爾利，改派陸軍上將馬歇爾為「特使」，來華「調處」國共爭端。

一九四六年一月五日，經過多次談判之後，國共終於達成「關於停止國內衝突的協議」，並由張群（後為張治中）、周恩來、馬歇爾組成三人小組，就停戰細節展開協商，最終達成

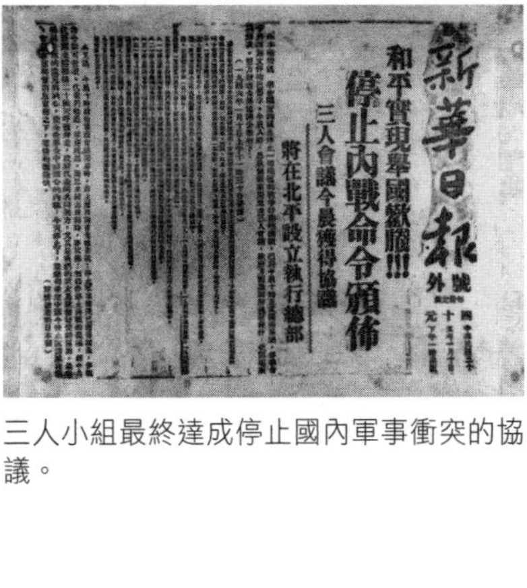

三人小組最終達成停止國內軍事衝突的協議。

停止國內軍事衝突的協議。一月十日，國共雙方分別下達停戰令。同一天起一直到卅一日止，中國政治協商會議也在重慶召開。十三日，午夜十二時，停戰令生效。同一天，由鄭介民、葉劍英和美國駐華代辦羅伯森三人組成的「軍事調處執行部」在北平成立，負責國共雙方關於停戰協定的實施。此後，在停戰協定與政協決議的約制下，國共兩黨的關係基本上處於「關外大打，關內小打」的局面。[28]

就在這時，北平的一百七十萬市民迎來了抗戰勝利以後的第一個春節。然而，由於內戰的陰影籠罩，再加上物價、糧價像噩夢一樣地直線上升，過年，只給那些投機者帶來喜悅而已。過年前後，北平一連下了三天的大雪。對傳統的中國農民來說，原本該是「瑞雪兆豐年」。可小型的《北平日報》副刊「太平花」卻有人引證戰事、金價、物價三事，把它寫成瑞雪兆「瘋」年。民心的積憤不平，由此可見。

過完年後，情況並沒有好轉。北平郊區，國共兩黨的軍事小衝突不斷發生，它更增加了北平市民的不安。

由於電廠存煤遞減，北平市區開始在白天停止供電。這樣，水源自然也成了問題。電力又影響磨麵，麵價因此高到八萬多一袋（四十四市斤），合二千元一斤；小米麵也高漲到五百多一斤。在這種情況下，搶劫、自殺的新聞，對北平市民來說已不算是新聞了。

隨著形同虛設的軍調部的解體，北平市民的內心又更增加一點悽楚，並對和平暫告絕望了。對於國共的破裂與大打，他們感覺得更真切了。北平就像全國各地的許多城市一樣，成了一座愁城；而且就像北平某家報紙所形容的那樣——北平北平不太平，永定永定不安定。[29]

鍾理和：國共一邊在重慶開政治協商，一邊在全國各地進行龍虎鬥，這叫做且戰且談。在這中間夾雜著國民的呻吟、呼號，而一般貪官汙吏更站在這上頭，一邊吆喝著一邊盡量把洋錢——國民的血與汗往裡撈。這是勝利後的中國所有的一切。[30]

蔡川燕：隨著軍事調處執行部的成立，以葉劍英為首的中共代表團，也合法公開地在北平出現，並出版了《解放三日刊》。也就在國共兩黨「一面談、一面打」的這段「調處」期間，大哥和我們這些台灣青年有了較好的認識共產黨及其主張的客觀條件。由於以前有關社會主義的書或介紹中共的書被禁得很厲害，看這些禁書被抓到的話，是要坐牢的；所以，我們過去也不太敢去看。這樣，我們對共產黨的理論、主張，也跟一般台灣青年一樣不太了解。隨著國共兩黨的矛盾日漸尖銳，內戰隨時有一觸即發的可能，我們於是就有一種想要去了解的主觀願望。儘管內心裡頭還是怕怕的，可我們還是偷偷地到北平新華書店，買一些相關的書來看。

我讀了中國著名教育家，也是中國民主同盟領袖之一的黃炎培，考察延安之後所寫的《延安之行》一書，以及郭沫若描寫延安生活的詩集之後，對延安時期的共產黨也有了初步的了解和認同。就在這時，我才發現，大哥的政治立場也是傾向共產黨的。大哥向來就非常喜歡研讀魯迅的作品。在東京時，我只要在內山書店看到有關魯迅的書，一定買下來，寄給他。所以，對於他的左傾，我並不覺得意外。有一次，大哥跟我討論國內局勢時告訴我，說他知道我的思想傾向；同時也向我坦白，說他起先也是對國民黨寄予很大的希望，但是，經過勝利以來的觀察、研究後，他認為，中國只能走社會主義的路，別的路已經走不通了。

我們兄弟倆也對周遭一些台灣青年的思想狀況作了討論。我們認為，有大部分人的想法跟我們是一致的；但是，也有一種持中間態度的人認為，中國人是愛爭權奪利的民族，國共兩黨的矛盾，不過也是為了爭權奪利而產生的。這種人，大哥批判說，一心所想，只是如何讓自己的生活過得更好而已；不管是中國或世界的未來發展，都與他們無關。他們根本不知道，個人的生活是被外在的社會決定的。基於一種對朋友的關心，我想要理解鍾理和的政治態度如何，於是就問大哥對他的看法。大哥說鍾理和這個人很好、很正派，有強烈的民族感情，是一個和平主義者；可他並不理解共產黨，也不大同意共產黨的主張。不管怎麼樣，大哥強調，他是我們的朋友。

鍾理和：黃炎培說：中共的政治作風已經改變了。不是變向別的而是變向平凡。而此平凡大概可以由它的談話來解釋。

即打倒主觀主義和宗派主義。

向老百姓學習。

工農分子的知識有時倒比知識分子多一點。

讀了馬克思主義沒有能根據它來研究中國的歷史事實，創造出合乎中國需要的自己的理論，做了中國共產黨黨員（卻）看不見中國，只看見書架上的革命文獻，這種馬克思主義理論家還是少一點好。

這年頭教會了人們不相信任何一種事物……但這裡卻明明白白的有一個例外，是毫無疑義的，那就是棒子麵——謝天謝地，這是窮人們維繫生命的造物主所賜予的東西——在今天是一斤五百元錢的，到了明天準是一斤七百元錢，後天便是一千元錢，往下類推——這種事情。㉛

蔡川燕：通過那次的思想交心之後，大哥和我之間開始有了更深刻的思想聯繫。為了解決生活上的經濟來源，六月初，我進入北平協和醫院第一衛生事務所學習；學習完成後即可取得醫生資格。

在協和醫院，我遇到一位東京醫專時比我低二、三級的大陸籍學弟；他看我經常對社會現實與政治局勢發牢騷，就主動找我聊天。經過一段時日的觀察、試探以後，他判定我基本上是對共產黨抱有好感的台灣青年，就拿一些解放區出版的報紙和刊物，包括毛澤東寫的《論聯合政府》等小冊子，給我閱讀。這樣，我對解放區的情況也有了更進一步的了解。有一天，他便向我表明他是中共在北平的地下黨員，問我願不願見見他們的人？我覺得自己如果再在北平這樣待下去一定會悶死的，於是說願意。

後來，那名學弟就安排我見到了中共地下黨派來的人。這名地下黨人的年紀和我差不多，不過二十來歲，人很樸實；可說話態度誠懇，見識、談吐都比我深刻、穩重。我於是就打從心裡感到佩服。從談話中，我知道這名黨人主要是向我傳達一個訊息——如果我或其他台灣青年想去解放區，他可以設法安排。

因為找到了黨，我的心情非常興奮。我隨即去找大哥，把這個消息告訴他，並聽聽他的意見。大哥聽我把狀況說了之後，就鼓勵我去；同時表示雖然他也很想去，可他還是決定回台灣。大哥向我說明自己不能去的理由。他說我們兄弟倆已經離家四五年了，爸爸、媽媽年紀都老了，弟弟、妹妹又還小，家裡總要有人照顧；他身為家裡的長子，當然要回家。這是第一點。再說，從報章、雜誌有關台灣的報導看來，國民政府接收以後的台灣社會，跟北平的情況一樣糟……就是啊！我插話說，我聽說台灣現在正流行著一首〈天地歌〉，說是「轟炸——驚天動地，收復——歡天喜地，接收——花天酒地，政治——黑天暗地，人民——喚天叫地。」我認為，這首歌基本上具體概括了光復前後台灣民眾的心理狀態。大哥說我說得一點也沒錯。他說他也看到一則報導說，現在台灣民眾到市場買豬肝，不說豬肝一斤，卻說「陳儀一斤」。由此可見，那些腐敗的國民黨接收官員已經被叫做「豬」了。他接著非常感慨地說，以前，在日本帝國主義統治下，我們總是偷偷把日本人叫做「狗」，並盼望著趕快把那些「狗」

趕走，回到祖國的懷抱；沒想到，台灣光復了，竟然演變成「狗」去「豬」來的局面……

一陣沉默之後，大哥又向我分析說，照這樣下去，就像上海《密勒氏評論報》的社論所說：「今天即便是最大的樂觀主義者也同意；如果該島現在的統治繼續下去，一定會有不可救藥的危險發生！……台灣的現狀是埋藏著炸彈。」他的看法是，內戰在大陸地區是無法避免的；台灣既然也是國統區，內戰的烽火遲早也會蔓延到那裡。所以他鼓勵我去解放區；而台灣民眾懂中文的不多，會寫的更少，他能說普通話，又懂中文，回去以後，不但可以寫文章替老百姓說話，也可以幫助他們了解中國的真實面貌，至少還能起一些作用。

我和大哥商量以後，隨即介紹一個彰化青年張文華進入解放區。張文華本名張文源，一九三五年三月畢業於南二中；日偽時期，在北京日本華北輕金屬工業公司任職；七十歲那年病逝上海。

幾天後（六月廿六日），蔣介石在美國的武裝援助下撕毀了停戰協定和政協決議，大舉進攻共產黨的中原解放區，並對其他解放區發動全面進攻。中國的全面內戰從此展開。在這樣的形勢下，我來不及處理一些生活瑣事，立即和劉世英及另一名台籍青年林漢章，在地下黨的安排下，化裝成一般商人或老百姓，分頭在北京車站搭上火車，前往解放區。

九、祖國歸來

敘事者：根據當時的台灣廣播電台報導，抗戰勝利以後，雖然有一小部分的台灣人，已經陸陸續續從各地自行返鄉，但是在一九四六年三月以前，大約還有八萬多名台胞流落大陸各地，過著痛苦的難民生活，等待台灣當局趕緊設法將他們接運回家。其中，海南島有三萬多人，華中一萬多人，華南約三萬人，東北約三千人，華北約四千人。

一九四六年二月中旬，旅平同鄉會為了日後返鄉工作的聯絡、組織上的方便，開始在台胞之間著手「鄰保」組織。二月十九日，「鄰保」組織的工作還在進行，北平行營飭交通部特派員令天津航政局轉令招商局通知同鄉會，準備用由南方駛來的海蘇號輪船，於歸途載送首批三百名台胞回台；並規定於廿一日在天津集中，廿二日在塘沽上船。同鄉會於是挑選了三百名生活最困窘的台胞（其中台籍日俘一百一十六人，天津、北平兩地台胞各九十二人），先行讓他們返鄉。然而，二十日下午，同鄉會卻突然

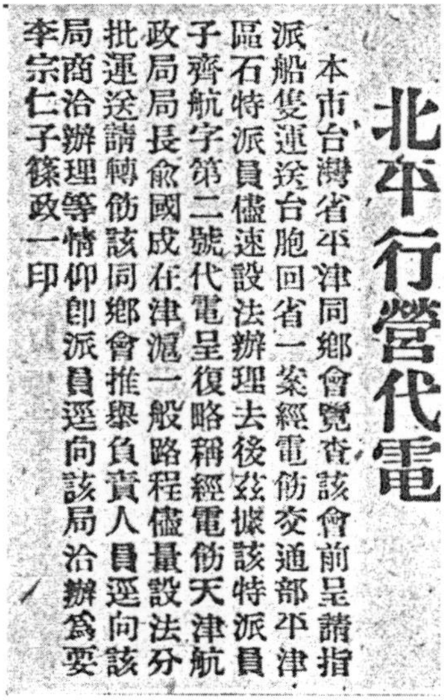

北平行營代電

本市台灣省平津同鄉會覽查該會前呈請指派船隻運送台胞回省一案經電飭交通部平津區石特派員儘速設法辦理去後茲據該特派員子齊航字第二號代電呈復略稱經電飭天津航政局局長俞國成在津滬一般路程儘量設法分批運送請轉飭該同鄉會推舉負責人員逕向該局商洽辦理等情仰即派員逕向該局洽辦為要

李宗仁子篠政一印

1946年2月19日，北平行營載送首批三百名台胞回台的電令。

接到天津招商局通知，說是海蘇輪因為要「運送肥料」，臨時改變原本載運台胞返鄉的計畫。因為這樣，那些準備返台而「已將房舍退租，被褥什物全部變賣」的台胞，大都陷於吃、住均感恐慌的生活絕境裡頭。

因為國民黨當局在「海蘇號事件」上所表現的「輕諾寡信」，台灣同胞的愛國心再次受到相當傷害。他們因此憤憤不平地抱怨說：「難道肥料會比人更重要嗎？」然而，更令他們感到納悶的是，他們聽說：台灣當局竟然以台灣缺乏糧食的理由拒絕流落在外的台胞返籍。他們承認，國民政府載肥料到台灣是很重要的事；但是，「人」終究比「物」還重要，僅知向台灣運肥料而不知運回使用肥料的人，也是不能種田和收穫的。同鄉會也呼籲國府當局：能夠「本民主精神，處理台灣同胞之事宜，絕不可歧視，亦不可輕視」。㉜

三月上旬，同鄉會終於在「聯合國善後救濟總署冀熱平津分署」的協助下，安排了四十名第一批返台的平津台胞，由塘沽經上海，平安歸返台灣。

三月十九日，聯合國救濟總署又再通知台灣同鄉會，該署擬於卅一日再遣送第二批平津台胞二百六十名返台。到了卅一日，包括鍾理和一家在內的這二百六十名台胞，終於「笑嘻嘻地」在塘沽搭上輪船，經由上海，開往「戀戀的」台灣去了。㉝

四月廿九日，同樣是在救濟總署的安排、協助下，台灣省平津同鄉會聯合會會長洪炎秋又率領一百零九名由台籍日俘組成的「台灣青年團」團員，及四十名由太原避難來平的台胞，搭上輪船，經由上海，返回故鄉。[34]

鍾理和：抗戰終結，隨之內戰蜂起，烽火所及，交通悉遭破壞。這阻塞了海外台胞的回台，而尤以在華北者為甚。華北遙隔台灣，海洋重疊，又以戰爭，國內船隻激減，既無直航駛台的船隻，勢非環繞上海不可。同鄉會以台胞回台事，由去年起，即在行營、救濟總署、行政院、招商局與台灣行政長官公署之間，不斷的奔走、交涉、呼籲、叩頭、發電。然而當時正忙於內戰、接收、復員等問題的國家，於人民的此種請願，原係區區小事，不值一顧的。至此，台胞也只好與各省流落至平津等地的難民同其運命。躑躅，並且輾轉於異鄉。斯時風雲告急，謠言四起，人心惶惶，物價扶搖直上。被隔絕於華北的台胞，以時局及生活艱難之故，既不安，又緊張，其焦急與煩憂之狀，有如熱鍋裡的螞蟻。

到了三月二十日，回台消息復起。那時候，當地連落幾場春雪，特別於三月十六日所下的雪最厚。據說二十年來已沒有下過這麼大的雪了。街衢白雪皚皚，胡同寂然。現實世界雖非如此，但雪卻把大地蓋下深深的靜謐與和平。台胞看著下在院子裡的雪，心裡有何感想，那是要他們自己才會知道的。是憂思呢，是感傷呢，是和平，抑是懷遠？然而眼看著窗外霏霏春雪，想到己身之困留此地，歸期無信，心裡該如何地寂寞呵！

然而就在三月廿一日，同鄉會召開班長與組長會議，報告與研討救濟總署決定送我們回台事，及回台事宜。人數仍是三百人，北平分得一百六十名額，餘分天津。此次因救總非軍事機關，故軍屬完全除外。此日議決將回台人員組織團體，人事方面，則效法「鄰保」組織，編成五組……據外面所傳此去路途甚不平靜，旅客遇搶事，時有發生，故非將團體組成一富有彈力性的有機體，對外既不能有所備，對內，則不能不取得堅強與緊密的聯繫，與照應。

本說廿四日要走的，廿四日沒走了，又延至廿六日，到廿六日不但不能出發，且連信息都漸見稀疏與不確，致謠言四起，群情紛紜。然而歸心如矢的他們不管如何受騙、吃虧都行，卻絕不拋棄熱烈的期待，與守候的，而期待並沒有背棄他們。因為現在他們已確確實實回到他們的老家——台灣了。[35]

蔡川燕：早在成立之初，台灣省旅平同鄉會就把因為抗戰勝利而恢復自由的台籍日俘組成台灣青年團；除了救濟他們的生活，替他們「向同鄉代募衣服，以資禦寒」之外，並聘請教師及同鄉有志，教他們講普通話，以及《三民主義》、中國史等，以期他們成為具有國家理念的健全之中國國民。[36]從一開始，能講普通話，又懂《三民主義》與中國史的大哥，就志願前往台灣青年團，擔任那些原台籍日軍的講師。可他並沒有跟隨台灣青年團的團員一起返鄉。我後來聽說，他之後才和我岡山公學校的同學王荊樹一起離開北平。太平洋戰爭期間，王荊樹前往日本九州醫專求學，還沒畢業，日本就投降了。一心嚮往祖國的他，於是搭乘前往大陸載運日本僑民的船隻，從九州輾轉來到北平。

十、組織派人來了

敘事者：根據一九五九年四月國家安全局為了「教育幹部，策進工作」而編纂出版的內部機密文件《歷年辦理匪案彙編》第一輯「匪台灣省工作委員會叛亂案」所載，一九四五年八月，因應抗戰勝利後殖民地台灣復歸中國的新形勢，中共中央派任曾經參加兩萬五千里長征的台籍幹部蔡孝乾為「台灣省工作委員會書記」。九月，蔡孝乾從延安出發，間道潛行三個月以後抵達蘇北解放區的江蘇淮安，並向中共華東局（原華中局，「雙十協定」後隨新四軍撤退山東，成為華東局）洽調來台幹部。一九四六年二月，蔡孝乾率嘉義籍幹部張志忠等，分批到上海，與「華東局駐滬人員」會商，並「學習一個月」。同年四月，張志忠率領首批幹部，由上海搭船，回到台灣，先行展開組織工作。同年七月，蔡孝乾潛返台灣，正式成立「台灣省工作委員會」，並由他自己擔任「書記」，領導組織。㊲

李偉光：我是彰化二林人，當時的上海台灣同鄉會理事長。一九四五年十一月下旬，張志忠帶著台灣文協（文化協會）的老朋友蔡（孝）乾的介紹信，從新四軍出來，到上海來找我。年底，蔡（孝）乾也到了上海。我安排他們兩人住在我（的）療養院，蔡介紹張執一（解放後曾任中央統戰部副部長，1911-1983）和我聯繫。從此，張執一一直領導我在上海的地下黨工作。一九四六年三月，我設法送張志忠等人回台灣工作，蔡（孝）乾也於七月回台灣去了。

[38]**張執一**：我是湖北漢陽人。日本投降的當天晚上，中共中央華中局經高級幹部會議後，決定派我以「中共中央華中局和新四軍代表」名義，首先化裝潛入上海……一九四六年夏秋之交，中共中央成立「上海局」；下設「台灣工作委員會」，書記蔡孝乾，負責領導台灣地下黨的工作。從一九四六年秋冬之交到一九四九年年底，我曾經代表上海局，四次前往台灣，檢查與布置工作。[39]

裴可權：我是浙江杭州人，民國二年生，浙江警官學校、中央警官學校特警班高級系畢業，歷任軍統局情報工作十年、忠義救國軍政治部上校祕書代主任、青島警察局分局長、台北市第六分局長、中央警官學校教官、政工幹部學校高級班教官。[40]

藍明谷於三十五年經北平「台灣同鄉會」遣返上海，五、六月間

青年李偉光（右）與簡吉。（台灣民眾文化工作室收藏）

抵滬，住上海「台灣同鄉會」，認識同鄉會辦事員林×。林×本為共產黨徒，將左傾書報雜誌交付給他閱讀。直到十月中旬返台前，均與林×交往，思想深受影響。返台後，初任教育會辦事員。一日突有姓張者登門造訪，告以係林×之友，鼓勵他繼續讀書。次年元月，在張某敦促下，提出自傳加入共黨。[41]

吳克泰：我的本名是詹世平，一九二五年生於宜蘭三星鄉佃農家庭，就讀台北二中（今成功中學）期間，通過低我一級的學弟戴傳李得知他姊姊蔣碧玉等五名台灣青年，自行組團到大陸參加抗戰，就想起而效法。一九四四年九月，於是放棄念了一年多的台北高校學業，前往上海。一九四六年三月中旬，我從上海回到台灣，一面回台大念書，一面在報社當記者。四月下旬，我終於通過張志忠先生和台灣的地下黨聯繫上了，從此在校園和輿論界積極地展開活動。

根據一些材料看來，上海台灣

青年吳克泰。（台灣民眾文化工作室收藏）

同鄉會在蔡孝乾把李偉光醫師介紹給張執一聯繫以後，就是中共上海局與台灣省工作委員會之間的聯絡站；包括藍明谷在內，許多從大陸回台灣的人，就是通過這樣的安排而和島內的「地下黨」連上線的。

張阿冬：我聽藍先生說，十月中旬，他終於回到闊別多年的台灣，隨即先回岡山老家，探望父母。光復後，我公公辛苦一生僅存的三甲多地，又被政府徵收了三甲，做為岡山農校的實習用地。家裡的田產只剩幾分地而已。因為家裡的經濟不再像從前那樣優裕，藍先生下頭最小的兩個弟弟，也就沒有條件受到好的教育。對此，他內心裡頭很為自己沒有盡到身為長兄的責任而內疚。後來，他在台灣省教育會編輯組找到一份工作，就隻身北上。

教育會位於東門附近。藍先生於是和先後從北平回來的岡山同鄉陳本江、王荊樹，在樺山町一條通合租一棟老舊的日式房舍。王荊樹因為九州醫專還沒畢業，回台以後就插班台大醫學院附屬醫專。陳本江則是日本早稻田大學畢業生，曾經在華北偽政權統治下的北大任教，思想進步，也常參加藍先生等台灣青年的討論會。當時，陳本江雖然還沒有固定的工作，卻很活躍，每天忙著四處拜訪朋友。那時，我就在他朋友經營的貿易公司上班。

一九一三年，我出生於台北大橋頭淡水河邊水門旁一個木工家庭，排行老二。因為家裡窮，大姊身體又不好，父母親聽算命仙說我的命愛「占大」，因此沒幾個月就送謝家當童養媳。我很愛上學讀書，但養父母家境清寒，所以讀完蓬萊女子公學校後就無法繼續升學，出外謀生。大約在十八歲至二十歲的時候，我在養父母軟硬兼施之下，被迫與我到謝家後才出生的弟弟結婚了。我對他一點感情也沒有。太平洋戰爭爆發後，他被徵調去當日本兵。我就逃離了。

我和藍先生會認識，是因為陳本江介紹他和我的一位好朋友相親；我陪她去。沒想到，藍先生卻看上年紀比他大的我。陳本江就邀我下班後去他們住的地方聊天。後來，我們就在年底結婚了。[42]

葉紀東：我是藍明谷在台灣省教育會的同事。我的本名叫做葉崇培，高雄苓雅寮人。當時，我寄住在一名老台共廖瑞發的家裡，白天和藍明谷一起在台灣省教育會編輯組工作，晚上還到剛剛創立的延平大學上課。因為在廖家看了一些馬克思主義的書，思想比較激進。在教育會，我們的工作主要是編寫中小學教科書的參考教材。編輯組組長是一名從東北回來的台灣人，曾經在偽滿當過什麼市長之類的官職。藍明谷和他說不上什麼話。相反地，我雖然比較年輕，中文能力較差，做的也是比較簡單的工作，可藍明谷也許是從我的言談之間注意到我的思想傾向，對我特別關心。

在我眼裡，藍明谷是一個非常有才華的人，文質彬彬，平易近人，雖然大我七、八歲，對待我卻像同輩一般，一點也沒有居高臨下的態度。漸漸地，我們就通過共事與交談而有了更密切的往來。他還沒有結婚時，我曾經到過他的住處拜訪。他跟陳本江和另外一人（我沒見過）住在一起。他特地把自己的作品剪報三大本拿出來給我看。我還借了其中一本回家，抄錄了好幾首喜歡的詩。他當時也知道，我除了白天上班，晚上上課之外，還在台北的一些大學生間串聯，搞讀書會。我想，他憑著敏感的嗅覺應該也聞得出來：我一定是和他同一條路上的人，甚至跟組織有關吧。可他卻能耐下性子，不向我多問什麼。

吳克泰：一九四六年年底，北大女學生沈崇被美軍強暴的事件發生之後，我和台大同學周自強、陳炳基等人組織了一月九日抗議美軍暴行的遊行示威。第二天上午，張志忠代表省工委給我正式的口頭表揚，然後又交給我兩項重要任務：一項是接待掩護來自延安的長征幹部程浩夫婦及同來的上海交通員林昆，另一項是成立台北市學委會。林昆比我小幾歲，個子比我高，長相穿戴有些像上海的花花公子。他是從新四軍文工團出來的上海人，父母都是潮州人，會說潮州話，與我們說的閩南話只在腔調上差一點點，在台灣可以通。當時他在上海旅滬台灣同鄉會當幹事。他就與我同住在我的小房間裡。

不幾天，台北市工委書記廖瑞發帶張志忠的條子找我。他告訴我，台北市學委會的成員還有兩位，一位是葉崇培，另一位是藍明谷，都在教育會任職。從此以後，學委會經常在我家和附近藍的宿舍開。同是由北京回來的《中外日報》專員陳本江也在那裡住。這是老台共陳義農（木匠）家的後半部。[43]

葉紀東：有一天，廖瑞發通知我說：「藍仔也是我們的同志。」二二八前兩個星期，藍仔、詹仔和我三個人就組成台北市的學委領導小組。我和他原本就來往密切，這樣又加深一層組織關係。我們開了兩次會，討論如何開展工作。不久，二二八就爆發了。我與吳克泰失去聯絡，所以就不知道藍明谷的情況。但我知道，在此之前，他已經轉去基隆中學了。他還要我幫他領教育會的最後的薪水，寄放在廖瑞發家裡。

張阿冬：一九四七年二月，藍先生通過鍾理和介紹，從教育會轉到他兄弟鍾浩東主持的基隆中學任教。藍先生告訴我，自從北平一別，先後回到台灣之後，他一直就沒再見過鍾理和。他只聽說鍾理和在屏東內埔教書，因為交通不便，一直沒去拜訪。在此之前不久，陳本江告訴他，鍾理和因肺病吐血，住進台大醫院。陳本江的弟弟陳通和在基隆中學任職。他的訊息就是這樣來的。藍先生還說，在戰後的北平，他曾經帶陳本江一起去拜訪鍾理和。儘管是初見面，陳本江還是批評了鍾理和戰前出版的小說。

鍾理和：北大化學系教師，同鄉陳先生批評我的《夾竹桃》說，由這書所表示的態度來說，是應屬於林語堂與周作人——同鄉張我軍先生亦可歸入此派——一派的有閒主義的作家的。因為（《夾竹桃》的主角）曾思勉有超然社會生活之上的漠不關心的那種態度。實屬意料之外。他又說與其《夾竹桃》，他個人倒喜歡《薄芒》，這篇藝術的情緒甚為濃厚。

但陳先生於林、周二氏有多少認識，那是可疑的。㊹

張阿冬：藍先生說，因為話不投機，他就沒再刻意安排他們兩人見面。沒想到，回到台灣以後，他們又因為彼此的兄弟，一個當校長，一個當職員，還是發生了間接關係。

新婚不久，藍先生就帶我前往醫院探望鍾理和。兩個久別重逢的老朋友，見了面，激動地緊緊握著手，久久不語。他先向躺在病床上的鍾理和介紹站在一旁的我，然後關切地問鍾理和怎麼會病成這個樣子？鍾理和苦笑了一下，然後說，從北平回台灣，一路奔波，又在難民船上過了二十天吃不飽、睡不好的海上生活；再加上，回到屏東以後，過分勞苦的教書生活，終於把他原就虛弱的身體毀壞了。我們望著鍾理和瘦削的病容，一時之間，除了叫他靜心養病之外，也不知要說些什麼來安慰了。反倒是鍾理和問藍先生想不想到基隆中學教書？他說他的兄弟一直要他去教國文，如果藍先生能夠去的話，他去不去就無所謂了。

鍾鐵民：民國三十六年春，叔叔和鳴在基隆中學任校長，父親在南台灣的屏東內埔任教，叔叔多次招請他去基隆，他就一個人先北去看望兄弟。住在學校宿舍，那是日本人留下來的日式住宅，榻榻米地板，許多紙門隔間。父親睡一間四疊榻榻米的精緻小房間。那時他常常失眠，有時睜著眼到天亮。事情發生時父親說他很清醒。隔壁客廳中的大掛鐘正敲十二點，在鐘聲中，父親覺得兩腳開始麻痺……到最後他發覺除了眼球以外，全身都已僵直。這時他感到身邊有人，用眼球往下瞄，依稀有一白衣女子坐在蚊帳裡，僅僅依在他的腰側，他看不清她的年齡與面貌，感覺中應該是一個少女，長長的頭髮披在肩後。靜靜地坐著一動也不動。父親……因為一向是無神論者，所以心中一點也不害怕，只是目不轉睛的盯著身側的女子看，一心想要看清她究竟是什麼長相。時間並不很長，忽然他感到僵直的身體又恢復知覺可以動彈了，就在這樣的恍惚之間，身邊的女子已經不見。燈光依然，好像什麼也沒有發生過。

第二天，父親告訴與叔叔一同生活的祖母，祖母嚇得要他立刻換一間房子，因為祖母知道曾有女學生在那兒服毒自殺。可是父親執意不搬，因為他絕然不相信鬼。那天晚上祖母就睡在隔房，只隔一扇紙門，要父親一有動靜就呼喚。那晚上父親說他倒是有心等待了，他想了解事情是怎麼發生的，蓄意期盼能更清楚是否真正遇了鬼。情形與前一夜完全一樣，十二點的鐘聲一響起來，他又感到身體開始僵直，然後白衣女子一模一樣的坐在身側。他想發問卻無法開口，在片刻之後，一切就又消失了。

第三天，父親就離開基隆回屏東來。弟弟當校長，自己去當教師，這是一種心理上的結，他不打算到基隆去……但在他從基隆回來後不

藍明谷（前右一）與基隆高中校長及師生。

到一個月就肺疾發作，吐血住院。[45]

張阿冬：二月中旬，藍先生離開教育會，以鍾理和介紹的形式，轉到鍾浩東主持的基隆中學任教。在新學期開學前，他就帶著我，住進位於小山上的學校宿舍。

基隆中學包括初中部和高中部，其中高中部只有高一和高二各一班，初中部一、二、三年級各一班。藍先生擔任初一和初二的國文老師。由於學校老師大多數是校長親自聘請的，素質都不錯；再加上校長民主辦校的作風，所以，學校裡頭，不管是教職員之間或是師生之間的關係，處處表現出一派和睦、蓬勃的氣象。因為這樣，藍先生對這個新的工作感到相當滿意，也想利用這樣的環境好好寫一些計畫中的作品。

呂鎮川：我是基隆中學第十八屆畢業生，畢業於一九五〇年。我們看到老師們住在校內的學寮裡，空間確實十分擁擠狹小，只是用布幕一一隔成一小間，甚至有些老師就在音樂教室或騎樓走廊下隔間，把校園當成住家，一家人就住在裡面。我們每天都可以看到他們的生活，真的十分刻苦。[46]

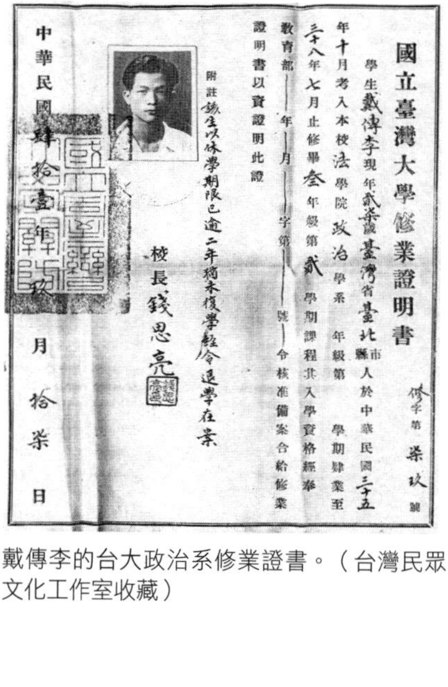
傳字第柒玖號

國立臺灣大學修業證明書

學生戴傳李現年貳柒歲臺灣省臺北市縣人於中華民國三十五年十月考入本校法學院政治學系年級第學期肄業至三十八年七月止修畢叁年級第貳學期課程其入學資格經奉教育部 年 月 字第 號令核准備案合給修業證明書以資證明此證

附註該生休學期限已逾二年猶未復學經令退學在案

校長 錢思亮

中華民國肆拾壹年 月 拾柒 日

戴傳李的台大政治系修業證書。（台灣民眾文化工作室收藏）

戴傳李：姊夫鍾浩東當基隆中學校長時邀請我去教高一的英文和數學。一九四七年過完年後，剛剛年滿二十歲，只比學生大一兩歲的我就以台北高等學校畢業證書當文憑，前往任教。因為我還在台大政治系一年級就讀，所以課都安排在台大剛好沒課的星期一、三、六，每日六小時，每週一共十八小時。開學不久，二二八事件就爆發了。

十一、二二八

敘事者：一九四七年二月廿七日，晚上七點左右，台北市延平北路因查緝私菸爆發民警衝突，一民眾遭查緝員誤射死亡。廿八日，不滿的台北市民集結行動，在長官公署廣場遭機槍掃射，當場多人死傷。警備司令部發布台北市區臨時戒嚴令。三月一日，台灣行政長官陳儀宣布解除台北市區戒嚴令。三日，二二八事件處理委員會成立。四日，台北市的暴動發展為全省性的抗爭。七日，二二八事件處理委員會向陳儀提出三十二條處理大綱。八日，陳儀拒絕接受三十二條要求。九日，國軍第二十一師在基隆登陸；警備總司令部再度宣布台北市戒嚴。十四日，台灣省警備總司令部宣布：全省已告平定，即日開始，肅奸工作進入綏靖階段。十七日，戒嚴令擴大在全省各地實施。

吳克泰：廿七日晚上，我同率領新中國劇社來台北演出的話劇泰斗歐陽予倩先生約好，帶葉崇培和藍明谷前去台北車站對面的旅館，向他請教如何組織和開展學生界的戲劇活動。歐陽先生親切地一一給他們指點。談話結束，大約八、九點鐘的時候，我們從旅館出來。我在回報館的路上，就遇上了一大批群眾，從大稻埕方面正往警察局方向跑。

鍾理和：二月廿八日，下午兩點……半頃，在自己所住第一內科病房後面不遠，忽然傳來一連串怪似鞭炮的聲音，看看街道則見很多人驚惶而跑，狀極慌亂。據云那地方是長官公署，那聲音是槍聲，事情是長官公署前已架好了機關槍，正在向手無寸鐵的無辜掃射……由窗口望出去，只見由一扇齊人肩高的紅磚牆隔著的沿著院左的街道及與由南方截來的街道相銜接的丁字路口，聚著一大堆黑越越的蠢動的民眾。由此一堆裡發出來怒吼、哀叫、慘呼，從牆面看見他們像發瘋似地東奔西竄，掄拳揮棒，抓起自轉車像砸一個什麼可惡的東西，惡狠狠地砸下去了。而不絕的緊密的槍聲，便在那某處不遠的地方響著。

有幾個外省同胞——年輕人避到這裡來，像脫兔驚惶而悚懼。大家都在為此事而議論起來……三時吃完牛奶後走出大門口。在放射線科的南邊的過道上放著一具剛由五、六個學生抬進來的少年的死屍。少年約十五、六歲，躺在一隻綠帆布的擔架上。面如蠟蒼白，唇紫。一手放在小肚上像在熟睡。臉部頰鼻額處略有塵土，黑中山服的上衣，草色褲子。被撩起著的腹部，有幾道很薄的血跡，模糊不清。子彈是由左胸乳邊入，左脅出。入口有很深的，看著就像一個黑洞的傷口，出口則拖出一顆小肉團貼在那裡像一個少女的乳頭。

綜合那幾個學生因激奮而致語無秩序的片段的言語，像似他們由長官公署那邊抬來的，又那邊還躺著好幾具同樣被機槍掃死的屍體無人管……傷者一個個接連著往醫院抬，或者攙扶進來……大門口集著很大堆的人，有逃離的，有看熱鬧的。全在議論著，興奮著，恨罵著，笑著。在離醫院不遠的公園門口，更有如黑雲般黑壓壓的一團，那是發瘋的民眾，正在將人來打躺的民眾。[47]

戴傳李：廿八日傍晚，聽說台北的暴動已經擴大到基隆了，藍明谷老師就和我一起到基隆街上了解情況。我們看到，各處的警察派出所已經被民眾襲擊並被繳下一部分槍枝；一些平常欺壓百姓的貪官汙吏的官舍也都被搗毀了；無論是街頭巷尾、亭仔腳或十字路口，都有人在打「阿山」，尤其在高砂戲院及中央戲院，打得特別厲害。看到這種現象，藍明谷就跟我分析，說打「阿山」雖然過分，但也是大規模群眾運動時難免的現象。然後他又憂心地跟我說校長一早就穿著中山裝出門了，他不太會說閩南話，又在大陸待過幾年，神態看起來像外省人；他很擔心，在這種混亂的情況下，校長會被當作「阿山」而挨揍。他說畢竟那些外省官僚的臉上並沒有寫著哪個有貪汙，哪個沒有啊！我說我也很擔心。因為我們出門前，碧玉姊告訴我，校長一早出門時只說要出去了解台北暴動的情況，並沒有說要去哪裡。我於是建議說，我們就繼續在街上溜達，一邊尋找校長，一邊觀察暴動的情況。夜漸漸深了。聽說基隆對外的火車和汽車都已經停駛，一切交通都斷絕了。我們找不到校長，於是著急地走回八堵的學校。一路上，站崗的憲兵與巡邏的武裝警察都在臨檢；或遠或近的槍聲不斷傳來。周遭充滿著興奮、不安與恐怖的氣氛。

鍾理和：三月一日，依樣時陰時晴。靠醫院的磚牆望出外邊。馬路上行人稀少到可說沒有蹤影……柏油馬路上有二隻斑鳩，從容不迫的在踱著方步。據今日的傳聞，事件似乎北由基隆南至高雄，差不多波及了全省，火車連今天已有二日不走了。人心動搖而惶惶。上午佐富（堂姪）至，他是由學校為探問浩東的安全而特來台北的。因為浩東穿的是青色中山服，碧玉難放心。

下午不認識的一少年至。據他自己報名是鍾枝水，潤生兄的大兒子。他在數日前聽見浩東叔的話才知道我住在病院，今天有暇，所以特來看我。

終日槍聲頻起，像進入戰爭狀態，形勢是越來越緊張了。[48]

戴傳李：三月一日早晨，基隆要塞司令部正式宣布戒嚴。儘管如此，到了下午，藍明谷和我還是冒險前往基隆市參議會，旁聽臨時大會的會議情形。在戒嚴令下，基隆市區幾乎成了一座死城，街道上只有武裝士兵在巡邏。當我們走進市參議會時卻看到旁聽的民眾早就擠滿了會場。大會由副議長楊元丁主持，參加者有參議員，也有民眾代表，競相上台，激昂地批評政府官僚貪汙腐敗的作風，要求解除戒嚴，並且提出多項改革政治、經濟的草案。

第二天，一大早。碧玉姊說，校長聯絡上了；他要我和藍明谷設法到台北。我就去找藍明谷。因為火車和公路汽車仍未恢復通行，我們於是搭上一輛貨車前往。然而那輛貨車實在太老舊了，一路上出了幾次毛病，走走停停。貨車駛抵松山時再次故障，不能發動。藍明谷就說我們還是下來走吧。我說也只能這樣了。他又說他想先去台大醫院探望鍾理和，要我先去見校長，他隨後就到。

鍾理和：三月二日，夜雨，終日陰沉低壓，亂雲飛舞。晌午前藍先生至。他是由基隆搭載貨車來的，但車在路上出了幾回毛病，到了松山，不能走了，他們只好走過來。他說基隆情形嚴重並不減台北。又說他在中途遇見一輛載著滿滿的插著槍刀的一隊兵的貨車，車上還綁著一個高等學校學生。

「火車今天不走，我明天還來看你。」他臨走時說：「但也許能多留幾天。」

「學校呢！」我說，「不回去行嗎？」

「都罷課了，他們！」他說著苦笑起來。「不過這倒好像和這次的事件沒有關聯，而是響應國內的罷課的！」㊾

戴傳李：我和藍明谷分手後隨即轉往寧夏路我大姊所擁有的一棟洋房，與鍾浩東碰面。藍明谷離開台大醫院後也按址來到。他循著樓梯爬上三樓時，我和鍾浩東正忙著寫海報。我們的主要訴求大都是比較有系統、思想性的要求民主、改革的口號；其中也有勸告本省人不要亂打外省人的呼籲。藍明谷陸續看了幾張已經寫好的海報。鍾浩東一邊寫著海報，一邊跟我們分析說，目前情勢還不明朗，暫時還不宜涉入。藍明谷也拿起毛筆，一邊聽鍾浩東分析情勢，一邊就在空白的紙上幫忙寫標語。到了晚上，我們就趁著夜色，到外頭四處張貼。

第二天，也就是三月三日，我和藍明谷又回到基隆中學。我們遵照鍾浩東的指示，一面安撫學生，一面設法安排學校裡頭的幾名外省老師，到鍾浩東的姑表邱連球的南部老家，暫時避難。鍾浩東擔心，情勢如果照這樣發展下去，這些外省籍老師一直在學校裡頭躲著，也不是長久之計；最起碼，吃就會成問題。而邱連球的老家是農村，吃，不是問題。

三月五日，四處都在流傳著國民黨軍隊即將來台灣鎮壓的風聲，人心惶惶。

三月八日下午，國軍從基隆上岸了，到處都聽得到槍炮聲。我和藍明谷商量以後，決定暫時離開學校宿舍，

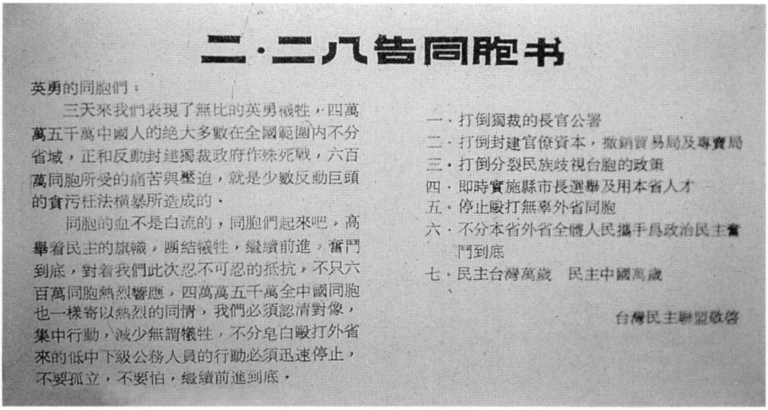
二·二八告同胞书

英勇的同胞們：

三天來我們表現了無比的英勇犧牲，四萬萬五千萬中國人的絕大多數在全國範圍內不分省域，正和反動封建獨裁政府作殊死戰，六百萬同胞所受的痛苦與壓迫，就是少數反動巨頭的貪污枉法橫暴所造成的。

同胞的血不是白流的，同胞們起來吧，高舉着民主的旗幟，團結犧牲，繼續前進，奮鬥到底，對着我們此次忍不可忍的抵抗，不只六百萬同胞熱烈響應，四萬萬五千萬全中國同胞也一樣寄以熱烈的同情，我們必須認清對像，集中行動，減少無謂犧牲，不分皂白毆打外省來的低中下級公務人員的行動必須迅速停止，不要孤立，不要怕，繼續前進到底。

一、打倒獨裁的長官公署
二、打倒封建官僚資本，撤銷貿易局及專賣局
三、打倒分裂民族歧視台胞的政策
四、即時實施縣市長選舉及用本省人才
五、停止毆打無辜外省同胞
六、不分本省外省全體人民攜手爲政治民主奮鬥到底
七、民主台灣萬歲　民主中國萬歲

台灣民主聯盟敬啓

《二二八告同胞書》。（台灣民眾文化工作室收藏）

等到風聲平靜以後再出來。我們於是沿著鐵道，從八堵一路走到瑞芳，在我大姊夫的一位親戚家躲藏起來。

張阿冬：二二八事件發生時，藍先生躲避過。記得當時天冷，我們把藏在屋頂的槍取下藏在大衣裡，埋到花園內。他避到五、六月才回來，繼續回到基隆中學教書。[50]

十二、文學寫作

敘事者：根據目前所能見到的材料看來，從二二八事變前，一直到基隆中學的地下組織建立以前，藍明谷也曾有過一段文學活動。事變前夕，他以筆名「藍青」，在高雄《國聲報》先後發表了三篇針砭社會現象的短文。第一篇是一月八日的〈今孟子見錢縣長〉，刻意模仿《孟子》的體例，諷刺唯利是圖、獨裁、不行仁政的地方官僚。

藍明谷：（一）今孟子見錢縣長，縣長曰：「叟不遠千里而來。亦將有以利吾縣乎？」今孟子對曰：「縣長何必曰利，亦有仁義而已矣，縣長曰何以利吾縣，區長曰何以利吾區，鄉保長曰何以利吾家，老百姓曰何以利吾身，上下交征利而縣危矣，苟為後義而先利，不奪不饜。」縣長亦曰：「唯利而已矣，何必仁義。」

（二）今孟子見錢縣長，縣長操琴為樂曰：「賢者亦樂此乎？」今孟子對曰：「賢者而後樂此，不賢者雖有此不樂也。百姓曰時日害喪子及汝皆亡，民欲與之偕亡，雖有弦歌樂舞，豈獨能獨哉？」縣長無對，顧左右而言他。

（三）錢縣長曰：「鄙人之於縣也，盡心焉耳矣。甲區凶則移其民於乙區，移其糧於甲區，乙區凶亦然，察鄰縣之政未有鄙人之用心者，鄰縣之民不加少，鄙人之民不加多何也？」今孟子對曰：「縣長若發政施仁，明是非辨黑白，整飭紀綱，貫徹命令，則耕者皆欲耕於縣長之野，商賈皆欲藏於縣長之市，行旅皆欲出於縣部之途，其若是民之從之者如水之就下，沛然孰能禦之。」

敘事者：第二篇是一月廿六日的〈才和財〉，直接指出當時社會之所以爭執、械鬥不斷，是因為充滿著一批批「為財而死」的「賣國漢奸們」。

藍明谷：「才」和「財」這兩個字，音雖同而意義卻大有差別，「才」是屬於君子的，「財」是屬於小人的，君子則視財如水，慷慨解囊。小人則視財如命，一毛不拔。

本來「財」是人們所愛，不過君子愛財取之有道，小人愛財，貪濫無饜。君子是憑天賦的天才去發明，創造新科學，來貢獻於人類。小人則憑榨欺取財的「才」，去追求財富。前者是以高尚的人格與技能取財，而後者卻是以諂媚與屈服取財。

現社會上所有爭執、械鬥，完全是為了對財的本身，沒有正確的了解和認識，所以往往會為財而死。

眼看一批批的賣國漢奸們，哪個不是為了愛「財」——這不義的「財」。但是愛財的結果，「財」反把他們一個個都送上了斷頭台，「財」，畢竟是厲害的傢伙。

敘事者：第三篇題為〈傳為佳話〉，發表於二月廿一日，通過對「怒髮衝冠」、「錦上添花」、「空前絕後」、「腳踏實地」等「傳為佳話」的民間「口頭禪」的解釋，反映一般民眾物質生活的艱困情況。

藍明谷：物價如脫韁的野馬，飛也似的奔跑，這些掙扎在飢餓線上的薪水階級人員們，生活的車子，遠在物價後面數千里，所以新近有許多口頭禪，傳為佳話：

頭髮長了，沒有錢理髮，這叫做「怒髮衝冠」。

衣服破了，補了又補，這叫做「錦上添花」。

襪子穿破了足尖及後跟，這叫做「空前絕後」。

鞋子穿破了底無錢修補，這叫做「腳踏實地」。

敘事者：事變後的五月，藍明谷寫了一篇題為〈魯迅與〈故鄉〉〉的論述文章。早在任職台灣教育會時，藍明谷即為長期受到日本帝國主義殖民統治的台灣同胞，尤其是廣大的台灣青年，編寫學習普通話的教材而努力著。這篇〈魯迅與〈故鄉〉〉，就是他為自己譯注的一本「中日對譯，拼音注解」的魯迅的〈故鄉〉所寫的導言。

在這篇導言中，藍明谷高度評價了五四運動的反帝反封建意義，並指出魯迅是堅持五四正確方向而不妥協逃跑的代表人物之一。他認為，魯迅的偉大之處在於：儘管人們稱他為「世界文豪」、「青年導師」或「革命健將」，他卻寧可做一個在民眾隊伍中，理解民眾，運用文字與民眾共同進行鬥爭的「搖旗吶喊的小兵」。他指出，〈故鄉〉跟魯迅以前的作品〈狂人日記〉、〈孔乙己〉、〈藥〉、〈風波〉等比起來，有很大的不同。首先，在內容上，它把向來「對黑暗面的暴露」放在次要的地位，而以對勞苦大眾的熱烈摯愛為主要；在形式上，它也「注入了抒情的色彩」，不再只是「客觀地諷刺描寫」；在思想上，它也超越以往作品「生物學的、進化論的傾向」，闡明「只有依靠實踐才能實現希望」的積極態度。這就是他之所以嘗試將〈故鄉〉用這種形式介紹給台灣青年的主要動機。

藍明谷：如果太平天國運動是中國近代史最早的開端，那麼五四運動就是具有中國近代史意義的急進的自覺意識的行動。中國時至今日仍處於帝國主義和封建勢力的兩重桎梏之下。

由於這種歷史背景，中國反帝反封建運動在大多數民眾中，特別是在覺醒的青年知識分子層中得到熱烈支持，致使廣泛而熾烈地展開是絕非偶然的。從而率領此項運動的領導者所擔任的歷史責任也是極大的。如今回顧「五四」以來的歷史，即可看到這些領導人中，除有成為帝國主義的「代言人」，倒在封建軍閥的兇刃之下外，還有為數不少的自封的所謂領導者，他們或是中途與敵人妥協，或是意氣沮喪地向「安全地帶」逃避。

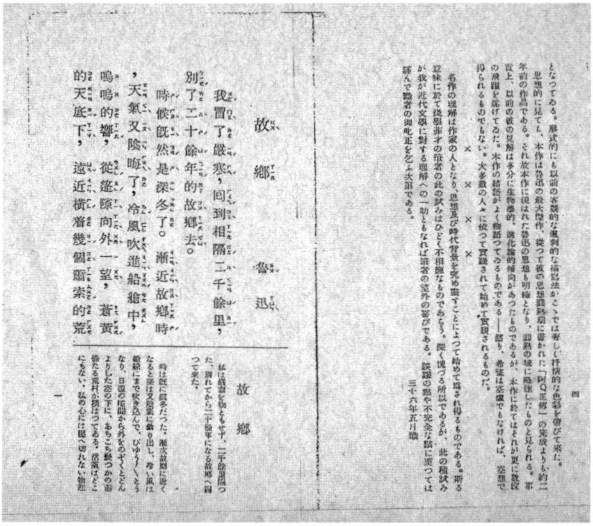

四

となつてゐる。形式的にも以前の客觀的な諷刺的な描寫法かこゝでは著しく抒情的な色彩を帶びて來た。
思想的に見ても、本作は魯迅の最大傑作、從つて彼の思想圓熟期に書かれた「阿Q正傳」の完成よりも約二年前の作品である。それ故本作に現はれた魯迅の思想も明瞭となり、圓熟の域に略達したものと見られる。事實上、以前の彼の見解は多分に生物學的、進化論的傾向があつたものであるが、本作に於てはそれが更に數段の飛躍を遂げてゐた。本作の結語がよく物語つてゐるものである──希望は空虛でもなければ、空想で得られるものでもない。大多數の人々に依つて實踐されて始めて實現されるものだ。

× × × ×

名作の理解は作家の人となり、思想及び時代背景を究め盡すことによつて始めて爲され得るものである。斯る意味に於て淺學非才の筆者の此の試みはひどく不相應なものであらう。深く愧づる所以であるが、此の種試みが我が近代文學に對する理解への一助ともなれば筆者の望外の喜びである。誤謬の點や不完全な點に至つては謹んで識者の御叱正を乞ふ次第である。

三十六年五月識

故鄉　魯迅

我冒了嚴寒，回到相隔二千餘里，別了二十餘年的故鄉去。

時候既然是深冬了，漸近故鄉時，天氣又陰晦了，冷風吹進船艙中，嗚嗚的響，從篷隙向外一望，蒼黃的天底下，遠近橫著幾個蕭索的荒

故鄉

私は嚴寒を物ともせず、二千餘里隔つた、別れてから二十餘年になる故郷へ歸つて來た。

時は既に嚴冬だつた。漸次故郷に近くなると空は又陰氣に曇り出し、冷い風は船艙にまで吹き込んで、ぴゆう〳〵とうなり、日覆の隙間から外をのぞくとどんよりした空の下に、あちこち幾つかの蕭條たる荒村が横はつてゐる。活氣はどこにもない。私の心には堪へ切れない物悲

一

《故鄉》內文首頁。

然而中途不變節，自始至終都投身於反帝反封建運動中的也並非沒有，魯迅就是其中一個。

魯迅無論如何也是「五四」以來給予中國思想界重大影響的一人。人們稱他為「世界文豪」、「青年領導」或「革命健將」等。而他卻認為自己並不是「鬥陣的戰將」，寧可做「搖旗吶喊的小兵」，而且事實上他與所謂的領導者不同的是一直戰鬥到最後，不，由於生病，直到嚥氣的最後一瞬間，他仍在戰鬥。他不是在戰線後方簡單發布命令的領導者，而是在民眾隊伍中，理解民眾，運用文字與民眾共同健行鬥爭的「小兵」。「如果認為老百姓是什麼都不知道的愚民，那是十分錯誤的，他們往往能夠正確地看到『正人君子』們所見不到之處。」他曾說過這種意義的話。這正是他的文學態度，同時也示意著他生活中一直也是這種態度，他的偉大也就在這裡。

敘事者：這裡，藍明谷所引：「如果認為老百姓是什麼都不知道的愚民，那是十分錯誤的，他們往往能夠正確地看到『正人君子』們所見不到之處。」魯迅的原話為：「老百姓雖然不讀詩書，不明史法，不解在瑜中求瑕，屎裡覓道，但能從大概上看，明黑白，辨是非，往往有絕非清高通達的士大夫所可及之處的。」

藍明谷：關於魯迅生平，由於篇幅所限，寫到底也不免有「隔鞋搔癢」之感。關於略歷介紹因散見於近來的各種刊物上，這裡也就割愛。如果希望了解詳細的研究情況，請參考其他人的專著（日本人小田嶽夫的《魯迅傳》，內容與事實稍有出入，但大體可做參考書。近來也出版了該國譯本）。

郭沫若氏稱讚〈故鄉〉與〈阿Q正傳〉有不同的意義。的確，〈故鄉〉是一篇與〈阿Q正傳〉在情趣上不同的傑作。本作品寫於一九二一年一月，如果把它與它以前的作品〈狂人日記〉、〈孔乙己〉、〈藥〉、〈風波〉等篇相比較，可以看出本作品不僅在內容上有所不同，而且在寫作方法上也有所差異。〈風波〉前的諸篇作品以「暴露」封建社會的弱點為主要內容。而在〈故鄉〉中，對楊二嫂也就是對黑暗面的暴露被處理到次要的地位。與此相反，把對苦鬥純樸的閏土的熱烈摯愛作為作品的主要內容。形式上以前多為客觀的諷刺描寫法，這裡則注入了抒情的色彩。

從思想上看，本作品也是魯迅的最大傑作，與他思想成熟期所寫〈阿Q正傳〉完成時相比，本作品的寫作時間雖然約在兩年前，但作品表現出來的思想是明確的，證明已近於成熟期了。事實上，以前他的見解多有生物學的、進化論的傾向，而在本作品中卻有了一個很大的飛躍。本作品有很好的結尾語——誠然，希望是空虛的，空想是得不到的。對大多數人們來說，只有依靠實踐才能實現希望。

理解名作，首先要深入研究成為作家的人，研究作家的思想以及時代背景，從這個意義上來說，淺學菲才的筆者在此一試是極不相稱的，深感慚愧。如果這種嘗試對理解近代文學能助一臂之力的話，筆者將喜出望外。誤謬之處和不足之處，謹乞識者斧正。[51]

敘事者：事實上，〈故鄉〉結尾的那句話——「誠然，希望是空虛的，空想是得不到的。對大多數人們來說，只有依靠實踐才能實現希望。」應該就是藍明谷當時的思想狀態吧。

同是五月，藍明谷還寫完一篇題為〈鄉村〉的散文，反映當時的鄉村生活與農民心情，揭露農民「買不到肥料」，「得不到牲口的飼料」，以及繳不起漲了「幾乎一百倍」的「稅捐」，「只好硬吞著『簽擔米』過日」的現實，從而批判了一般都市人認為鄉村生活是「鬆懈或悠閒」的錯誤看法。

藍明谷：「人到了鄉下便像壓緊的彈簧驟然放鬆了似的。」茅盾先生這樣說。這句話的真實，尤其是生長在鄉村，而且飽嘗過都市風霜的人們，才能充分地領會。——在都市裡輾轉了幾年，已經心煩氣躁的我，剛回到鄉村時，曾這樣想著。

遼闊而油綠的田園，朦朧的雲山；東天未發曙白，悠揚的雞鳴就響遍每個角落；夜晚月光普照著時，一群天真的兒童在捉迷藏或哼著歌謠；白天，連那墓地裡放牛羊的小牧童也吹著怡人的草笛……這些多麼使人神往，幾乎疑是世外桃源——不只是我，也許每一個嘗過都市每一分鐘不能放鬆味道的人們，都要這樣想著的。然而，當我在這靜穆的鄉村多住過幾天，與左右鄰家的男的女的老的少的攀談過，便聽到他們平凡無奇的談話裡，透露著深刻的苦衷。

他們不但不過大地宣傳自己的苦痛，反把那苦痛抑壓著，忍耐著，至多也藉以一口兩口嘆息為發洩而已。他們所談的不外於播種收穀，兒女的嫁娶；時常還嘮叨著說：近來買不到肥料，得不到牲口的飼料；或更說：稅捐漲到幾乎一百倍，繳早就過去了，但還抽不出錢等等，然而，畢竟鄉村還是沒有都市那樣「壓緊的彈簧」似地緊張；因為它的環境使其然，它深深地躲在自然的懷抱裡，

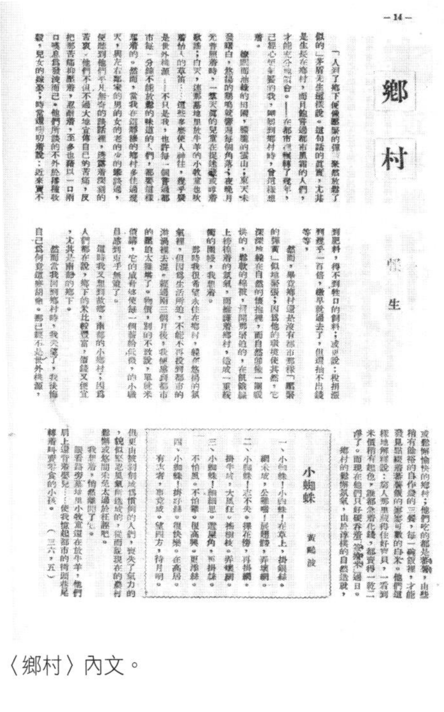
—14—

鄉村

〈鄉村〉內文。

而自然卻像一團暖烘的、鬆軟的棉被，掃開那緊迫的，在飢餓線上徬徨著的氛氣，而維護著鄉村，造成一重緩衝的圍幔，我想著。

那時我很希望永住在鄉村，多在悠揚的氛氣裡，但因為生活所迫，不能不再投到都市的壓迫太難堪了。物價，別的不敢說，單就米價講，它的威脅夠使每一個薪給低微的小職員感到束手無策了。

這時我又想到故鄉，南部的小鄉村；因為人們都在說，鄉下的米比較豐富，價錢又便宜，尤其是南部的鄉下。

然而當我回到鄉下時，我失望了，我後悔自己為何竟這麼糊塗。那已經不是世外桃源，或鬆懈愉快的鄉村；他們吃的都是番薯，有些稍有餘裕的自作農的三餐，每一碗飯裡，才能發見點綴著番薯飯的寥寥可數的白米。他們這樣地解釋說：窮人那裡藏得住好寶貝，一看到米價稍有起色，誰都急著化錢，都賣得一乾二淨了。而現在他們只好硬吞著「簽擔米」過日。

鄉村的鬆懈氛氣，由於淳樸的自然造就，但更由被剝削成為慣例的人們，喪失了氣力的，貌似堅忍風氣所造成的，從而說現在的農村鬆懈或悠閒未免太過於枉誣吧。

我想著，悄然離開了它。

眼看路旁墓地裡小牧童還在放牛羊，他們肩上還背著嬰兒……使我憶起都市的街頭巷尾轉著叫賣零食的小孩。

十三、地下活動

敘事者：八月一日，〈鄉村〉以筆名「憮生」在《台灣文化》第二卷第五期發表。同樣是八月，藍明谷譯注的那本魯迅的《故鄉》，作為中專以上台灣學生學習普通話的教材，由現代文學研究會出版。然而，從此以後，台灣的各種報刊雜誌就再也看不到任何一篇署名藍明谷、藍青或憮生的文章了。

藍明谷怎麼會突然停筆不寫了呢？

歷史的事實應該是，客觀的形勢已經不允許具有「地下黨」人身分的藍明谷，從事公開的寫作活動了。

一九四七年七月，國共內戰進入第二年以後，形勢有了根本性的變化。共產黨的人民解放軍已從原先的「戰略防禦」轉為全國性的「戰略反攻」，戰爭主要地已在國民黨統治區內進行了。十月，解放軍總部根據戰爭形勢發展的根本變化，及時地向全國發出了「打倒蔣介石，解放全中國」的號召，並宣布中共中央的八項基本政策。十二月下旬，中共中央又在陝北米脂縣召開會議，討論並通過了毛澤東的報告：〈目前形勢和我們的任務〉，作為全面奪取全國勝利的綱領。在人民解放軍全面反攻之下，一九四八年秋天，戰爭形勢發生更加不利於國民黨軍隊的重大變化。它被迫由「全面防禦」轉為「重點防禦」，分別被分割在東北、華北、西北、中原和華東五個戰場上的少數大城市和交通線上，士氣低落，內部矛盾日重。與此同時，中共中央決定把握時機，首先從東北開始，同國民黨軍隊展開「戰略決戰」。九月十二日，東北解放軍發起了「遼瀋戰役」。

一九四九年年初，歷經遼瀋、淮海與平津三大戰役以後，人民解放軍解放了東北全境及長江中下游以北的廣大地區。一月卅一日，北平和平解放。經過這三場具有決定意義的戰役以後，國民黨的主力部隊基本被殲，只剩下一百多萬作戰部隊，分布在新疆到台灣的廣大地區內和漫長的戰線上。

對蔣介石而言，台灣的地位就更加重要了。他於是在被迫宣告「引退」以前安排嫡系陳誠當台灣省主席，並讓蔣經國擔任改組以後的國民黨台灣省黨部主委，同時又特派蔣經國去上海，將中央銀行的現金移存台灣，準備作為反攻的最後「堡壘」。

三月下旬，南京政府的何應欽內閣登場。在蔣介石幕後操縱下，南京政府表示願意在中共八項條件的基礎上，進行和談，並於四月一日派出以張治中為首的談判代表團，北上議和，希望隔江而治。

面對這樣的內戰形勢，蔡孝乾領導的台灣「地下黨」決定擴大吸收組織成員；他計畫到「一九四九年年底」以前，要發展「黨員兩千人」，「群眾五萬人」。[52]

安全局：三十七年（一九四八年）秋季，（鍾浩東）因匪徒日漸增加，遂將該基隆中學支部，劃為校內、校外兩個支部，分別活動。

三十八年（一九四九年）五月正式成立「基隆市工作委員會」，鍾浩東任「書記」，李蒼降、藍明谷二匪為工委。[53]

裴可權：「工委會」成立後，藍明谷負責「校外支部」領導工作，擔任「支部書記」；「支委」分由王荊樹、鍾×志擔任；「黨員」有黃×茂、廖×卿。

鍾×志為鍾浩東之弟，在某中學任職員，以與藍明谷同事之故，受其煽誘參加鍾浩東主持之「時事討論會」。接著，被迫填寫自傳，正式加入匪黨。此後，他的行動開始受到限制，薪津並按月扣去一部分作為小組活動費用，使其原已窮困的經濟情況更加艱難，引起他的不滿，屢次請求辭職不准。卅八年又被派到基隆「華光企業公司」任職員，囑其發展碼頭工人；因為他不能和碼頭工人接觸，無法發展工作，乃再度回任舊職。[54]

鍾里志（左一）與鍾理和（右二）等親友，1955年，美濃。（鍾鐵民先生提供）

鍾里志：鍾浩東是我的異母哥哥。我和鍾理和都是小母親生的。浩東到基隆中學當校長，我也應邀到基中總務處擔任出納組長。據我所知，住在我隔壁宿舍的藍明谷老師，是理和在北京就已經認識的文藝青年；返台以後，他先在教育會任職，然後通過理和介紹，到基隆中學教國文。王荊樹則是台大醫學院畢業後在省立基隆醫院服務的醫生。其實，藍明谷並沒有告訴王荊樹和我組織的名稱，他只交代我，要盡量發展碼頭工人。

李旺輝：一九四八年九月，我由鍾里志介紹加入組織。一九二二年，我出生於高雄美濃一個貧窮的佃農家庭。日本宮崎工業學校畢業後考進東京研數專門學校。一九四六年三月回到台灣，先後在高雄中學、高雄工業學校任教。鍾浩東校長聽鍾里志說，美濃有個李旺輝，在高雄中學和工業學校教數學，而且教得不錯，

李旺輝與李南鋒，1988 年，美濃。（藍博洲攝影）

於是在一九四七年寒假，由他的表兄弟邱連球（他岳父是我的鄰居）陪同，專程來請我到基隆中學教數學。我因為對高雄工業學校的風氣早已不滿，再加上對鍾校長的印象很好，當下就答應了。農曆年過後，學校開學，我就北上，前往任教。那時，包括我在內，許多台灣青年因為二二八事變的衝擊，再加上對國內的政治不了解，思想陷於沒有出路的苦悶當中。為了打破國民黨報紙對內戰消息的封鎖，讓一般民眾對國內政局有更清楚的認識，我們就在基隆中學，以刻鋼板、油印的方式辦《光明報》。

鍾里志：藍明谷文筆好，對國內的情勢又比一般人了解。據我理解，他就擔負起主要的撰稿工作。因為這樣，他既不再有時間，身分也不允許，在外頭從事公開的文學活動。

裴可權：自三十八年以後，大陸形勢逆轉，中共在配合軍事準備積極攻台的時候，在政治上提出了「一九五〇年解放台灣」的口號，要求台共預先響應，作保管接收，迎接解放的準備。

首先，在民國三十八年四日六日，以台大學生與台北市警察局的警員，因誤會而引起的所謂「四六事件」的學潮，即是這股逆流重新氾濫為災的第一朵浪花，接著是在同年七月間，坐落於台北市內的台灣省郵政管理局，為郵電改組暨郵電員工分班過班糾紛而引起的怠工請願所引起的風潮，更替這股逆流推波助瀾。

我治安情報機關，鑒於台灣社會運動的過程之中，類似「工潮」、「學潮」的發生，尚以這次為濫觴，以毫無社會運動基礎的工人、學生，絕不可能發生如此有條不紊地大規模的學潮與工潮，而且從這製造工潮與學潮的方式來看，它的發展演變過程，完全與大陸上中共的手法相同，因此，經縝密的判斷與深入的偵查，認為台共自「二二八」事變後，殘餘的分子轉入地下從事陰謀活動，必定已經很快地恢復了建制，同時，一個較前更有系統的組織，可能隨著當時大陸形勢的逆轉，由中共潛台的輸入與滲透，而重新產生成長起來。

於是，我治安情報機關，基於這個基本的認識，集中全力，在全島各地分布偵查的觸角（腳），為這一新的組織的破獲而努力不懈。[55]

鍾里志：四日六日，國民黨軍警公然進入台大和師範學院（今師大）逮捕大批學生。鍾浩東與藍明谷都知道，特務系統的細胞正沉靜地努力滲透到地下組織裡頭，並且憂心地預感到一場大逮捕即將在台灣全面展開。儘管如此，面對解放軍已經先後解放南京、上海的內戰形勢，大家仍然對未來充滿樂觀的情緒，都認為國民黨一定會垮的。

安全局：「基隆市工作委員會」下轄造船廠支部、汐止支部、婦女支部，並領導基隆要塞司令部、基隆市衛生院、水產公司等部門內之匪個別黨員，與外圍群眾。祕密展開陰謀活動，積極建立基層組織，企圖控制台灣之內外交通，並選派匪徒蒐集情報，及進行「兵運」工作。同時將匪在台之地下刊物《光明報》，交由張匪奕明（女）、鍾匪國員（均在基隆中學任職）等，負責印刷出版，及傳遞轉送各地匪徒散發，以擴大反動宣傳。[56]

裴可權：《光明報》原係台共省工委所辦的地下刊物，在三十七年秋即已開始祕密刊發，最初曾在基隆中學發現，因其內容全著重於共產黨的宣傳，引起了我治安情報機關的注意，但經多方的偵查，仍苦無頭緒。[57]

安全局：國防部前保密局，根據三十七年（一九四八年）偵破之匪外圍組織「愛國青年會」陳炳基一案，所獲得之線索，運用關係深入偵查。經五個月之長期培養，獲悉共匪在台除以「愛國青年會」名義，祕密吸收匪徒外，並散發《光明報》，及其他反動文件。

據報有王明德者，曾屢次郵寄《光明報》與他人；另據報台大法學院學生林榮勛等，亦有散發反動傳單，為匪張目等情事。當經選派幹員，嚴密調查及監視各匪嫌分子之言行動態。

三十八年（一九四九年）七月上旬，共匪藉紀念「七七」抗戰十二週年

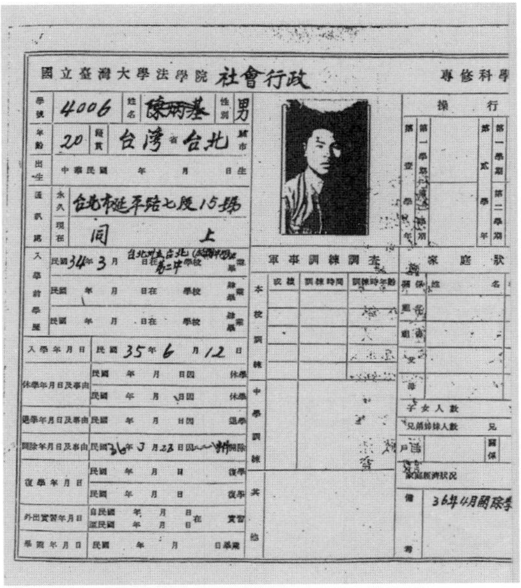
國立臺灣大學法學院 社會行政 專修科學
學號 4006 姓名 陳炳基 性別 男
年齡 20 籍貫 台灣省台北縣市
出生 中華民國 年 月 日生
通訊處 永久 台北市延平路七段15號 現在 同上
入學前學歷 民國34年3月 日在 台北州立台北第二中學校 畢業
入學年月日 民國35年6月12日
休學年月日及事由 民國 年 月 日因 休學
退學年月日及事由 民國 年 月 日因 退學
開除年月日及事由 民國36年3月23日因 開除
復學年月日 民國 年 月 日 復學
外出實習年月日 自民國 年 月 日 至民國 年 月 日 在 實習
畢業年月日 民國 年 月 日畢業
操行
軍事訓練調查
家庭狀況
子女人數
兄弟姊妹人數
家庭經濟狀況
備考 36年4月開除學

保密局根據 1948 年「愛國青年會」（新民主同志會）陳炳基一案線索而獲悉《光明報》的存在。

之名義，發動大規模之宣傳攻勢。散發反動傳單，張貼反動標語，一夜之間，遍及全島，聲勢之浩大，可謂空前；為打擊奸匪之猖狂行為，乃決定進行破案；適於此時據內線報稱，該案有關匪犯王明德，於八月十八日，被警方於檢查戶口時扣押等情。為恐警方不悉內情予以釋放，且為免洩露消息起見，遂乘此機會，於八月廿三日向警方將王明德提局。依據對本案所獲得資料，對王犯詳加審訊，王犯以事證俱在，無法抵賴，始供出匪成功中學支部王子英等同黨數人。八月二十四日晨，保密局即會同刑警總隊，根據前所蒐獲之資料，與王犯供詞，將姚清澤等匪犯逮捕。復於同月廿七日夜，將詹照光、孫居清、戴傳李、林榮勳等捕獲。[58]

戴傳李：一九四九年第二學期開學以後，我就因為組織重視台大法學院的學生工作，把工作重心放到台大法學院，並逐漸疏遠與基隆中學的組織關係。由於王明德隸屬我在法學院以降的組織系統，所以當我聽到他被捕的消息後，立刻與當時擔任台大法學院學生自治會主席兼台大學生自治會聯合會總主席的林榮勳等人，南下高雄孫居清家鄉下的魚塭寮舍躲避。但是，八月廿七日晚上，我們九名台大法學院學生還是被捕了。

由於這個時期台灣地下黨採取「大量吸收黨員」的政策，向來為了組織安全而採取的「單線領導，盡量避免發生橫的聯繫」的組織原則，就很難嚴格執行，也因此，保密局就從王明德開始，有如散珠有串般地陸續破獲了幾個組織系統，造成株連效果。

蔣碧玉：浩東聽到王明德等人被捕的消息，立刻布置各個相關人員的撤退事宜，並且不敢在台北家裡或是學校宿舍過夜。八月底，我和任職圖書館管理員的妹妹也在學校宿舍被捕。

鍾里志：九月二日晚上，保密局特務再到基隆中學校長宿舍，宣稱要搜捕鍾浩東校長。戴傳李被捕，浩東失蹤，學校又遭到圍捕。在那種情況下，當天晚上，藍明谷就向我和王荊樹等相關成員傳達撤退指示。

張阿冬：那天晚上，藍先生匆匆忙忙回到宿舍，神情凝重，要我趕快收拾東西，回南部老家。他雖然沒說為什麼，可我知道一定是事情不妙了，立刻就收拾簡單的行李，跟他搭夜車，連夜南下岡山老家。當時，我已經懷有第二胎的身孕，我們到了基隆中學後才出生的兒子也才兩歲多。一路上，我看他抱著躺在懷裡安靜地沉睡著的孩子，望著車窗外黑暗的夜景，似乎在想著即將展開的逃亡生涯而陷入一種難言的憂傷當中。

十四、逃亡

敘事者：一九五〇年九月四日，嘉義警察局根據已拘獲之陳顯榮供稱：「鍾國輝現潛旗山區甲仙鄉鋸材所化裝鋸材工人、藍明谷現在岡山區地址不詳、李旺輝現在旗山區地址不詳」，行文旗山警察分局，協助緝捕。

九月九日，旗山分局隨即派員按址逮捕鍾國輝、李旺輝，並於十三日晚解送高雄縣警察局訊辦。鍾國輝供稱，他於一九四八年七月在基隆中學任教時，與該校職員鍾浩東、藍明谷、李旺輝等三人，由該校會計鍾里志介紹，參加「共匪台灣宣傳組」組織。[59]

九月十八日，一九四八年基隆中學高中部畢業的賴福春在台灣省警務處刑警總隊偵訊時提到：他經過李旺輝、陳顯德、藍明谷三人介紹，於九月間到基中理化室充當助理員，一直到一九四九年四五月間學校裁員而被裁離開。這段期間，藍先生很少講話，沒有介紹什麼書籍給他看。他也不知道藍明谷現在何處。[60]

九月廿九日，鍾國輝在台灣省警務處刑警總隊偵訊時改口供稱：「卅六年四月間由基中同事藍明谷介紹參加共產黨，與鍾浩東藍明谷為一小組，鍾浩東為組長……於卅七年二月間曾介紹同事……鍾里志參加共黨」。[61]

十月十四日，鍾浩東、李蒼降與唐志堂三人槍決。從報上看到原先被判「感訓」的鍾浩東校長的槍決報導，逃亡中的藍明谷對自己的未來也有了覺悟。

十一月十八日，台灣省保安司令部製作了「朱毛匪徒光明報鍾皓（浩）東案在逃匪犯藍明谷等罪證調查表」，電令警務處……與國防部保密局內政部調查處等情治機關，協緝藍明谷、鍾里志……等四名歸案。[62]

十一月廿七日，鍾國輝在台灣省保安司令部軍法處偵訊時供稱：「卅六年四月由基中教

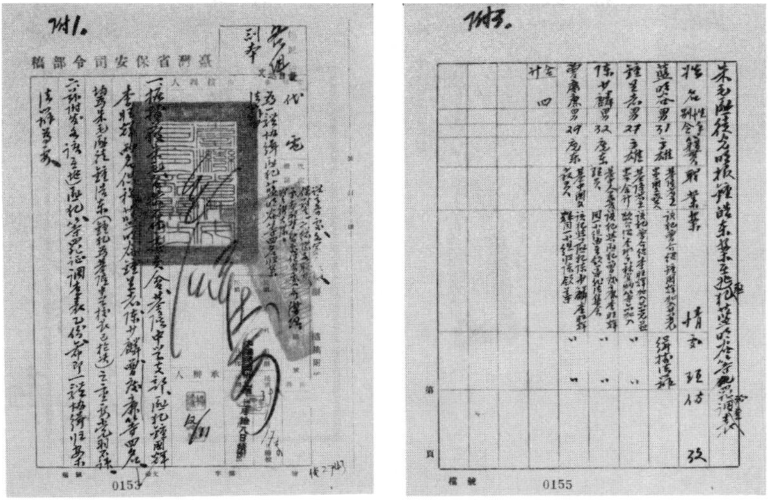

1950年11月18日，台灣省保安司令部電令各情治機關協緝藍明谷等歸案。

員藍明谷介紹參加共黨」，但「藍沒有對（我）說是什麼組織只說是個小組」，同組的「有校長藍明谷連我三個人」，「由校長擔任組長」，「我們三人當時沒有什麼特別的工作因那時學校才開始（學）對於一般學生只有啟蒙式的宣傳使他們了解社會同時對教員舉行時事座談會及吸收黨員等工作」；「我從卅七年三月辭職回家養病後同鍾校長藍明谷就沒有聯絡」。[63]

在失去組織關係的情況下，藍明谷只好通過封建關係，偶爾到一些親戚家躲藏一陣。後來，他聽到自己的父親、妻子，以及曾經收留過他的許多人，也因為受他連累而陸續被捕入獄。十二月廿八日，為了讓無辜的傷害減到最輕，他於是從高雄前金堂妹家出來，前往高雄市警察局第一分局「投案」，結束了一年多的逃亡生涯。

張阿冬：藍先生帶著我和兩歲多的兒子，回到岡山老家，深居簡出。幾天後，我們正在吃飯，不巧被鄰居看到。他覺得不妥，就把我和小孩留在老家，自己離開家，四處逃亡。我也不清楚他究竟在哪裡。

裴可權：由於同黨分子的相繼被捕，藍明谷乃先離校回高雄原籍。過了十多天，遇到剛逃回來的鍾×志，獲悉基隆方面組織已遭破獲，心知大難將臨，深感恐懼徬徨，自然而然的採取逃避的途徑，匆匆地和鍾×志、李×輝相偕逃出。

李×輝卅七年因病返高雄休養，與基隆方面失去聯絡，後來「省工委」派人與他聯繫，賦予領導南部「三七五鬥爭工作」的任務。不久，基隆組織暴露，眼看就要被捕，乃隨藍明谷逃亡。

《光明報》案尚未爆發前，鍾×志的恐懼感愈來愈深，乃私自返家，不久就和藍、李兩人一道逃亡。[64]

李旺輝：九月九日，星期六，早上十點多鍾，我正在上課中，突然發現校舍周圍的後山，已經被軍警包圍了。大家惶惶不安，不知這次他們又要抓那些人？結果，中午以前，一共有四名教師、三名職員和三名學生被抓走。當天晚上，我就離開基隆中學，坐最後一班火車，逃回南部。第二天早上，我在屏東下車。在車站前的一家腳踏車行，我用身分證抵押，租了一台腳踏車。我先騎到內埔，找在家養病的鍾國輝，告訴他基中出事的消息；然後再騎到長治鄉崙上村，通知邱連球；最後再騎回屏東，付了租金給車行，要回身分證，搭車回美濃。從此展開整整一年的逃亡生涯。

鍾里志：浩東失蹤後，李旺輝跟我說，他要去台北探聽情況。我沒問他去哪裡探聽。他說，回來後，再和我商量以後怎麼辦。結果，他沒聯絡上我，於是交代一個姓高的工友（小孩子）轉告我，說他先回南部去了。我覺得，自己待在基隆中學，早晚也會出問題，不能繼續待在那裡。第二天晚上，我就安排我老婆，帶著出生才沒幾個月的男孩，回士林娘家。我把出納組保險箱的鑰匙包好，留在宿舍，然後什麼東西也沒拿，自己一個人先回南部。從此展開我的走路生涯。

後來，我在屏東崙上邱連球家碰到藍明谷，就帶他到美濃尖山我家，與我及同樣是美濃人的李旺輝碰頭，並暫時躲在我家後山。這段期間，藍明谷還常常與當時年紀還小的理和兄的兒子鍾鐵民下棋。有一天，管區警察到我家查戶口，藍明谷和我大膽地躲在屋前一棵果樹下了解狀況。事後，我們覺得尖山一帶的風聲似乎頗為緊張，就考慮轉移到其他地方。

裴可權：十月初，他們一行由李×輝帶至月眉鄉火山地方一處甘蔗園隱藏，住約卅餘日，見當地非久留之處所，轉到鍾×志家再住了一個月。到十二月中旬，他們決定化整為零，避開警方耳目，各自想法逃生。李×輝、藍明谷返回原籍，鍾×志輾轉進入高雄縣甲仙鄉「森榮製材廠」當職員。(65)

李旺輝：我先在家裡約一星期不敢出門。後來因鍾里志和藍明谷都到美濃來，我們三個人就一道到三民鄉火山（離美濃有二十公里）我家的甘蔗園土寮藏匿。那時，我大哥在那一帶種甘蔗。十月初，我就帶領他們從尖山走過兩重山，前往投靠。在路上，天下大雨，我們全身都淋得濕淋淋的，而且山路又陡又滑，很不好走。藍明谷是個不常勞動的讀書人，走到後來實在走不動了，還是咬緊牙關，勉強自己走到目的地。我們在甘蔗園裡躲藏了一個月後，聽到那邊的人說：「這三個人不像是農人，怕是逃犯。」我們覺得那裡並非能夠久留之地，於是又再冒險轉到鍾里志老家後頭的尖山躲藏。白天，我們躲在山裡頭，到了晚上，就睡在土地公廟或工寮，吃山裡的香蕉或乾糧，偶爾也偷偷跑出來，到尖山腳下鍾里志的兄弟家吃碗飯，甚至看報。十二月中旬，我們從隔了幾天的《中央日報》舊報紙，看到基隆中學教職員張奕明等四人已在十二月十日被槍決，鍾浩東等十八人「准感訓自新」的報導。我們於是在尖山的密林裡為死難的同志默哀，然後通過討論，決定從此分頭求存。[66]

楊再仁：卅九年春天或卅八年年底，因他（藍明谷）在基中生病，回家休養，後來他說無事做要在我店內幫忙，因店裡很忙，所以我就讓他在店裡工作了。他用藍益遠的名字。店裡人都說他是老實溫和人。[67]

張阿冬：藍先生離開美濃尖山以後，因為想念我和孩子們，就在半夜跑回岡山家裡，看看父母與妻兒。可他只待了一陣子，聽到村子裡的狗不正常地吠叫，就立刻離開，不敢留下來過夜。

裴可權：卅九年初，藍明谷在高雄潮州內埔鄉巧遇患病返鄉休養之同夥鍾×輝，兩人相約前往匪黨在高雄縣轄區大武山隱蔽基地，藏匿沒多久，又離開大武山逃往他處。(68)

李旺輝：先前，我已經把基隆中學的情況告訴鍾國輝了，所以，突然看到藍明谷來訪，他一點也不意外。一段時日以後，鍾國輝覺得那裡並不十分安全，同時也想跟鍾里志和我聯絡，看看我們這邊是否有比較可靠的地方可躲，於是又和藍明谷離開大武山區，轉往美濃尖山。

鍾里志：日據時代，鍾國輝的大哥鍾桂蘭和我父親鍾蕃薯，以及另外一個叫做曾寶深的客家鄉親，三人合資在大陸做生意，結果，生意做垮了，還剩一些資金，就在尖山後山買了一片山園，各持一份。當鍾國輝帶著藍明谷來到這座山園時，裡頭只有曾寶深的孫子曾春堯一個人在那裡顧山。通過聊天，鍾國輝知道曾春堯跟我還算熟識，就叫他去通知我前去會面。經過會商，我們決定還是採取「化整為零，定期會面」的逃亡方式。後來，鍾國輝與李旺輝先後被捕，藍明谷也因此和我失去聯絡。

裴可權：在這段期間，我方的緝捕工作並未鬆懈，憑著豐富的辦案經驗和毅力，終於在卅九年的九月底捕獲鍾國輝和李旺輝兩人，解送保安司令部審理。(69)

鄭葆同：據二〇九號同志報稱：本（九）月四日嘉義警察局來文旗山警察分局稱：「據

已拘獲之奸匪陳顯榮供稱：渠卅七年七月於基隆中學參加共匪台灣宣傳組組織，同時加入者有鍾國輝（現潛旗山區甲仙鄉鋸材所化裝鋸材工人）、藍明谷（現在岡山區地址不詳）、李旺輝（現在旗山區地址不詳），請協助緝捕等情。旗山分局於本月九日派員按址將該鍾國輝拘獲，據供稱：現年卅九歲，高雄縣潮州區內埔人……民（國）卅七年在基隆中學任教，同年七月與該校職員鍾浩東、藍明谷、李旺輝等三人，由該校會計鍾里志（已潛逃）介紹，參加共匪台灣宣傳組組織。卅八年八月鍾浩東因破案在該校被捕，隨與李旺輝逃避來此，李現在美濃鎮尖山化裝砍林工人。旗山警局隨按址將該李旺輝拘獲，據供與鍾相符……以上匪犯已於本（九）月十三日晚解送高雄縣警察局訊辦。[70]

張阿冬：他們抓不到藍先生，後來就把我和我公公，以及一些親友抓去關。我被捕的時候正抱著一歲多的女兒餵奶。藍先生聽到我們被抓的消息，也只好出來投案了。

裴可權：逃亡生活並不好過。還未就逮的藍明谷、鍾×志兩人縱然擅於隨機應變，看到同黨一個個的落網，也不禁心驚膽戰。

十二月廿八日夜晚，在走投無路的情況下，藍明谷終於到高雄市警察局第一分局投案。[71]

十五、偵訊與判決

敘事者：一九五一年。元月五日，李旺輝在保安司令部軍法處偵訊時突然被問到：「謝（張）阿冬、王阿銀二人和你認識嗎？你曉得她二人和共黨的關係嗎？」李旺輝回答：「謝（張）阿冬是藍明谷之妻，卅一二歲，無職業，有一子，已四五歲。王阿銀，女性……此二人和共黨組織關係不詳細。」他們又問：「藍明谷、鍾里志二人改逃何處？」李旺輝答：「藍明谷、鍾里志二人是卅八年十月初自台北逃到我家裡，由我帶他二人躲在距美濃鎮約卅餘里的月眉鄉火山地方，那地方有我的甘蔗園及草寮，住了三十餘日，再轉移到鍾里志家裡，住約一個月，卅八年十二月中旬，我返家去，藍明谷亦返籍去。……我被捕後的情形不明。」⑫

元月七日，鍾國輝在保安司令部軍法處偵訊時再次供稱：「我是於卅六年四月在基隆中學由同事藍明谷介紹加入共產黨組織。」「我加入後和鍾浩東、藍明谷同一小組，由鍾浩東擔任組長，我們兩人同受鍾浩東領導。」⑬

元月十日，鍾里志提出「自首書」，向警務處刑警總隊駐高雄縣工作組「自首」。⑭

元月廿七日，藍明谷在台灣省警務處寫了自白書。⑮

二月三日，藍明谷、張阿冬、鍾里志，連同元月被捕的基中畢業生李錦殖、江德龍、邱文瑞等人，同被解送保安司令部。⑯

二月廿一日，鍾國輝在保安司令部軍法處再被提訊時供稱：藍明谷「於卅六年四月介紹我加入共黨，是台南人」；在「四五月間」參加時，「寫了個自願書」，組織名稱「不詳，只知我與藍及校長三人一組，由校長為組長」。[77]

二月廿三日，保密局長毛人鳳電保安司令部：「貴部通緝之……匪『基隆市委員會』委員藍明谷及其妻張阿冬……等名，業經憲警先後緝獲解送貴部訊辦……煩於各犯偵訊後解交本局併案測究其組織關係，再送還貴部法辦」。[78]

三月二日，保安司令部保安處將「匪犯藍明谷等乙案」移送軍法處辦理。[79]

三月三日，保安司令部將張阿冬發交新生總隊感訓。[80]軍法處審判官殷敬文判決鍾國輝死刑，李旺輝有期徒刑十五年。在（40）安潔字第〇九七八號判決書上，鍾國輝的「事實」部分載稱：「被告鍾國輝在民國卅六年四月間任教於基隆中學由同事即在逃之奸匪基隆市工作委員會工委藍明谷介紹參加朱毛匪幫組織」。[81]

三月五日，台灣省保安司令部保安處林秀巒致函軍法處云：「藍明谷及其妻張阿冬二名已呈批即移送貴處法辦」。[82]

三月八日，保安司令部軍法處函致保安處：「藍明谷、張阿冬二名經查並未收案仍請……貴處函復」。[83]

三月十七日，保安處林秀巒再函軍法處云：「查藍明谷張阿冬……已於三月三日……移請貴處訊辦在卷」，「保密局所請提訊一節請併案核辦為荷」。[84]

三月廿三日，保安司令部軍法處軍法官邢炎初提訊藍明谷、鍾里志與鍾里志的妻子林世英三人。首先點呼藍明谷入庭。以下，摘錄「訊問筆錄」的重點，並加註標點符號：

邢：你何時起思想開始左傾？

藍：卅六年一月，在台北，有一個姓張的與我談，為了中國、台灣，要我參加一個組織，但未講名稱，並再三要我寫自傳給他。過了十多天，他就對我說，已經介紹我參加共黨。我有些害怕，就去基隆工作，離開台北。

邢：姓張的叫何名？

藍：不知道。

邢：不知道怎麼會介紹你參加共黨呢？

藍：卅五年十月，我在上海

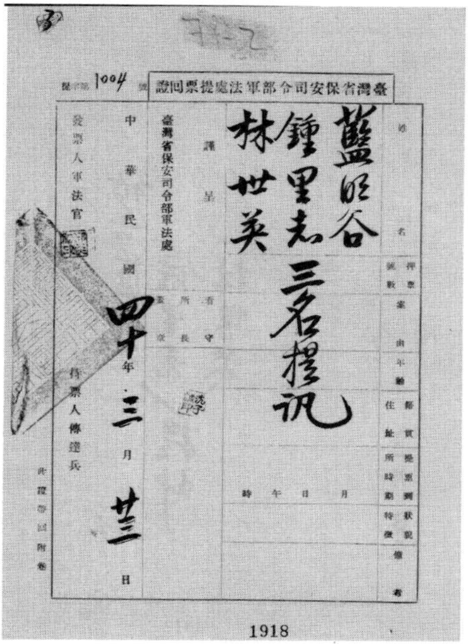
臺灣省保安司令部軍法處提票回證
提字第 1004 號
姓名：藍明谷 鍾里志 林世英 三名提訊
謹呈
臺灣省保安司令部軍法處
看守所所長
中華民國四十年三月廿三日
發票人軍法官
持票人傳達兵
1918

1951 年 3 月 23 日，保安司令部軍法處軍法官邢炎初提訊藍明谷、鍾里志與鍾里志的妻子林世英三人。

等船返台。我經上海同鄉會職（員）林昆辦理手續，他就常拿左傾雜誌給我看。張就是林介紹來的。

邢：你到基隆去後何人與你聯絡？

藍：卅六年二月底我去基隆中學後，五月間有一個叫詹致遠來找我說，基中校長鍾浩東已參加，以後由他領導我。

邢：由他領導後你做些何事？

藍：卅六年八月，奉上級命令，組織成立基中支部，鍾任書記，鍾國輝與我任支委。

邢：成立後發展工作如何？

藍：主要目的是擴展組織。

邢：那麼你們如何擴展呢？

藍：鍾浩東指示我吸收的有鍾國輝、戴傳李、張國雄、陳通和、陳本江。我自己吸收的有王荊樹、張進發。

邢：基中組織內共有幾人？

藍：有關係的陳仲豪、陳少麟、蕭太初、王春長、廖為卿、江德龍、吳鶴松、邱文瑞、李錦殖、連世貴、李旺輝、張奕明、鍾國員、羅卓才、黃東茂、曾慶廉、林獻香、張源爵等。

邢：學校裡的自治會是否你們控制的？

藍：是由陳仲豪控制的。不過，鍾浩東有指使陳說，不要向他們暴露，因他們年輕。

邢：基隆工作籌備委員會是何時成立的？

藍：卅八年四五月間。

邢：組織情形如何？

藍：書記由鍾浩東擔任。我與李某擔任委員。

邢：該會分幾部分？

藍：三部分。一部分由鍾浩東主持基中支部，李某主持基隆市區及汐止支部，我主持基隆市區和七堵瑞芳等地學生聯絡。

邢：你負責的各地的共有多少人？

藍：我負責的基隆支部有鍾里志、王荊樹及我。我任書記，他二任委員。

邢：瑞芳呢？

藍：黃東茂、廖為卿、邱文瑞尚未成立小組。

邢：七堵呢？

藍：李錦殖。

邢：他們介紹些何人參加共黨？

藍：王荊樹曾提起一個劉護士，但無正式參加。黃東茂介紹一個煤礦廠的醫生，但亦無正式參加。

邢：你們組織上級是誰？

藍：鄭繼成領導。

邢：基隆工作委員會是何時成立？

藍：卅八年八月底，因病離開基隆到岡山。但當時委員會尚未成立。後來有沒有成立，我也不曉得。

邢：你到南部後是否還繼續發展組織？

藍：離開後，我就無與鍾浩東聯絡了。

邢：鍾何時被捕？

藍：卅八年九月中旬，鍾里志來南部告訴我說，鍾浩東及他妻、他姨妹、教務主任方濤（弢）、張奕明、鍾國員和幾個學生被捕了。

邢：光明報的情形你知道否？

藍：不知道。

邢：你回到家後是否常住在家還是逃來逃去？

藍：在家裡住了十多天後，就逃到屏東崙上鍾浩東親戚邱連球家，住了二天，碰到鍾里志，到美濃鍾家。當時李旺輝亦來鍾家，同時逃到山裡，不到一個月又回鍾家。卅八年十一月底，就到妹夫楊再仁店內幫忙。

邢：楊知道你是共黨嗎？

藍：不知道。因怕他知道後會害怕。

邢：言論行動等有無共黨表露？

藍：沒有。

邢：你在楊店共做了多久？

藍：一直到卅九年十二月廿八日。

邢：那天警察抓你，你又逃了？

藍：是的。

邢：以後如何抓到的呢？

藍：是我自己去高雄第一分局自首的。

邢：你說要自首，為何要抓你時又要逃呢？

藍：當時因害怕，後來又覺得不對，所以去自首了。

邢：你何時知道政府要抓你？

藍：十二月廿七日。

……

邢：你說本來想自首的有何證明？

藍：我在五常行逃走後，就到堂妹陳秀鳳家寫自首書，未寫完，到外面吃了一碗麵。回來後，陳對我說有警察來找我，要我馬上去。所以我就馬上去了。

邢：你是否因堂妹夫蔡登儒被捕，所以你去投案的？

藍：不是的。

邢：以後鍾里志逃到何處？

藍：不知道。

……[85]

接著，點呼鍾里志入庭。鍾里志在訊問時提到有關他與藍明谷的關係如下。

鍾里志：一九四八年夏天，我在基隆中學當出納時，由鍾國輝介紹，參加共黨。鍾國輝要我與藍明谷、王荊樹成立一個小組，由藍明谷負責。藍明谷叫我吸收李旺輝入黨。李旺輝寫了一篇自傳給我轉交藍明谷。一九四九年九月間，鍾浩東被捕，我就逃到屏東縣長治區邱連球家。碰到藍明谷後，又到我家。李旺輝也到來了，就一同到他哥哥家，幫他種甘蔗。月餘又返我家。過了一月餘，他們各自返家。[86]

敘事者：軍法官接著訊問鍾里志的妻子林世英。然後又根據鍾里志的供詞訊問藍明谷。

邢：李旺輝是你叫鍾里志吸收的？

藍：是的。是鍾浩東叫我轉叫他吸收的。

邢：你還叫他吸收何人？

藍：沒有。

邢：他還介紹何人入黨？

藍：沒有。[87]

三月廿四日，保安司令部軍法處提訊楊再仁、鍾德興等人。然後軍法官邢炎初以「匪奸防逃」之由，將藍明谷、鍾里志與楊再仁等九名還押看守所。與此同時，邢炎初又致函審辦鍾浩東、鍾國輝、張國雄、李旺輝、黃新枝等案的保安司令部軍法處各軍法官，請檢交鍾浩東等人判決書，以為「審理藍明谷等叛亂一案」之參考。[88]

三月二十六日，台灣省保安司令部軍法處軍法官邢炎初又再提訊藍明谷、鍾國輝、李旺輝與鍾里志四名。首先還是點呼藍明谷入庭。以下是敘事者加註標點符號後的「訊問筆錄」全文：

邢：你是藍明谷嗎？

藍：是的。

邢：你於卅七年（卅六年）間在台北參加共黨後去基隆做何事？

藍：當教員。

邢：你們在學校發展用何名義吸收學生？

藍：我不太清楚只聽鍾浩東說以〇〇名義來掩護身分。

邢：你在成立工作委員會後又組織基隆小組，這小組是支部還是小組？

藍：是小組。但鍾浩東準備將來成立支部。

邢：你指示鍾里志做些何事？

藍：除叫他吸收李旺輝外沒有再叫他做過何事。

邢：鍾里志在組織裡他做過何工作？

藍：沒有。

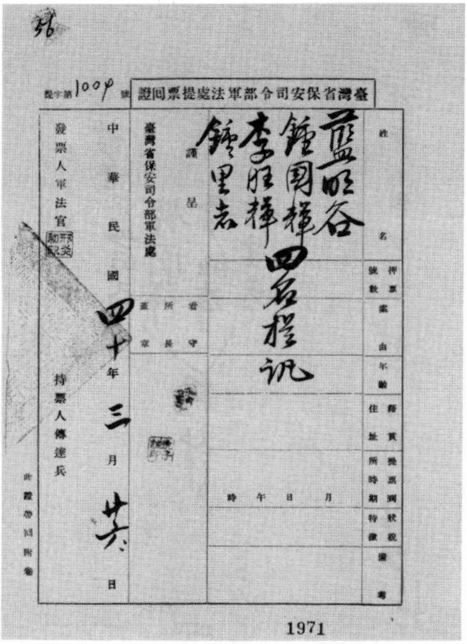
臺灣省保安司令部軍法處提票回證
監字第1004號
姓名：藍明谷 鍾國輝 李旺輝 鍾里志
案由：四名提訊
請呈 臺灣省保安司令部軍法處
看守所長 蓋章
中華民國四十年三月廿六日
發票人軍法官 邢炎
持票人傳達兵
1971

1951年3月26日，軍法官邢炎初又再提訊藍明谷、鍾國輝李旺輝與鍾里志四名。

邢：他在組織裡地位為何？

藍：我看他與鍾浩東感情上不能相合，地位亦不重要。

邢：江德龍於卅七年七月間加入你們組織，你可知道否？

藍：我聽張國雄對我說預備要介紹他參加，但有無正式參加我不得而知。

邢：你們叫人家參加是否用台灣青年愛國同盟、新民主同志會、台灣解放同盟等名義來吸收的？

藍：不清楚。

邢：你們常吸收學生是用別的名義？

藍：原則上是的。

邢：鍾浩東要你吸收碼頭上的工人，你吸收了否？

藍：沒有。

邢：所說實在否？

藍：實在。[89]

接著，點呼鍾里志入庭。根據「訊問筆錄」，涉及他與藍明谷關係的問答如下：

邢：你在藍明谷組織內占何地位？
鍾：他們沒有對我說明。
邢：除藍叫你吸收李旺輝參加共黨外還做些何工作？
鍾：沒有。
邢：你參加後他們要你做些何工作？
鍾：要我在基隆碼頭上吸收工人。但我未做。
邢：何人叫你吸收工人？
鍾：鍾浩東。[90]

軍法官邢炎初第三個點呼入庭的是已經判決死刑的鍾國輝。根據「訊問筆錄」，涉及他與藍明谷關係的問答如下：

邢：你何時參加的？
鍾：卅六年四五月間由藍明谷介紹參加的。
邢：卅六年八月間，你與藍、鍾浩東成立支部，由鍾任書記，你與藍任委員？
鍾：當時是說小組。[91]

最後，軍法官邢炎初點呼已經處刑十五年的李旺輝入庭。但「訊問筆錄」並無有關他與藍明谷之間的問答。

這次的提訊就這樣結束了。藍明谷等四人又被還押看守所。[92]

同一天，軍法官邢炎初又單獨提訊江德龍入庭審訊。其中，江德龍在被問到「藍明谷李旺輝有領導過你？」時回答說：「藍李均聯絡過一次」，但「沒有說什麼」。[93]

然後，審判官邢炎初對藍明谷、江德龍、楊再仁等六人提庭宣判：

被告藍明谷　男年卅一歲高雄縣人住基隆市基隆中學宿舍業該校教員

……

江德龍　男年廿三歲基隆市人住仁愛區業公務員

楊再仁　男年卅一歲高雄市人住新興區業商

……

右被告等因叛亂等案件經本部審理判決如左：

主　文

藍明谷意圖以非法之方法顛覆政府而着手實行處死刑褫奪公權終身全部財產除酌留其家屬必需生活費用外沒收之

……江德龍參加叛亂之組織個處有期徒刑五年褫奪公權三年

楊再仁……均無罪

事　實

藍明谷係本省高雄縣人早年旅居大陸本省光復後於民國三十五年年底返台經上海時同鄉林昆乘機灌輸匪幫思想受其影響至民國三十六年一月間自撰自傳加入匪幫後轉任基隆中學教員與匪徒即該校前任校長鍾浩東等祕密推行叛亂工作吸收鍾國輝戴傳李張國雄陳通和陳本江王荊樹張進發等先後加入匪幫同年八月間與鍾浩東鍾國輝設立該校匪支部鍾浩東任書記藍明谷與鍾國輝分任委員利用職位控制該校學生活動三十八年四月又擴大與鍾浩東李蒼降密設匪基隆工作委員會鍾浩東任書記負責基隆中學藍明谷及李蒼降分任委員負責基隆市區七堵瑞芳及汐止等鎮叛亂活動發展基隆市區及碼頭工人等組織藍明谷並領導基隆小組同年九月間鍾浩東等被緝獲後該藍明谷逃避高雄以養病為辭匿居妹夫楊再仁五常被服廠工作以掩耳目……經台灣省警務處查覺將該藍明谷……等緝獲歸案並以楊再仁有藏匿藍明谷……等嫌疑一併解案法辦

理　由

被告藍明谷對於三十六年一月間加入匪幫吸收鍾國輝等參加匪組織同年八月與叛徒鍾浩東鍾國輝密設匪基隆中學支部三十八年四月與鍾浩東李蒼降擴大密設匪基隆工作委員會領導基隆小組發展基隆市區七堵瑞芳等鎮叛亂工作等事實業據自認不諱提據另案被告鍾國輝供證核閱鍾浩東等叛亂案原卷及被告在台灣省警務處自白書訊問筆錄所供情形均相符合犯情極臻明確查鍾浩東等案經呈奉國防部三十九年十月十一日（39）勁助字第八七三號代電核定在案及鍾國輝等另案審辦中被告藍明谷明知為叛逆而甘附從顯顛覆政府之意圖又祕密吸收叛徒擴大匪組織已達着手實行階段且於通緝後百般隱避惡性無可寬恕應處死刑褫奪公權終身全部財產除酌留其家屬必需生活費用外沒收之以昭炯戒[94]

十六、最後的報告與槍決

敘事者：三月三十日，保安司令吳國楨「檢呈藍明谷

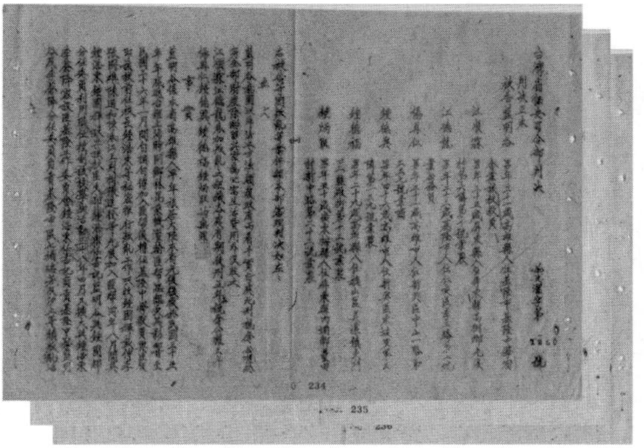

台灣省保安司令部（40）安潔字第1250號判決書。

等叛亂案」之判決書電請國防部參謀總長周至柔核示。[95]

三月卅一日，保安司令部又電覆保密局二月廿三日要求將「藍明谷及其妻（謝）張阿冬」偵訊後解交該局「併案測究其組織關係再送還貴部法辦」的來文，並解送藍明谷等三名到保密局，「請查收並於訊畢後，即予送還」。[96]

四月二日，保安司令部軍法處軍法官邢炎初通過傳達兵將「保密局借提」藍明谷的釋票回證呈交軍法處看守所長。[97]

同樣是在四月二日這天，藍明谷在保安司令部軍法處看守所第十五號押房寫下試圖求生的、「謹呈看守所所長沈轉審判官審判長」的最後「報告」。

藍明谷：竊在押人素受日本教育，對我祖國固極力愛戴，惟對祖國政治實情，及共匪殘暴情形，概乏認識，以致一時受人誘惑，參加匪黨組織，誤入歧途，後悔莫及。迨目睹一二年來，政府在台各種設施，深得台胞擁戴，復興氣象蒸蒸日上。在押人深自悔悟，遂於民國三十九年十二月二十八日向高雄市警察局第一分局自首，請求　政府賜予悔過自新機會，嗣後將所有一切組織關係悉數向各偵查機關坦白報告，已有各機關記錄在案，本無需重贅，唯恐因語言關係，口頭供述未能盡意，爰特將各情據實呈報如次：

（一）在押人參加匪黨組織是出於無奈與被逼者。

在押人於民國三十六年一月間受張某勸誘參加他的組織，當初在押人以對該組織不了然，對政治亦無興趣，故拒絕參加。但張某復以「愛台灣愛祖國，為台灣為祖國而奮鬥」等為號召，再三引誘。當時本省社會動盪，在押人愛台灣愛祖國之心切，誤認為真，始答應提出自傳。當時張某並未說明該組織名義，及至自傳提出約有一星期後，張某始說：在押人已經由他介紹參加中共匪黨。在押人對共匪組織毫無認識，惟抱有漠然的恐怖印象，故欲尋機脫離匪黨控制。在押人即辭去省教育會職務，託省立基隆中學校長之胞兄（當時他因為患肺病，在台大醫院住院醫治）介紹到基隆中學當教員。當時在押人尚不知校長鍾浩東亦有參加共匪組織，及至同年四、五月間詹致遠要在押人接受鍾浩東指揮（在押人離開台北時未曾向共匪組織聯絡住址及轉換職業情事，係由鍾浩東向上級報告者）又曾受過詹鍾二人申斥。自民國三十六年春至三十八

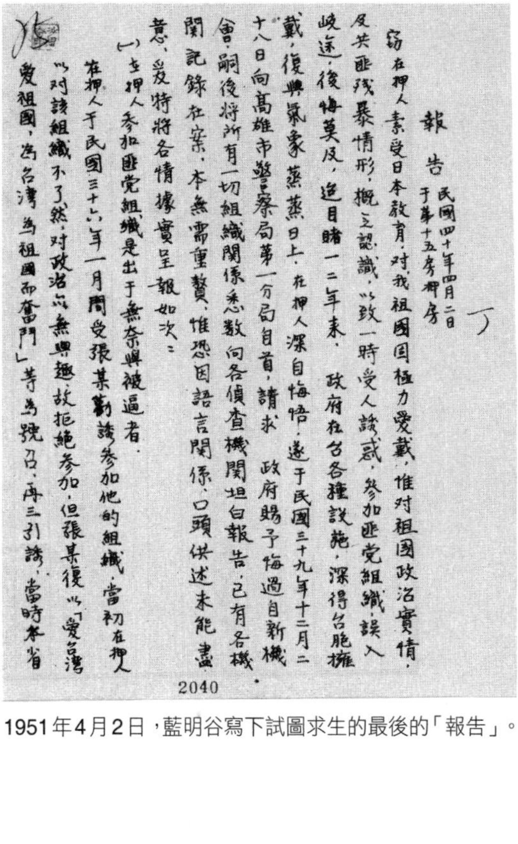
報告　民國四十年四月二日于第十五号押房

竊在押人素受日本敎育，对我祖國固極力愛戴，惟对祖國政治實情，及共匪残暴情形，概乏認識，以致一時受人誘惑，参加匪党組織，誤入岐途，後悔莫及，迨目睹一二年來，政府在台各種設施，深得台胞擁戴，復興氣象蒸蒸日上，在押人深自悔悟，遂于民國三十九年十二月二十八日向高雄市警察局第一分局自首，請求　政府賜予悔過自新機會，嗣後將所有一切組織関係悉数向各偵查機関坦白報告，已有各機関記錄在案，本無需重贅，惟恐因語言関係，口頭供述未能盡意，爰特將各情據實呈報如次：

(一)在押人参加匪党組織是出于無奈與被逼者。

在押人于民國三十六年一月間受張某勸誘，参加他的組織，當初在押人以对該組織不了然，对政治亦無興趣，故拒絕参加，但張某復以「愛台灣愛祖國，為台灣為祖國而奮鬥」等為號召，再三引誘，當時本省

2040

1951年4月2日，藍明谷寫下試圖求生的最後的「報告」。

年八月止在基隆中學服務期間，在押人在共匪組織嚴密控制及威脅之下，無法脫離其組織。其間實情有如下數端：

（甲）在押人素患肺病，民三十六年八月病狀加劇，吐血、咳嗽、發燒等等至為嚴重。在押人即向校長鍾浩東請求辭職並脫離組織關係，回鄉養病。但他以為：上級不准離開基隆，有病可以請假休息。遂不准在押人離開組織關係。

（乙）其後在押人之病狀，時好時壞，至今仍未能完全痊癒。在押人深恐拖延日久，病狀更加惡化，所以屢次向鍾校長請求離職回鄉，但他總以上級不准為辭，加以阻止。鍾浩東事事均以上級命令相逼迫，一切組織及吸收黨員等等均由他計畫決定，然後他則以上級命令為辭，逼人接受，而許多問題在押人均未能預先曉得，甚至全由他一手包辦後，造成既成事實，而後要在押人承認。如：民三十八年五月間組織基市工作籌備委員會，在押人曾以身體衰弱為由拒絕參加，但結果他竟將在押人之名義利用了。又如：民三十六年五六月間鍾浩東、鍾國輝及在押人成立三人小組，其後成立支部之事，在押人與鍾國輝始終不知覺，後來在押人在其私人談話中，始聽鍾浩東說到成立支部之事。鍾浩東之作風事事如此，在押人因他係校長，又怕共匪組織之報復，無奈不得不暫時敷衍了事。

（丙）在基中工作中經在押人介紹參加共匪組織的，有鍾國輝、戴傳李、張國雄、陳本江、陳通和、王荊樹、張進發等七人。其中鍾國輝、戴傳李、張國雄、陳本江、陳通和等均與鍾浩東有朋友或親戚關係，本來應該由他介紹，但因為他當校長，怕暴露自己身分，故命令在押人去做形式上之介紹人。（鍾浩東慣用此方式，故他本身，名義上未曾介紹過一人）所以上述五人在思想上並無受到在押人之影響。從實質說，亦非完全由在押人介紹者。王荊樹與張進發雖係在押人朋友，亦因鍾浩東再三要在押人介紹者。其外如在押人妻張阿冬其實並無參加共匪組織，因為鍾浩東再三要在押人辦理她參加手續，而以上級命令相威脅，當時在押人已有意脫離共匪關係，故不忍再誤了她前途。而且她知識水準低，對政治社會問題亦無興趣，家事異常繁忙，需要照料孩子，又要照料在押人之病，事實上毫無參加可能，但因鍾浩東再三以上級命令相威脅，故不得已要她寫出簡單之報告，藉以敷衍了事。而張阿冬對此事始終毫無知覺，其後上級亦未批准參加。

（丁）一者因病體難支，又因對鍾浩東之作風及共匪組織抱有恐怖心理（鍾浩東曾暗示共匪對不忠實之黨員，要加以嚴厲之報復等等）故對工作始終消極，然亦以為，如此拖延不決徒增痛苦，故決心待自三十七年下學期結束後斷然脫離共匪組織關係。遂於三十八年七月先帶妻兒回鄉，八月底再來校辦理交代手續。當初鍾浩東仍然不准離開，但經在押人再三要求後，始默許脫離組織離開基隆。

綜合上述事實經過，在押人參加匪黨工作，當時則係由於在押人對共匪殘暴情形認識之不足，繼則完全由於受匪黨組織之控制及威脅，以至於不能自主，而確係出於無奈被逼者。

（二）在押人之自首是出於衷心覺悟與冀求自新者。

在押人自脫離共匪組織之後，思想上已大有變化，對悔過自新之覺悟亦逐漸堅定。如前所述，在押人之參加共匪組織，當初係不自覺者，後來雖已知覺，但在共匪組織嚴密控制與威脅之下，雖一再企圖脫離，但始終不可能。及至三十八年八月底，一旦脫離共匪支配，而恢復思想的自由後，良心的自由選擇，指示在押人必須拋棄出賣祖國，欺壓民族的共匪，而擁戴為祖國之獨立，為民族之自由而奮鬥的國民政府。

近一兩年以來，共匪之出賣祖國、製造饑荒、干涉韓戰等欺壓善良的老百姓的種種殘暴行為，使在押人以前對共匪所抱著的一點點幻想，盡歸於幻滅。正與此相反，政府自遷台以來，各種針對現實之措施均獲到成功。譬如：三七五地租、勞工保險的徹底實行、地方自治的實施、軍備的充實、民眾組訓、克難運動、社會經濟的安定等等均收到莫大的效果；而台胞對政府的信仰，亦已非常堅固，一般士氣亦大大的振作起來，真有蒸蒸日上的氣象，而反攻大陸、復興中國的基礎也確已非常鞏固。在此情形之下在押人之覺悟與悔過自新，並非偶然而是必然的，是真實的，是出於衷心與至誠的。

以下按在押人自首經過，據實略舉數端：

（甲）在押人自離開基隆回到故鄉以後，便完全與共匪組織斷絕關係，始終未曾向共匪組織取得聯絡，共匪亦未曾派人前來聯繫。在押人更始終未曾做過有利於共匪之任何活動，專心一意要做一個安分守己的好國民。

（乙）民三十九年十月政府公布匪諜自新辦法實施期間，在押人本當依法自新，但因當時在押人身體極端衰弱，怕經不起痛苦，又因胞弟訂於十二月二十一日結婚，台灣老百姓一般對共匪均有恐怖心理，在押人恐自首後，影響到胞弟的結婚，故預定於胞弟結婚完成後出來自首。

（丙）民三十九年十二月二十八日決心自首，但昧於自首辦法，只得先繕寫自首自白書，然後向警察局自首。但自首書未及完成即聽到堂妹陳秀鳳說：「警察人員來找你，要你馬上去自首」等語。在押人以為自首自白書雖未寫完，但必須服從政府機關命令才對，故即刻逕往高雄市警察局第一分局自首，向該分局分局長請求准予悔過自新，經分局長諭：「自新辦法施行期間，雖然已經過去，政府仍寬大為懷，自新的門還是開著，自今以後要痛改前非，重新做人」等語。而後本案即移高雄市刑警大隊辦理，在押人即將未完成之自首自白書呈交高雄市警局，後來又聽說本案本該歸高雄縣警局辦理，故又移至高雄縣警察局。而各經辦官員均曾向在押人稱：已將本案件按自新辦法呈報上峰，惟因自新限期已經過去，故須經台北機關，始能批准自新，等等。

（丁）在押人自自首後，為協助政府完成反共抗俄，消滅在台共匪組織計，將個人所知悉之一切已正式參加組織者，或未成熟者均向各偵訊機關坦白交出，並無絲毫的隱瞞。

上面所述盡是事實。在押人因受共匪宣傳所誘惑，誤入共匪圈套，又在基中校長鍾浩東威逼指揮之下，雖屢次欲擺脫共匪組織之支配，卒告無效。及至三十八年八月底始能脫離共匪組織，三十九年十二月二十八日悔告自新，惟因昧於自首手續辦法，以致手續欠完善。然在押人誠心自首及坦白悔過，交出所有組織以協助政府等之事實，均可由高雄市警局第一分局、刑警大隊及其他本案偵訊機關之有關紀錄，或經辦官長獲得證明。而報章亦曾發表過政府聲明稱：「自首辦法施行限期雖然已經過去，但政府對自首的門仍然開著」等等，竊案政府德意在安良除暴，消滅共匪組織，以鞏固復興基地，而對知過而有覺悟誠意之誤入歧途的青年，必能予以自新機會。而在押人自首手續雖然不甚完備，相信　政府必亦體恤在押人自首之誠意。聖人有云：「君子之過如日月蝕」，素受日本教育而昧於祖國政情之青年，誤入歧途是有萬分苦衷的，但在押人深覺對國家對政府萬分慚愧，決心悔過自新，此後必定做一個擁護政府、服從　領袖的好國民，同時傾盡全力參加反共抗俄之工作，協助政府，為消滅共匪復興中國而奮鬥。

上述各情，均係在押人根據事實，而出於至誠之陳述，爰特呈報，伏乞

鈞長大德鑒察，而對在押人自首實情一節，請賜予覆查，並按政府公布匪諜自首辦法，准予悔過自新，在押人則永銘恩德矣。　藍明谷　謹呈[98]

敘事者：然而，藍明谷在組織完全破壞，同志先後犧牲，事無可為的絕境下的「轉向」

報告，顯然已經無補於事了。

四月三日，保密局借提藍明谷，偵訊完畢後於十六日發文保安司令部：「茲將該犯解還，請查收辦理」。[99]

四月廿一日，保安司令部軍法處還押藍明谷。軍法官邢炎初通過傳達兵將押票回證呈交軍法處看守所長沈子誠，以「防逃」理由羈押。[100]

四月廿五日，保安司令部軍法處電覆保密局局長毛人鳳：藍明谷已收押，張阿冬發交新生訓導處感訓。[101]

四月廿七日，國防部為「核准藍明谷等叛亂一案罪刑」而發文保安司令部，「希遵照並將執行藍明谷死刑日期報備」。[102]

四月廿八日，保安司令部軍法處軍法官邢炎初簽呈「提庭宣判」藍明谷之提票回證，由傳達兵送達保安司令部軍法處看守所長沈子誠。[103]保安司令部同時電告軍法處第一科、憲兵第八團與台北市政府：死刑人犯藍明谷定於四月廿九日上午六點宣判執行，除派檢察官金士祥監刑外；希憲兵第八團歐團長派員率兵前來軍法處，將該藍明谷一名驗明正身，綁赴刑場，執行槍決並具報。台北市政府「希即備棺一具，屆時雇工抬往水源路林口里刑場收屍掩埋並具報」。[104]

四月廿九日，保安司令部軍法處審判官邢炎初以「執行死刑」理由向看守所長呈交釋票回證，然後於上午六點，在軍法處第一法庭問明藍明谷的「姓名、年齡、籍貫、住址、職業」之後，「朗讀判決主文告以判決理由之要旨」，並問藍明谷「聽到否」？藍明谷答說「聽到」；再經檢察官金士祥訊問之後，發交憲兵第八團第二連排長陳憲文，押赴台北市水源路林口里馬場町刑場執行槍決，「參彈斃命」。[105]

五月二日，憲兵第八團團長歐廷昌就「執行藍明谷一名死刑」的事由電覆保安司令部，並附報告表一份，「復請鑒備」。[106]

五月八日，保安司令吳國楨電國防部參謀總長周至柔，呈報藍明谷「業於四月廿九日上午六點驗明正身發交憲兵第八團綁赴刑場執行槍決」，同時檢呈藍明谷「生前死後相片各二張電請察核」。[107]

五月十二日，國防部參謀總長周至柔電保

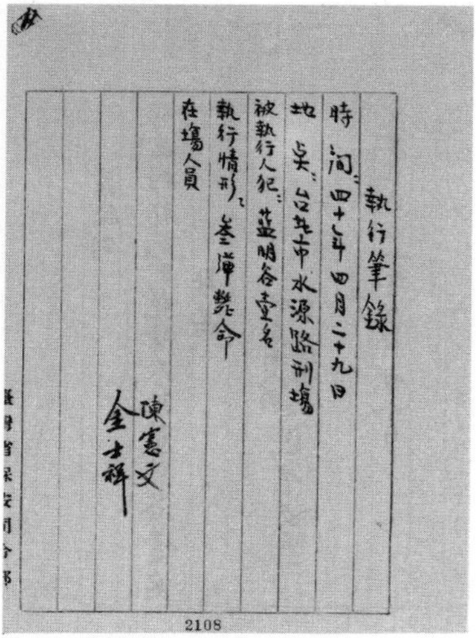
執行筆錄
時間：四十年四月二十九日
地點：台北市水源路刑場
被執行人犯：藍明谷壹名
執行情形：叁彈斃命
在場人員
陳憲文
金士祥
2108

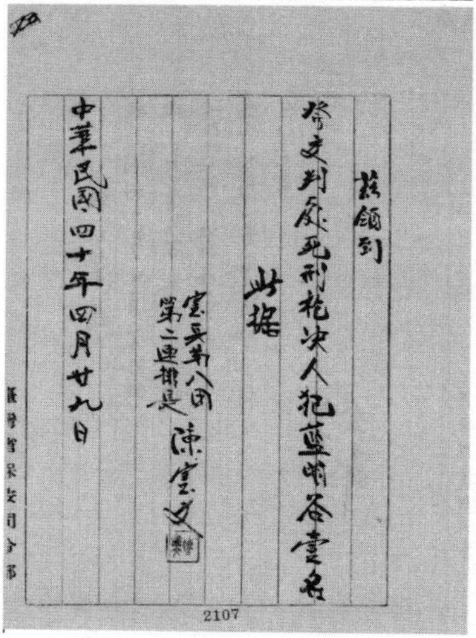
茲領到
奉文判處死刑槍決人犯藍明谷壹名
此據
憲兵第八團第二連排長 陳憲文
中華民國四十年四月廿九日
2107

憲兵第八團第二連排長陳憲文槍決藍明谷的執行筆錄與報告表。

安司令部：「據報執行藍明谷死刑日期准予備查」。[108]

至此，在官方程序中，藍明谷也就算是「蓋棺論定」了。

然而，六月十二日，保密局又電請保安司令部提訊不在人間的藍明谷，訊明藍明谷「供稱曾於卅八年一二月間吸收」之「逃匪張進發之確實年齡籍貫住址職業家屬情形製成筆錄」，「並著藍犯親繪張進發住址詳圖」。[109]

六月十九日，保安司令部電覆保密局毛局長：「叛亂犯藍明谷已執行槍決請查照」。[110]

保密局終於不再追究藍明谷了。

尾聲：從福馬林池撈起來的屍體

敘事者：五月三日，台北市衛生院院長桂華岳「為執行死刑人犯（藍明谷）屍體因無家屬認領業經轉交國防醫學院」而電台灣省保安司令部「謹復鑒核」，內云若「浸洗三個月仍無人認領者視為無主屍體予以解剖實驗」。[111]

五月四日，藍明谷的三弟藍微貯向台灣省保安司令部軍法處提出領屍申請書。保安司令部為此行文台北市衛生院：「除諭知（家屬）逕向貴院洽領外特函請查照辦理」。[112]

藍明谷生前照片。

五月七日，極樂殯儀館總經理錢宗範謹呈台灣省保安司令部軍法處：藍微貯已於五月六日憑領屍證領回藍明谷骨灰。⑮

藍微貯：農曆三月廿四日，接到大嫂娘家拍來的電報，我立刻搭車北上。從來沒上過台北的我在大嫂的胞弟帶領下匆匆趕往青島東路軍法處看守所，打聽大哥的情況。我們在軍法處門口被警衛凶了一頓之後，才又叫我們到國防醫學院找找看。我們於是轉往國防醫學院。果然，大哥已在槍決後被轉送這裡，準備把他的屍體當作學生的解剖材料了。我強忍心中悲痛，按照學校規定辦了領屍手續，來到解剖教室，及時地從福馬林池中撈起大哥的屍身。我看到，大哥除了身上有兩處槍傷之外，頸部還被砍過一刀。我領了大哥的屍身，又在大嫂的胞弟帶領下，將屍體載送到極樂殯儀館火化。第二天一早，我就搭上頭班車，將大哥的骨灰帶回岡山老家，安葬在故鄉的塚埔。多年以後，才又將它移置新建的藍氏家廟裡頭。我們既沒有看到大哥的判決書，也沒有拿到他在獄中的任何遺物，因此就把農曆三月廿四日當作他的忌日。

敘事者：五月八日，保安司令部電高雄縣政府：「希即會同當地警察局所及鄰里長等前往該犯（藍明谷）住所將其所有財產除家屬日常生活必需用品外全部予以查封交由該管警察局妥為保管并將各項財產及其家屬人口年齡生活狀況分別選具清冊覆報憑辦」。[114]

五月十四日，台灣省警務處處長陶一珊「為匿匪罪嫌犯楊再仁家屬有變賣財產避免沒收情事」而密電台灣省保安司令部，「報請核示」。[115]

五月十八日，台灣省保安司令部電覆台灣省警務處處長陶一珊：「楊再仁經判決無罪財產應免沒收」。[116]

五月廿一日，高雄縣岡山鎮陳里長與第四鄰伍鄰長出具證明書，特為證明藍明谷「並未設籍於藍土生戶內」，「在本里確未置有任何財產」；「今後如查出有虛偽隱匿情事」，「願負連坐之責」。[117]

五月卅一日，高雄縣政府檢附藍土生財產清單二份、岡山鎮鄰里長證明書與藍土生戶籍抄本各乙份，電覆保安司令部關於藍明谷財產查封結果：「岡山鎮並無藍明谷夫妻之戶籍，亦未申報戶口在其父藍土生

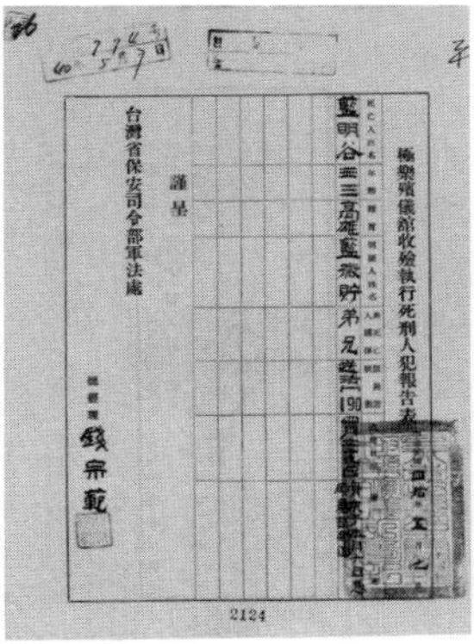
極樂殯儀館收殮執行死刑人犯報告表

謹呈

台灣省保安司令部軍法處

2124

1951 年 5 月 7 日，極樂殯儀館總經理向軍法處報告：藍明谷骨灰已於五月六日由家屬領回。藍微貯將大哥藍明谷的骨灰帶回岡山老家，最後安置家廟裡頭。

張阿冬（藍博洲攝影）。

處，更未購置任何財產於岡山」。[18]

藍微貯：後來，管區警察還到我家，表示要查封大哥的財產。可是，大哥早在日據時期出外念書時，就已經把戶籍遷出去了。他們就給我家客廳的一隻掛鐘貼上封條，意思意思。因為大哥的關係，我們家就變成「黑戶」了，只要有什麼政治上的風吹草動，管區的警員一定專程前往「關心」。一直要到解嚴以後，我們才能恢復正常的生活。

張阿冬：我被抓以後先是送到岡山分局拘留所，一、二天後才移送高雄刑警隊。在這裡，女兒由她三叔帶回去。然後我又再被移送台北刑警大隊、內湖的新生總隊、保安司令部軍法處。在軍法處，我曾經見到被關在不同押房的藍先生最後一面。但是，我們沒有交談的機會，只能絕望而淒苦地互相用眼神遠遠地相互凝視。後來，我又被移送到綠島集中營，就不知道他的情況了。一九五二年春天，我從綠島回到岡山夫家。進了門，我看到的是寫在客廳的神主牌上的藍先生的名字。

一九九九年十二月二十二日初稿
二〇〇〇年七月十日修訂
二〇一六年一月三十一日三稿

參考資料

【口述證言】

李旺輝先生，一九八七年三月十二日，高雄美濃。
蔣碧玉女士，一九八八年三月十九日，台北市。
鍾里志先生，一九九〇年一月廿四日，新店。
吳克泰先生，一九九〇年四月八日，北京。
葉紀東先生，一九九〇年四月九日，北京。
戴傳李先生，一九九〇年五月三十日，台北市。
蔡川燕先生，一九九一年四月，北京。

張阿冬女士，一九九三年五月一日，台北市景美區三福街。
劉世英先生，一九九三年六月十六日，上海。
藍微貯先生，一九九三年十二月廿三日，高雄岡山。
藍義彥先生，一九九三年十二月廿三日，高雄岡山。

註

①黃昭堂，《台灣總督府》，台北：自由時代，一九八九年初版，頁一七二、一七八。蘇新，《憤怒的台灣》，台北：時報，一九九三年初版，頁八五。

②徐迺翔、黃萬華，《中國抗戰時期淪陷區文學史》，福建教育出版社，一九九五年七月，頁九—一〇、三二一—三四〇。

③《鍾理和日記》，一九四五年十月一、廿九日，收錄於新版《鍾理和全集》六，鍾理和文教基金會，二〇〇九年六月初版一刷，頁一七、四三—四四。

④洪檣（櫺），〈平津台胞動靜概況〉，《新台灣》創刊號，一九四六年二月十五日，頁二。

⑤前引《鍾理和日記》，一九四五年九月九日，頁七。

⑥前引《鍾理和日記》，一九四五年九月九日，頁八。

⑦〈台灣省旅平同鄉會成立〉，前引《新台灣》創刊號，頁八。

⑧前引《鍾理和日記》，一九四五年十月廿九日，頁四二。

⑨張四光，〈台灣人的國家觀念——台灣光復後的問題〉，原載一九四五年九月三日北平《華北新報》「專論」；轉引何標主編《老北京台灣人的故事》，北京：台海出版社，二〇〇九年十二月第一版，頁一六二—一六三。

⑩前引《鍾理和日記》，一九四五年十月廿九日、九月九日，頁四二、七、八。

⑪前引《鍾理和日記》，一九四五年九月十、十三、十四日，十月十六、廿九日，頁八、九、一〇、三一、四二。

⑫另見前引《鍾理和日記》，一九四五年九月十三、十五日，頁九、一一。

⑬前引〈台灣省旅平同鄉會成立〉，創刊號，頁八。

⑭前引《鍾理和日記》，一九四五年九月十八日，頁一二。

⑮同⑭。

⑯另見前引《鍾理和日記》，一九四五年九月廿二日，頁一四。

⑰前引《鍾理和日記》，一九四五年十月十四日，頁三〇。

⑱台灣省旅平同鄉會、台灣革新同志會同啟，〈關於處理台灣人產業之意見書〉，前引《新台灣》創刊號，頁五。
⑲〈台灣省旅平同鄉會消息〉，前引《新台灣》第四期，一九四六年五月一日，頁一五。
⑳鍾理和，〈祖國歸來〉，收錄於《鍾理和全集》三，高雄縣立文化中心出版，一九九七年十月，頁一二—一三。
㉑江流，〈白薯的悲哀〉，前引《新台灣》第二期，頁一一。另見前引高雄縣立文化中心出版《鍾理和全集》三，頁二、三、九。
㉒戴國煇、葉芸芸，《愛憎二二八》，遠流出版公司，一九九二年二月十六日初版一刷，頁四九—五一。
㉓前引《鍾理和日記》，一九四五年十月二、四、七日，頁一八、二〇、二一。
㉔前引《鍾理和日記》，一九四五年十月九日，頁二四。
㉕前引《鍾理和日記》，一九四五年十月三、十二日，頁一九、二七、二八。
㉖前引《鍾理和日記》，一九四五年九月廿三、十月廿五日，頁一五、三八。
㉗前引《鍾理和日記》，一九四五年十月廿六、廿八日，十一月七、九、廿七、廿八日，頁三九、四一、四二、四五、四六、四七。

㉘王功安、毛磊主編，《國共兩黨關係史》，武漢出版社，一九八八年八月初版一刷，頁五一五—五二三。
㉙子岡，〈愁城記〉，轉引姜德明編《北京乎》，三聯書店，一九九二年二月一版一刷。
㉚前引《鍾理和日記》，一九四六年一月四日，頁五二。
㉛前引《鍾理和日記》，一九四五年十二月卅一日、一九四六年一月七日，頁四九、五六。
㉜前引《新台灣》第二期：〈台灣同胞之回籍〉，頁一；〈航政局拒絕台灣同胞回籍〉，頁五；〈台灣消息述評——一，流落在各地的十四萬台胞急待返鄉〉，頁六；鍾理和，〈祖國歸來〉。在日期上，上述報導略有出入，此處以〈台灣同胞之回籍〉的說法為主。
㉝〈台灣消息——五，二六〇名台胞被救濟總署遣送回台〉，前引《新台灣》第三期，頁九。
㉞〈台灣省旅平津同鄉會消息——二，第三批平津台胞回鄉〉，前引《新台灣》第四期，頁一五。
㉟前引鍾理和，〈祖國歸來〉，頁二〇、二四、二五。
㊱另見前引〈台灣省旅平津同鄉會成立〉。
㊲《安全局機密文件》，李敖出版社翻印，一九九一年十二月卅一日，頁一二。
㊳李偉光自述，〈一個台灣知識份子的革命道路（下）〉，蔡子民整理，《台聲》雜誌總第廿八期（北京，一九八六年十一月），頁四五。

㊴ 張執一，〈在敵人心臟裡——我所知道的中共中央上海局〉，原載政協文史資料研究委員會主編《革命史資料》第五輯，一九八一年十一月；轉引《中共的特務活動原始資料彙編》，香港：阿爾泰出版社，一九八四年一月，頁七三—一〇六。

㊵ 裴可權，《台共叛亂及覆亡經過紀實》，台灣商務印書館，一九八七年年八月二版，作者簡介。

㊶ 裴可權，〈肅諜行動憶往——早年基隆「工委會」破獲記詳〉，《中央日報》，一九八一年五月十六日。

㊷ 另見曹欽榮等採訪整理，《流麻溝十五號——綠島女生分隊及其他》，台北：書林出版公司，二〇一二年十二月初版，頁三八一—三八四。

㊸ 另見《吳克泰回憶錄》，台北：人間出版社，二〇〇二年八月，頁一九三—一九七。

㊹ 前引《鍾理和日記》，一九四五年十月卅一日，頁四四—四五。

㊺ 鍾鐵民，〈我的父親鍾理和先生遇鬼記〉，《台灣時報》副刊，一九九〇年九月廿一日。

㊻ 黃克武，〈基隆中學畢業校友訪談紀錄〉，《戒嚴時期台北地區政治案件口述歷史》，台北市文獻委員會，一九九九年九月，頁一四一。

㊼ 前引《鐘理和日記》，一九四七年二月廿八日，頁六一—六四。

㊽ 前引《鍾理和日記》，一九四七年三月一日，頁六八—七一。

㊾ 前引《鍾理和日記》，一九四七年三月二日，頁七一—七二。

㊿ 前引曹欽榮等採訪整理，《流麻溝十五號——綠島女生分隊及其他》，頁三八六、三八七。

51 王惠敏中譯，原載《魯迅研究月刊》一九九八年第一期，頁五四—五五。橫地剛先生提供。
52 前引《中共的特務活動原始資料彙編》，頁三三二。
53 前引《歷年辦理匪案彙編第二輯》「匪基隆市工作委員會鍾浩東等叛亂案」，頁一一一二。
54 前引裴可權，〈肅諜行動憶往——早年基隆「工委會」破獲記詳〉。
55 前引裴可權，《台共叛亂及覆亡經過紀實》，頁七三—七四。
56 前引「匪基隆市工作委員會鍾浩東等叛亂案」，頁二。
57 前引《台共叛亂及覆亡經過紀實》，頁七六。
58 前引「匪基隆市工作委員會鐘浩東等叛亂案」，頁二—三。
59 〈鄭葆同電朱先生「呈報旗山警察局接嘉義警察局來文逮捕奸匪鍾國輝等經過情形由」〉，國防部後備司令部，一九五〇年九月十七日；轉引《戰後台灣政治案件藍明谷案史料彙編》，台北：國史館，二〇一四年五月，頁三—四。
60 前引《戰後台灣政治案件藍明谷案史料彙編》，頁五七、六二。
61 前引《戰後台灣政治案件藍明谷案史料彙編》，頁一一三—一一四。
62 前引《戰後台灣政治案件藍明谷案史料彙編》，頁六—八。
63 前引《戰後台灣政治案件藍明谷案史料彙編》，頁一六四—一六五、一七〇—一七一。
64 前引裴可權，〈肅諜行動憶往——早年基隆「工委會」破獲記詳〉。

⑥⑤ 前引裴可權，〈肅諜行動憶往——早年基隆「工委會」破獲記詳〉。

⑥⑥ 李旺輝口述證言；〈李旺輝偵訊筆錄〉，一九五〇年九月三十日，前引《戰後台灣政治案件藍明谷案史料彙編》，頁一二一—一二三。

⑥⑦ 〈楊再仁訊問筆錄〉，台灣省保安司令部軍法處，一九五一年三月廿四日，前引《戰後台灣政治案件藍明谷案史料彙編》，頁三九七—四〇〇。

⑥⑧ 前引裴可權，〈肅諜行動憶往——早年基隆「工委會」破獲記詳〉。

⑥⑨ 前引裴可權，〈肅諜行動憶往——早年基隆「工委會」破獲記詳〉。

⑦⓪ 前引〈鄭葆同電朱先生「呈報旗山警察局接嘉義警察局來文逮捕奸匪鍾國輝等經過情形由」〉，頁三—四。

⑦① 前引裴可權，〈肅諜行動憶往——早年基隆「工委會」破獲記詳〉。

⑦② 前引《戰後台灣政治案件藍明谷案史料彙編》，頁二五五—二五六。

⑦③ 前引《戰後台灣政治案件藍明谷案史料彙編》，頁二六八。

⑦④ 前引裴可權，〈肅諜行動憶往——早年基隆「工委會」破獲記詳〉。

⑦⑤ 前引《戰後台灣政治案件藍明谷案史料彙編》，頁三四四。

⑦⑥ 前引裴可權，〈肅諜行動憶往——早年基隆「工委會」破獲記詳〉。

⑦⑦ 前引《戰後台灣政治案件藍明谷案史料彙編》，頁二九二。

⑺⑻前引《戰後台灣政治案件藍明谷案史料彙編》，頁三三七—三三八。
⑺⑼前引《戰後台灣政治案件藍明谷案史料彙編》，頁三三九。
⑻⓪前引《戰後台灣政治案件藍明谷案史料彙編》，頁四六一。
⑻⑴前引《戰後台灣政治案件藍明谷案史料彙編》，頁四七七—四七八。
⑻⑵前引《戰後台灣政治案件藍明谷案史料彙編》，頁一五。
⑻⑶前引《戰後台灣政治案件藍明谷案史料彙編》，頁三四〇。
⑻⑷前引《戰後台灣政治案件藍明谷案史料彙編》，頁一六。
⑻⑸前引《戰後台灣政治案件藍明谷案史料彙編》，頁三四一—三五七。
⑻⑹前引《戰後台灣政治案件藍明谷案史料彙編》，頁三六〇—三六三。
⑻⑺前引《戰後台灣政治案件藍明谷案史料彙編》，頁三七四—三七五。
⑻⑻前引《戰後台灣政治案件藍明谷案史料彙編》，頁三八一、四一八、四八四。
⑻⑼前引《戰後台灣政治案件藍明谷案史料彙編》，頁四二一—四二四。
⑼⓪前引《戰後台灣政治案件藍明谷案史料彙編》，頁四二四—四二五。
⑼⑴前引《戰後台灣政治案件藍明谷案史料彙編》，頁四三〇。
⑼⑵前引《戰後台灣政治案件藍明谷案史料彙編》，頁四三五—四四五。

⑨③前引《戰後台灣政治案件藍明谷案史料彙編》，頁四四九。
⑨④台灣省保安司令部（40）安潔字第一二五〇號判決書。
⑨⑤前引《戰後台灣政治案件藍明谷案史料彙編》，頁五〇七。
⑨⑥前引《戰後台灣政治案件藍明谷案史料彙編》，頁四六〇—四六一。
⑨⑦前引《戰後台灣政治案件藍明谷案史料彙編》，頁四六四。
⑨⑧前引《戰後台灣政治案件藍明谷案史料彙編》，頁五八〇—五九〇。
⑨⑨前引《戰後台灣政治案件藍明谷案史料彙編》，頁四六五—四六七。
⑩⓪前引《戰後台灣政治案件藍明谷案史料彙編》，頁四六八。
⑩①前引《戰後台灣政治案件藍明谷案史料彙編》，頁四六九—四七〇。
⑩②前引《戰後台灣政治案件藍明谷案史料彙編》，頁五二七—五二八、六二五—六二六。
⑩③前引《戰後台灣政治案件藍明谷案史料彙編》，頁五二九。
⑩④前引《戰後台灣政治案件藍明谷案史料彙編》，頁六三—六三九。
⑩⑤前引《戰後台灣政治案件藍明谷案史料彙編》，頁六四〇、五三一—五三三、六四一—六四四。
⑩⑥前引《戰後台灣政治案件藍明谷案史料彙編》，頁六四五—六四六。
⑩⑦前引《戰後台灣政治案件藍明谷案史料彙編》，頁六五一。

⒅ 前引《戰後台灣政治案件藍明谷案史料彙編》，頁六五二。
⒆ 前引《戰後台灣政治案件藍明谷案史料彙編》，頁四七一。
⒇ 前引《戰後台灣政治案件藍明谷案史料彙編》，頁六五三。
⑾ 前引《戰後台灣政治案件藍明谷案史料彙編》，頁六四七。
⑿ 前引《戰後台灣政治案件藍明谷案史料彙編》，頁六四八，六四九。
⒀ 前引《戰後台灣政治案件藍明谷案史料彙編》，頁六五〇。
⒁ 前引《戰後台灣政治案件藍明谷案史料彙編》，頁六八三—六八四。
⒂ 前引《戰後台灣政治案件藍明谷案史料彙編》，頁六八五—六八七。
⒃ 前引《戰後台灣政治案件藍明谷案史料彙編》，頁六八八。
⒄ 前引《戰後台灣政治案件藍明谷案史料彙編》，頁六九〇。
⒅ 前引《戰後台灣政治案件藍明谷案史料彙編》，頁六八九—六九五。

尋找
六堆客家庄
農運鬥士**邱連球**

前言：烈日下的尋訪

敘事者：一九八九年八月十一日，一個南台灣夏季慣有的炎熱日子。為了展開另一個民眾史人物傳邱連球生命史的採寫工作，我輾轉從高雄美濃搭上一輛早上九點多鐘開往屏東的客運車。客運車穿越一片片香蕉園間的縣道前行，時不時地在一些客家人聚居的村落停靠，讓那些趕往屏東街上辦事的村民們上車。我肩著一個書包，脖頸上吊掛著一台相機，閒適地坐在車廂後座，時而望著車廂裡的乘客的神態，時而眺望著窗外在熱烈的陽光照耀下的一片南國景象：種著木瓜、檳榔、蓮霧和椰子的果園，以及養殖吳郭魚的水池和一棟棟飄散著屎尿味的豬舍。在遐想中，客運車駛入屏東市區。我在屏東車站下車，然後搭上一輛計程車，經由市郊火燒庄，前往長治鄉崙上村邱連球先生的故鄉。

一九五七年，台灣鄉土作家鍾理和曾經在參加《自由談》雜誌徵文的自述——〈我學習寫作的過程〉中這樣寫道：

> 我少時有三個好友，其中一個是我異母兄弟，我們都有良好的理想。我們四個人中，三個人順利地升學了，一個人名落孫山，這個人就是我。這事給我的刺激很大，它深深地刺傷了我的心，我私下抱起決定由別種途徑趕上他們的野心。這是最初的動機，

但尚未成形。

鍾理和所說的少年時候的三個好友，除了他那同年的異母兄弟鍾和鳴（浩東）之外，一個是台北高校畢業後即因罹患腎炎而英年早逝、壯志未酬的鍾九河，另外一個則是與鍾和鳴先後在五〇年代白色恐怖時期英年早逝的姑表兄弟邱連球。

我的第一個採訪對象是一九五八年六月才從綠島回來的邱連球的堂兄邱連和老先生。

一九八七年八月採寫鍾浩東生命史時，我在美濃鍾理和故居第一次見到邱連和老先生。也因為這樣，當我完成鍾浩東生命史的採訪工作，寫成〈幌馬車之歌〉之後，隨即與當時已經七十八歲高齡的邱連和老先生聯繫，專程南下，進行有關邱連球生命史的採訪工作。

邱連球（左）與鍾理和（1915-1960）。

以邱連和老先生為起點，其後我又在島內各地陸續採訪了環繞在邱連球周邊的難友、家屬，乃至於一九九〇年四月在北京找到了曾經參與、領導「二二八」當時台北地區的學生隊伍，並在一九四九年四月六日被迫出走大陸，原先以為下落不明的曾經與邱連球有過思想的交往的葉紀東先生。

這樣，綜合這些歷史見證者的口述追憶，家屬保存的獄中家書，以及後來開放的相關的官方檔案，幾經修訂，我終於寫了這篇粗堪呈現邱連球生命輪廓的報導。

1987 年 8 月，我在鍾理和故居採訪邱連和、蔣碧玉、李南鋒與李旺輝等環繞在邱連球周邊的難友。

一、殖民地長興庄的客家子弟

敘事者：長治鄉舊名長興。清康熙卅五年（一六九六年），開庄祖邱永鎬從廣東蕉嶺文福鄉白泥湖來此開墾；三年後歸返原鄉，率領族人同來此地開墾，逐漸形成聚落。

一八九五年，甲午戰敗的清廷將台灣割讓給日本。台灣人民展開了武裝抗日的愛鄉保土鬥爭。

一九一五年，也就是第一次世界大戰爆發後的第二年。在中國大陸，袁世凱接受日本政府提出的「廿一條要求」；楊度等人推動袁世凱稱帝。在台灣本島，曾任台南廳鳳山縣警察的屏東人余清芳，目睹日人暴政，於是懷著驅逐日人、光復台灣之心憤然辭職，並遷居台南縣後庄鄉，終因不堪坐視鄰近噍

邱連球出生的 1915 年余清芳領導台灣人民展開最後一次武裝抗日。（徐宗懋圖文館提供）

吧哖人受日人壓迫，乃「借助神力」，奉「大明慈悲國」之名，於四月起義台南西來庵；一時之間，台北、台中、南投、嘉義、阿猴等地人民紛紛響應。八月二日，日軍發動山砲猛攻噍吧哖市街，屠殺庄民。九月二十三日，余清芳被殺，事件後，日寇竟將噍吧哖附近廿多個村庄的三千二百多個住民全部看作凶犯，實行世界史上空前的集體大屠殺。

一八九五年以來的台灣人民武裝抗日運動經此噍吧哖事件的大屠殺而告終結。

就在這一年，殖民地孩子邱連球在屏東長治鄉崙上村的客家庄出世了。此時，日本帝國對台灣的殖民統治已經通過這廿年來的暴力恐怖鎮壓而得到初步的鞏固，然後在這個基礎上開始採取懷柔的統治政策，進行土地掠奪，聯合一部分本島地主及資本家，對台灣人民加重苛捐雜稅。

邱連和：連球比我小四歲，是我的堂弟。連球的父親邱有讓是六兄弟中的老么。我父親邱有福則是他們那一輩的老大。他們六兄弟分別從祖父邱添郎手裡繼承了七、八甲地，在鄉下老老實實的務農。叔叔邱有讓大約才卅八、九歲就過世了。那時候，連球還沒上學。

連球是家裡八個兄弟姊妹中的老五。他上頭有一個姊姊，三個哥哥；大哥是養子，二哥是大娘生的，三哥與他同是後母生的。他下頭還有一個妹妹與兩個弟弟；其中一個早夭。

連球和鍾浩東、鍾理和兩個兄弟同年。連球的母親鍾權妹是鍾浩東與鍾理和兩兄弟的姑媽。當時，浩東與理和的父親鍾番薯在隔壁鹽埔庄開碾米所，因此，當他們鹽埔公學校畢業，就學於長興公學校高等科時，就寄住在姑媽鍾權妹家。因為這樣，他們三個，再加一個同村的鍾九河，因為同年、同窗之故，就成了要好的朋友。

敘事者：長興公學校創校於日據時期大正四年（一九一五年）六月一日，當時稱為阿緱公學校麟洛分校；第二年，也就是一九一六年四月一日獨立為麟洛公學校。一九二〇年，台灣地方改制，長興設庄，劃歸高雄州屏東郡管理；六月一日麟洛公學校改稱長興公學校。一九二四年四月一日，長興公學校增設兩年制高等科，是當時屏北地區少數設有高等科的公學校。

邱連和：一九二六年，我從長興公學校高等科第一屆畢業。當時剛好遇上長興十庄做醮，十五歲的我於是隨叔伯兄弟回大陸原鄉，採買神衣。我們在高雄港搭乘地理丸，航行一夜，

邱連和（1911-1998）。（藍博洲攝影）

鍾九河（1915-1940）。

抵達廈門，然後換船經汕頭、潮州、松口、蕉嶺到梅縣。

一九三一年九月，我帶著汕頭老婆回台。前一天，我看到報紙號外，知道東北爆發了九一八事變。

從大陸歸來後，我聽說連球和浩東、理和兩兄弟及九河四人相偕報考州立高雄中學校；結果，除了理和因體檢不通過而落第之外，其餘三人都金榜題名。因為志趣所在，連球並沒有進入雄中，另外考入屏東農校畜產科。屏東農校的全名是高雄州立屏東農業學校（今屏東農專），一九二八年創校。農校五年畢業後，連球即應聘到母校長興公學校高等科教書。教了快兩年時，長興農業實踐學校（今長治國中）成立，該校的日籍校長親自請他任教；他於是辭去高等科教職，轉到長興農業實踐學校任教。然而，教了不過一年多時，他就因民族之間不可克服的矛盾，而與日籍校長在言詞上發生衝突。衝突之後，他便辭去農校的教職。

連球才剛辭職，長興庄庄長邱潤寬立刻邀聘他到庄役場（鄉公所）做獸醫。他於是就學以致用，前往任職，一直到理和邀他一同前往大陸東北做生意時才又辭職。一九三八年，也就是中日戰爭爆發後的第二年，鍾理和因為愛上比他年長幾歲的同姓女工鍾台妹，遭到閉塞、封建的客家家庭所不容，因此憤而離家出走，遠赴大陸東北。那時候，連球想到大陸開磚窯廠，就與理和一同搭船，經由日本到東北，調查設廠的事情。鍾理和在瀋陽滿洲自動車學校學習開車，兩年後才回台灣，帶台妹私奔。連球作完了調查後便回台招股，但因招股不順利，也就沒有再去東北。

東北去不成，廿五歲的連球就與美濃當地十六歲的姑娘朱讓娣成親。婚後，連球便頂下同母的三哥連壽與鍾九河的哥哥鍾潤生共同頂讓的旗山月眉庄一片廿四甲的山林地，帶著新婚妻子去開墾山地，種香蕉。大約就在同時，因為生意不好，我也放掉原本經營的雜貨店，前去月眉，開墾荒山，並與時任長興庄役場會計主任的鍾潤生合夥，種了約七、八甲做染料用的黃薑。太平洋戰爭爆發以後，大部分的貨船都難逃被聯軍潛艇擊沉的厄運，山上的產物經常運不出去。這樣，我和連球只好放棄山產的種植事業。連球重操舊業，到杉林庄役場當獸醫。我也到杉林庄做豆腐來賣。

在月眉開墾荒山的邱連球與邱連和。

二、從光復到二二八

敘事者：一九四五年八月十五日，日本天皇宣布無條件投降。不久，長興庄改劃設為高雄縣長興鄉。一九四六年，長興鄉又被劃入屏東市，並取「長治久安」之義，易名為長治區。一九四七年二月底，光復以來累積的社會矛盾因為台北延平路的緝菸事件而引爆了全省性的「二二八」事變。

邱連和：聽到日本投降的消息後，我們立刻把月眉庄的山林地賣掉，各自帶著妻小回到長興庄，買了地，繼續耕田。台灣光復，重回祖國懷抱。漢民族意識特強的長興客家住民，如同其他地方的民眾一樣，因為脫離了長達半個世紀的殖民統治而狂喜，紛紛遊行慶祝，演戲酬神，告慰祖先。鄉長李清輝家還特地殺豬，拜天公，一連請了好幾天的流水席。回到家鄉的連球隨即與遠房親戚邱捷昌一起，打擊那些在日據時期倚仗日本人勢力，為非作歹、欺壓民眾的地方上的台奸。鄉長李清輝的弟弟李清增從日本回到故鄉後立刻加入他們的行列。

李清增：我的思想基調主要是從民族意識的覺醒發展起來的。我想，在異民族統治下的日據時代的台灣青年沒有人不是這樣的。

一九四三年，我在京都留學的時候，認識了一位來自苗栗的客家青年謝傳祖；當時，他所懷抱的回大陸留學、投入抗日行列的理想，更加堅定了我的民族意識。

我還記得，從日本回來之前，國民政府駐日特派員到學生會講演時講過的一段話。他說：「現在，我們中國政府展開雙手，歡迎你們這些勇敢、優秀的知識青年回去台灣，你們是將來建設中國的最大力量。」

一九四六年二月底，我懷抱著這種期望回台灣，自然會投入連球發動的鋤奸行動。

邱連和：一九四六年八月，從廣東戰地回來的鍾浩東，開始接掌包括高中與初中兩部的基隆中學。他隨即在全省各地奔波，廣招良師。連球當然也在他的名單之內。連球不但毫不考慮就答應鍾浩東的邀請，前往基隆中學，擔任事務課長，同時也把李清增等家鄉的有為青年介紹給他認識。

李清增：早在日據時代，我已經久仰浩東的大名了。他和鍾九河、蕭道應，一直被公認為六堆一帶客家庄最優秀的青年。那時，我在屏東工業學校任教，暑假期間，有一天，我終於在連球家見到了浩東。我記得，初見浩東那天，我們討論了光復以來的政治形勢及社會情況之後，浩東問我，想不想跟他到基隆中學一起辦學校？我回答他說我學的是機械，我想，有機會的話，還是進糖廠做事比較適合。此後，只要浩東有事回南部，我們幾個人一定在連球家聚會。

我記得，連球好像在基隆中學做了一個學期的事務課長便辭職返鄉。他歸鄉後不久，「二二八」事變就爆發了。

在東港糖廠被捕前的李清增。

敘事者：事變爆發之後，台灣尾的屏東市街也不可免地捲入這場全省民眾反抗接收政權的蜂起。到了廿八日中午，屏東市街也開始有些騷動。

李清增：屏東真正鬧起來是三月一日吧？正確的日子我也記不來了，時間太久了。我只記得，那天，我從學校出來的時候，正好看到大約有五、六十個群眾在包圍警察局（今地方法院），其中學生占大部分。他們想要搶裡頭的槍械、彈藥。我遠遠地站著觀察了有半個小時之久，覺得情況不太樂觀，就折回學校。當天晚上，市參議會副議長葉秋木召集各參議員、民眾代表、學生、青年，召開人民大會，決定響應台北及其他各地的起義。

敘事者：根據日本帝國台灣總督府警察沿革誌第二篇《領台以後的治安狀況（中卷）：台灣社會運動史（1913-1936）》所載，青年葉秋木已是台灣旅居東京留學生左翼運動的健將之一。一九三一年十二月，旅居東京的留學生左翼運動機關瀕臨滅亡邊緣，他便參與創設「台灣問題研究會」，在合法性的文藝、文化運動掩護下，就有關台灣的各項問題，台灣的共產主義運動，尤其是文化協會解消的問題，進行討論與研究，逐步推進東京台灣留學生的左翼運動。除了表面的文化運動之外，也是「反帝同盟」主要盟員的他同時投入「日本赤色救援會東京地方委員會」的基層組織工作，經常藉紀念會、音樂會等名義邀聚有志青年，研究共產主義，吸收新人加入；或者四處籌募資金、物品，對仍繫獄中的同志展開救援運動。一九三二年三月，他與王白淵、吳坤煌等人組織一個屬於日本普羅列塔利亞（無產階級）聯盟的「文化同好會」，決議以「藉文學形式啟蒙大眾的革命性」為目標，設立文學、美術、演劇、音樂、普羅葉斯、電影、出版及會計等部門，並且先發行《通訊》，為機關雜誌《台灣文藝》的創刊預作準備。八月十三日，《通訊》創刊號印成七十份，分發給東京的同志、台灣留學生及島內同志。八月二十日，召開第二次編輯會議。九月一日，震災紀念日當天，他因參加反帝示威而被憲兵隊檢舉，經盤訊而使組織暴露，第二期《通訊》也就無法出刊。剛剛萌芽的無產階級文化聯盟「台灣文化同好會」也因為這次檢舉而被鏟除了。

台灣光復後，葉秋木參加了「三民主義青年團屏東分團」，負責組織工作。一九四六年，他當選屏東市參議員，並被推選為副議長。

李清增：三月四日早晨，一群民眾到市政府要求龔履端市長：交出市政府印信、撤出憲兵駐軍及警察的武器彈藥、集中外省人。從南洋歸來的、失業的退伍青年軍人也集結起來，在街頭遊行。其中，由林晉祥、鄭元宵等人領導的一隊包圍警察局，要求交出武器。市長拒絕。民眾於是以身體衝撞，終於把警察局的倉庫打破，奪取裡頭的槍械彈藥。市長眼看形勢已弄到不可收拾，就命令大小官僚退到憲兵隊，自己也由憲兵隊保護下脫險。到了中午，民眾占領了市政府和警察局，另外一隊退伍軍人也襲擊製糖工廠，收繳了所有的武器彈藥。這時候，市內到處都有人在打「阿山」。我們就盡力保護學校的幾個外省老師，不讓他們被外頭的亂民打。下午，屏東市事件處理委員會在市參議會成立，葉秋木被選為主席。處委會同時成立治安本部，負責維持市內治安。我想，葉秋木當時如果不出來當主席的話，也許日後就不必遭到慘死的命運吧。就我所知，原先大家欲推國大代表張吉甫當主席，但他這個人比較精，堅辭不就，因此也就躲過日後被槍殺的劫數。

敘事者：三月五日下午，民眾接連幾次圍攻憲兵隊，但因彈藥缺乏，一時之間不能攻陷。他們於是在中央旅社及省立女中正式成立司令部，下設作戰部與經理部。等到接收了第六工程處的汽車，以及屏東中學、農業學校的六挺機槍，再加上原住民青年下山援助，就先斷絕憲兵隊的水源，然後用消防隊的水龍管噴射汽油，進行火攻。一直到當天晚上十點左右，憲兵隊抵擋不住了，於是護衛著大小官僚及其眷屬共五十餘人，撤退到機場，與空軍的地勤部隊會合。民眾隨後也擁至飛機場，繼續圍攻。因為市長龔履端已經逃走了，無人施政，處理委員會便推選葉秋木為臨時市長。

李清增：飛機場的攻防戰一直持續到三月八日。這天下午，鳳山的國軍進入屏東，實施戒嚴，展開一場廣泛的捕殺行動。我們學校當天就有好幾個學生被抓走。我聽說，市街上有很多民眾、青年和學生已經被捕殺了。

三月十一日或是十二日，我在現在的台灣銀行對面的圓環，親眼目睹了葉秋木被槍殺的殘酷景像。從遊街時葉秋木慘不忍睹的形態看起來，我想，他一定是在被捕時遭遇過野蠻絕倫的體刑，然後才被拖出來遊街示眾。我看到，他的雙手被反綁在後，背上插著一只長盾形的木牌，上頭用紅色顏料寫著「葉秋木」三個大字；就像一般武俠小說上所描述的死刑犯就刑前的模樣。當葉秋木步履蹣跚地走到圓環時，我看到槍兵開始用腳踹他，強行要他跪下。這時，擠在人群中的葉秋木的弟弟，激動地想要搶到前頭去，可是人群卻善意地把他擋在外頭，不讓他進前。就在這時，我看到槍兵又狠狠地連續踹了葉秋木三下。可是他骨頭硬，咬著牙，就是不跪下來。那些槍兵被他搞火了，就用槍托朝他的膝蓋骨猛擊下去，並且趁他跪地的剎那，槍口對準他的後腦勺及太陽穴同時開槍。然後，另一名槍兵又給已經仆倒在地的他再補一槍。目睹此景，葉秋木的太太、弟弟及其他家人痛哭失聲。然而，人雖死了，這些槍兵卻仍守著現場，遲遲不讓葉秋木的家人收屍。一直到天快黑了，那些兵仔才隨便用一床草蓆覆蓋在葉秋木的屍身上。等到這些槍兵都走了，葉秋木的家人才能忍著悲痛收屍。

為了避免無辜被抓，我連夜離開屏東，一路北上。國軍清鄉的工作一直持續到三、四月後都還有人被抓走。我在台北的親友處，這裡那裡住了一個多月，才又回去屏東，進入糖業公司屏東糖廠服務。

邱連和：「二二八」發生後，連球保護了四個基隆中學的外省同事到家裡，一直到外頭平靜了才讓他們回去。

三、一條白白的路

敘事者：事變後的下半年起，大陸的國共內戰進入第二個年頭。就像絕大部分的台灣知識青年一樣，經歷了「二二八」的政治動亂以後，邱連球等人的祖國認同幾乎完全崩潰瓦解了。他們也不可免地一度陷於思想沒有出路的苦悶當中，苦苦地思索著台灣要往何處去的問題。

李清增：大約是六、七月時，通過一名屏東中學的老師葉紀東的分析，我們苦無出路的思想終於廓清了歷史迷霧，找到了一條前行的路。

有一天傍晚，連球來找我，說要帶我去見一個姓葉的朋友。這個葉紀東是屏東中學的老師，畢業於延平學院，一九四九年後就不明下落。當天，我們三人談了一整個晚上還不過癮，於是又躺在床上繼續談到天亮。通過葉紀東對歷史與時局的分析，我和連球初步理解了「二二八」事變必然會發生的歷史因素。更重要的是，我們也釐清了事變的本質：它是中國階級內戰的延長，是一個階級對一個階級的壓迫；外省人與本省人的衝突，不過是階級矛盾表現的地域上的表象而已。這樣，通過葉紀東的教誨，我們開始有了比較圓滿而恢宏的世界

葉紀東，1990年4月，北京。（何經泰攝影）

觀，並且在現實生活上為實現勞動人民的民主而努力。

葉紀東：我的本名是葉崇培，一九二七年生於高雄市苓雅寮。當我念第二公學校時，從二年級起一直到畢業都保持第一名的優異成績。然後我進入高雄中學校。念完雄中四年級時，我就越級考上台北高等學校。那一年，同時考上台北高校的雄中學生還有三個人，但他們一個是五年級的應屆畢業生，另外兩個則是補習後的重考生。然而，考上之後，我卻因為對有關皇民化的口試不滿而被除名。一九四五年三月畢業於高雄中學校。一九四六年春天考進台北延平學院，寄居在老台共廖瑞發家裡。二二八事變爆發後，我負責地下黨組織的台北學生武裝行動第四大隊領隊。

事件後，我先是躲了一陣子，然後通過朋友介紹，到基隆中學找鍾浩東校長，想在那裡教書。後來，我在高雄的工作有著落了，就決定不再北上。一九四八年二月，我到屏東中學教書。鍾校長於是告訴我，說他有個表兄弟住屏東鄉下，要我有機會就近照顧照顧。所以，經由鍾校長的介紹，我在屏東中學教書期間認識了邱連球。以後我大概一個月去找他一次，每次都聊到下半夜，就在他家睡，第二天一早又回屏東。開始的時候，我只和邱連球一個人見面，後來，他的堂兄邱連和與李清增也來參加。每次，我都帶一些學習材料去，除了和他們談談心事，也討論台灣前途和大陸形勢。後來，我們還計畫配合國府當局三七五減租的政策，在農村搞農民運動。

我跟邱連球的關係，實際上只是從一九四八年二月到十月期間。總的說來，他給我的印象是一個非常熱情的人。邱連球住的地方叫什麼名字？我已經記不得了。但我還記得，每次去都是騎自行車，從屏東一直往東走，過一條河，再順著河堤走到他家。他總是在約定的時間到河邊來接我。在天色就要暗下來的時候，我們並肩走在堤防上。漸漸地，月亮出來了。在月光下，一邊是田，一邊是河水，我只看到一條白白的路前行著。

鍾國輝：我是高雄縣潮州區內埔人。日本廣島中學畢業。一九三一年進廣州工業學校念二年，轉考入軍校第四分校砲科十二期，一九三七年畢業。我於一九四六年十月到基隆中學任教員。一九四七年四月間，由基中同事藍明谷介紹，參加共產黨，與鍾浩東校長、藍明谷為一小組，鍾浩東為組長。一九四八年三月辭職，回家養病（肺病）。一九四九年夏，忽接到潮州中學教員劉特慎來信，見面後他說是上面派他和我聯絡，並叫我去和長治區崙上在家裡耕田的邱連球聯絡。當時未說明，但大概是我和邱二人由劉特慎指揮，宣傳政府三七五減租的政策是對的。①

邱連和：我聽基隆中學老師李旺輝說，鍾浩東認為，由於台灣人民對中國還比較缺乏全面的政治認識與正確的階級立場，二二八這場民眾自發的蜂起也就在國軍的武裝鎮壓下迅速潰滅。因此，為了啟蒙一般民眾對祖國的政治認識，堅定站在工農立場的階級意識，他便計畫印行地下刊物《光明報》，藉以宣傳國共內戰的局勢發展，進行反帝的階級教育。為了籌措印報的經費，浩東把自己的房子賣了，然後拿這筆錢到屏東，在媽祖廟對面經營一家名為「南台行」的地下錢莊。這時候，曾經與鍾理和一起在東北開車的連球的五弟邱連奇，因為戰時在山西五色縣當過日籍縣長的祕書，害怕被整肅而從故都北京回到家鄉。南台行主要就是由浩東、連球、連奇和我四人合股開設的地下錢莊。

李清增：一九四八年秋天，當鍾校長開始祕密刊行《光明報》的時候，葉紀東就把屏東地區的發送工作交給我負責。他希望我在平常的工作中發掘比較有可能性的群眾。然後再通過《光明報》的發送與教育，提高這些群眾的積極性，進而加以組織。因此，每隔一天，我都會到媽祖廟對面的南台行拿報來發送。大約到了年底的時候，我已經在糖廠裡頭吸收了幾名優秀的工人。然而，正當我準備組織小組時，這幾名積極的工人卻突然被調職。後來，我自己也被調到恆春廠。

敘事者：一九四九年一月，台灣省政府改組，陳誠代魏道明任省府委員兼主席，兼任省警備司令部總司令；彭孟緝則擔任副司令。

二月中旬，市面上的米價猛漲。國民政府中央要人紛紛撤台。台幣與金圓券匯率調整為一比十五。

為了抑制物價，台灣銀行從三月開始拋售黃金。

四月六日，為了鎮壓台大及師範學院學生運動，引起了「四六事件」，大量的學生被捕，十九人移送法院處理。陳誠以警備總司令之名發表書面談話，聲稱決定整頓本省學風。

四月七日，台幣對金圓券的匯率，調整為金圓券百元對台幣二百廿元。

四月九日，物價全面暴漲；黃金每台兩五百五十萬元。警察當局奉陳誠之命，以「大量吸收游資、從事投機囤積，攪亂戰時金融經濟」之名，查封台灣最大的地下錢莊七洋貿易行。

四月底，滬警告急，國民政府的要員大批湧到台北。金圓券的匯率又再調整為金圓券百元改折台幣七元。

五月一日，全省實施戶口總檢。

與此同時，從五月初起，地下錢莊的倒風風行台北，金融經濟一片混亂；銀行因此停發本票，並限期收回全數本票；許多債權人唯恐債務人逃脫、賴帳而集體包圍錢莊。

五月十八日，白米每石漲到一百萬元。

五月二十日，台灣銀行辦理黃金儲蓄存款，金價定為每台兩一千四百四十萬元，並准領取黃金實物。

中華民國三十八年七月廿三日　公論報

取締本省地下錢莊
省府公佈清理辦法
限八月十五日前清理改業
如再發現以擾亂金融論罪

地下錢莊隱匿資產
檢舉者得先提本息
非債權人檢舉可得一至二成獎金

1949年7月《公論報》：陳誠取締地下錢莊。

五月廿二日，台幣一元又改兌對金圓券四百元。國民政府的中央造幣廠遷到台灣。

六月十四日，台灣實施幣制改革，由台灣銀行發行二億新台幣；新台幣每元折合舊台幣四萬元；新台幣五元折壹美元，限期兌新。新台幣票面分一元、五元、十元三種。

邱連和：浩東將南台行近三億舊台幣的資金，通過蔣碧玉的姊夫移轉台北一家林外科醫院生利息。七洋事件後，受到波及，只討回五千萬。南台行一時拿不出錢來給投資人。我們於是各自賣了一些土地來償債。處理之後，我們又繼續經營下去。這時候，大陸的局勢已經急轉直下了。經濟秩序混亂。台北錢莊的倒風很快就風襲各地；許多人還藉此機會代行索債，發了一筆「討債財」。儘管條件這樣惡劣，我們還是努力堅持著。

六月中旬，台北市警察局協助清理了卅九家地下錢莊，影響所及，許多錢莊都自行清理，造成許多人逃脫、賴債的現象。處在這樣混亂的經濟秩序中，大家都對未來的前途很樂觀，都以為國民黨是一定會垮的。然而，我們沒想到一場大逮捕就在這段時間沉靜地展開了。

四、逮捕、判刑與牽連

敘事者：一九四九年八月，台大商學院畢業的王明德因為把《光明報》寄交女友，暴露身分而被祕密逮捕。接著，戴傳李等九個台大學生也在高雄被捕。不久，鍾浩東校長也被祕密逮捕了。

八月底，凌晨一、兩點時，校長太太蔣碧玉和妹妹也被抓走了。

九月九日，星期六，早上十點多鐘，大批軍警包圍了正在上課的基隆中學。中午以前，一共有四個老師、三個職員和三個學生被抓走。

十二月十日，台灣省保安司令部將基隆中學女幹事張奕明、幹事鍾國員、教員羅卓才和宜蘭中學教員談開誠等四人執行槍決。鍾浩東、邱連球、李南鋒和邱連和等一共十八人未經審判，即以「接受匪之宣傳教育」為名，交付感訓，「以開自新之路」。

一九五〇年九月九日，台灣省保安司令部判處鍾浩東、李蒼降、唐志堂死刑。十月十四日交付執行。

鍾國輝：我和劉特慎、邱連球聯絡不到半年，即因基隆中學組織發生事故而逃亡。②

邱連和：我們是在校長被抓幾天後，才知道基隆中學出事了。有一天晚上，有幾個基隆中學的教職員流亡到我們邱家。我和連球當下即設法掩護他們。後來來了一批要抓他們的警特，因為遍尋不著，只好悻悻地離開。第二天早上，他們幾個就離開崙上，繼續流亡。中午時分，正在吃午餐的連球和我，被突然闖入的警特逮捕，強行押解到鳳山的高雄警察局。在那裡，我們看到李南鋒也已經被抓來了。當天晚上，我們三個人就在那裡過夜；第二天早上才又被押往台北。

李南鋒：我是鍾浩東校長的表弟。一九四〇年元月，我跟隨浩東、碧玉嫂以及蕭道應夫婦，奔赴原鄉大陸，參加丘念台先生領導的抗日組織東區服務隊。一九四六年四

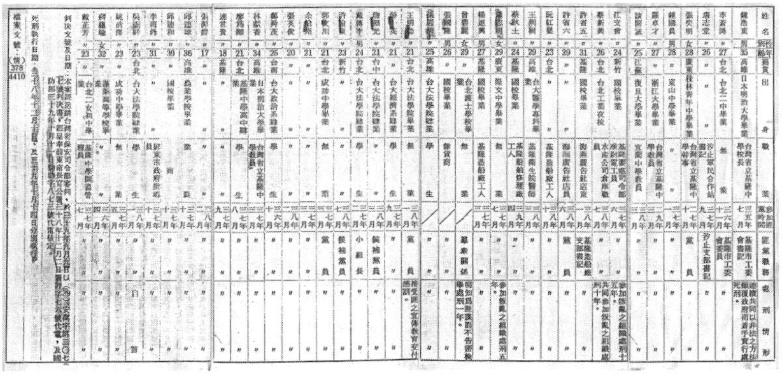

姓名	性別	年齡	籍貫	出身	職業	參加匪黨時間	匪黨職務	處刑情形
鍾浩東	男	35	高雄	日本明治大學畢業	台灣省立基隆中學校長	三五年七月	基隆市工委會書記	連續共同以非法之方法顛覆政府而着手實行處死刑。
李蒼降	〃	27	台北	台北二中畢業	無業	三六年十一月	基隆市工委會委員	〃
唐志堂	〃	26	〃	〃	汐止軍民合作站書記	三七年九月	汐止支部書記	〃
張奕明	女	28	廣東	桂林青年中學畢業	台灣省立基隆中學幹事	三七年十二月	黨員	〃
鍾國員	男	28	〃	東山中學畢業	〃	三七年一月	〃	〃
羅卓才	〃	27	〃	浙江大學畢業	台灣省立基隆中學教員	三九年二月	〃	〃
談開誠	〃	25	江蘇	復旦大學畢業	宜蘭中學教員	三八年三月	〃	〃
江支會	〃	24	新竹	國校畢業	基隆要塞司令部港附電工員	三七年六月	〃	參加叛亂之組織處刑十五年。
蔡新興	〃	26	台北	台北工業夜校	水產公司倉庫職員	三八年七月	〃	共同參加叛亂之組織處刑十年。
許省五	〃	31	基隆	國校畢業	海燕廣告社店東	三八年一月	基隆造船廠支部書記	〃
許省六	〃	29	〃	〃	海燕廣告社店員	三八年六月	黨員	〃
阮紅嬰	〃	23	台北	〃	基隆造船廠工人	三八年十月	〃	〃
王荊樹	〃	29	高雄	台大醫學專科畢業	基隆衛生院醫師	三八年三月	〃	〃
蔡秋土	〃	24	基隆	國校畢業	基隆船舶修理廠工人	三九年四月	〃	〃
[illegible]	女	29	廣東	梨文中學畢業	無業	三七年七月	〃	參加叛亂之組織處刑五年。
楊進興	男	27	基隆	國校畢業	基隆造船廠工人	三七年三月	〃	〃
曾璧霞	女	29	〃	台北護士學校畢業	無業	／	[illegible]關係	明知為匪諜而不告密檢舉處刑一年。
[illegible]	男	26	〃	國校畢業	雜貨商	／	〃	〃
[illegible]	〃	25	高雄	台大法學院肄業	學生	／	〃	〃
王[illegible]	〃	21	台北	台大法學院畢業	無業	三八年一月	黨員	接受匪之宣傳教育交付感訓。
[illegible]	〃	21	〃	台大經濟系肄業	學生	三七年九月	〃	〃
[illegible]	〃	21	台中	台大法學院肄業	〃	三八年三月	候補黨員	〃
[illegible]	男	24	台北	台大法學院肄業	學生	三七年二月	小組長	〃
許[illegible]	〃	23	新竹	〃	〃	三八年七月	候補黨員	〃
郭乾川	〃	21	台北	成功中學畢業	無業	三八年三月	黨員	〃
余[illegible]	〃	21	〃	〃	〃	三七年三月	〃	〃
張[illegible]	〃	20	〃	〃	〃	三八年二月	〃	〃
鄭[illegible]	〃	25	台南	台大政治系肄業	學生	三六年十月	〃	〃
林[illegible]	〃	34	高雄	日本明治大學畢業	台灣省立基隆中學教員	三七年三月	〃	〃
廖[illegible]	〃	21	台北	基隆中學高中肄業	學生	三七年八月	〃	〃
連世貴	〃	18	基隆	〃	〃	三七年九月	〃	〃
張[illegible]	〃	17	〃	〃	〃	三八年二月	〃	〃
邱連球	〃	36	高雄	農業學校畢業	[illegible]	三七年十月	〃	〃
邱連和	〃	30	〃	國校畢業	商	三七年十月	〃	〃
李南鋒	〃	31	〃	〃	屏東市政府雇員	三七年十月	〃	〃
吳[illegible]	〃	23	台北	台大法學院肄業	學生	三八年一月	〃	自[illegible]
[illegible]	〃	23	〃	成功中學畢業	無業	三七年五月	〃	〃
蔣蘊瑜	女	32	〃	蓬萊高等學校畢業	〃	三六年四月	〃	〃
戴芷芳	〃	23	〃	台北二女初中畢業	基隆中學圖書管理員	三七年七月	〃	〃

判決文號及日期：本案經該錄台灣省保安司令部案判，於三十九年九月九日以(39)安潔字第二〇七七號判決書，經呈奉前東南長官公署三十八年十二月二日署戌字七六號代電，及國防部三十九年十月十一日勁動字八七三號代電核定。

死刑執行日期：三十八年十二月十四日、及三十九年十月十四日分別執行。

檔案文號：(情)378 4410

安全局機密文件有關邱連球判處感訓的檔案。

李南鋒。（何經泰攝影）

月歸鄉後，我隨即上台北，與碧玉嫂一同進入台北廣播電台上班。我們兩人都是負責辦理業務。那時候，電台的台長是林忠先生。在福建的時候，我們就認識他了，那時他是國民黨直屬台灣黨部的書記。

後來，浩東接任基隆中學校長，我便把電台的工作辭掉，到基隆中學擔任管理組長。我想，浩東大概是希望我把東服隊的工作經驗拿到台灣來，好好教育年輕的一代吧。一年後，學校的管理工作已經初步就緒了，我就辭職回家。

我是從大陸回來的所謂「半山」，沾了點光，找工作很容易。一回屏東，我就到屏東市政府民政課任職合作室指導員，兼任九如農場場長。

一九四九年九月初，基隆中學職員徐新傑流亡到我家，聽他說，我才知道基隆中學出事了。徐新傑在我家躲了兩、三天才離開，聽說後來在苗栗大湖山區被追緝的警特當場擊斃。徐新傑走後沒兩天，我也被捕了。我還記得，那天傍晚，下班後，我從屏東市政府走回家，在路上，突然被兩個便衣警察逮捕。他們合力把我押上車，然後往鳳山、高雄的方向馳進。

車子駛經高屏大橋，路面正逢下坡，車速減緩了些。我於是趁機掙脫，在車內，與押解的三個便衣刑警展開扭打。打鬥很激烈，司機（也是警察）只好停車加入。最後，他們四個人把我拉下車，把我打得昏迷、半死，才又把我拖上車，繼續前進。我在半昏迷的狀態中模糊地感覺到車子停了下來。然後我被他們從樓下硬拖到樓上一個房間，用水潑醒，立刻展開一場徹夜不休的重刑審問。第二天，我在押房裡昏沉沉地過了一天。第三天傍晚，連球、連和兩兄弟也被抓來了。聽他們說，我才知道自己被關在鳳山警察局。

邱連和：我和連球被捕以後的第二天一早，隨即與李南鋒一起，從鳳山警察局押往台北。我們北上的交通工具是火車。在火車上，我和連球兩人被銬在一起。南鋒有過抵抗的紀錄，除了手銬，還給他加上腳鐐。我們和一般乘客同一個車廂，一路上都有人用一種好奇、訝異而驚恐的眼神打量我們。這樣，忍受著一路上的受辱感覺，我們終於到了台北。走出火車站，

邱連球等人移送內湖新生總隊感訓。

我們立刻被押上一輛等在外面的吉普專車，送到小南門附近保密局的祕密押房。在那個小小的押房裡，一共關了十七、八個因為牽連基隆中學事件而被捕的人。

李南鋒：大約三個月後，我們和其他同案難友一同被移送青島東路三號軍法處看守所。第二天早上十點，基隆中學的老同事張奕明、鍾國員和羅卓才等四個外省人被叫出去槍決。他們被槍斃後，我們也就結案了。浩東、連球、連和，還有我，一共十八人，交付感訓。

大約又是三個月後，連同浩東、連球在內，我們又被移往內湖的新生總隊，接受針對我們這些涉案政治犯的「思想改造」的感訓教育。浩東因為一直表現出不接受感訓的堅定立場，所以後來又被提出感訓隊，再度送往軍法處，與李蒼降等人同時審理。那天，臨走時，浩東還特地鼓勵我和連球、連

1951 年 4 月邱連球隨同其他難友移送綠島新生訓導處（陳孟和繪）囚禁。

和三人，說他日我們出去後，一定要繼續為理想奮鬥；希望我們的子孫也能為理想奮鬥。然後他又提高嗓音，像呼口號似地大聲叫說：「堅持到底，為黨犧牲。」

不久以後，我和連球、連和三人也隨同其他難友，同時移往綠島囚禁。

敘事者：新生總隊成立於一九五〇年二月一日，隸屬台灣省保安司令部。一九五一年四月移遷綠島，擴大為新生訓導處，編制為新生訓導總隊，下轄三個大隊，分別按「匪俘」、「匪嫌」或「叛亂犯」等三種不同性質分隊；每一大隊又再分為十二個中隊，以「團結新生同志完成第三任務」等十二字為隊名；另外還特別編了一個女生隊。除了勞動生產外，主要還是對政治犯進行「思想改造」的工作，上些諸如國父遺教、領袖言行、共產主義批評、共匪暴行、蘇俄侵略中國史等政治課程，以及中國地理、歷史、數學等一般課程。

李南鋒：我們在綠島待了兩年後，連球又因為家鄉有人被捕，供出與他的組織關係，而以「不坦白」之由，再次被送回島內審理。怎知，他這一去竟會一去不回。

一九五五年六月，我被關了六年，終於刑滿歸鄉。那時，我才知道，連球早已經在台北馬場町刑場仆倒於槍口下了。

連球為什麼會在已經移送綠島兩年之後又被送回台灣再度審理並被處死刑呢？針對這點，當事人李清增也許能夠說得清楚吧。

李清增：我在恆春待了六個月後，聽到基隆中學出事，浩東及連球等幾個朋友已經被捕的消息，於是要求廠方把我調到離家鄉較近的溪州糖廠。在溪州糖廠期間，我仍然繼續發展群眾組織。

一九五二年三月七日，我回去長治家裡看看。我發現書架上的書似乎被人翻過，於是問母親。母親告訴我，有人來搜查過這些書，但沒發現什麼就走了。我在母親床底下埋藏了一套日本岩波文庫、艾思奇的《大眾哲學》、毛澤東的《新民主主義》與《論聯合政府》等小冊子，以及一本鍾校長送我的河上肇的《資本論入門》。這些書雖然並沒有被發現，可是聽母親這樣說，我就知道情況不妙了。我於是又問母親及家人最近這裡有沒有發生什麼事？他們都說沒有。

當天晚上，我懷著忐忑不安的心情回到糖廠。大約十一點，我準備去監督夜班工人交班。我走過鐵道課就要進入廠房時，聽到外省籍的人事室總務在背後喊我說我還沒有簽到。平常，我對這個人的作風很不滿，因此就沒好氣地回他說我早就簽了。但是他並不動氣，仍然裝著一副笑臉對我說：「你過來，再簽一次嘛。」我拗不過他，只好走過去。可是才走沒幾步，我就看到有一個人鬼鬼祟祟躲在鐵道課的倉庫後頭。當下我在心裡直覺反應道：「糟了。」果然，我人才剛走到人事室門口，就有三個事先躲在暗處的便衣衝出來，把我扭住，扣上手銬，命令我說：「走。」我看到其中一人向人事股長簽交。然後，他們就把我押上停在廠外的吉普車，直接送到屏東刑警隊。

這時，我才知道，就在我被捕的同時，長治鄉德協村的吳葵英與古有桂也先後被捕。

吳葵英：連球和我是長興公學校和屏東農業學校的前後期同學，古有桂則是我們讀公學校時的老師。被捕當時，我是長治鄉農會總幹事。我既沒去過大陸，更不知道什麼共產主義。我想，我會被捕大概是因為公開向農民宣導政府的三七五減租政策吧。所以，在屏東刑警隊，他們要我寫自白書，我就照這樣的事實寫。

李清增：第二天，清晨四、五點左右，我們便被喊醒。他們把我們三人押上吉普車。我們不知道他們要把我們押到那裡？上吉普車前，我就故意向他們抗辯說：我又沒有做什麼？你們要把我帶到那裡？然而，押解的刑警不但沒有理會我，其中一個還用槍托敲擊我的腰部，狠狠地說：「有沒有做什麼？你自己心裡明白。」當天，我們便被他們從屏東直接送到台北西本願寺的保安處。可是我是到了第三天才知道的。

一到保安處，馬上就是一連串緊密的疲勞審問。在那裡，我自己一個人獨房，關了足足有三個月之久。我始終沒有結案，又被轉押台北刑警總隊。

吳葵英，1993年4月21日，屏東長治。（藍博洲攝影）

在刑警總隊，我開始嘗到刑求的滋味。第一次偵訊時，他們硬是要我承認同鄉的吳葵英和唐順五、鍾全如都是我吸收的群眾。唐順五是豬販，鍾全如是木匠，也是連球的公學校同學。我不承認，他們就用刑。第一次否認，他們重重地打了我一個耳光，把我的牙齒也打斷了一顆。他們再逼問，我又否認，其中兩個刑警就分別用力夾緊我的頰骨，強迫我張開嘴巴，另一名刑警就朝著我的喉嚨猛灌水。他們一直刑到我小便失禁，昏迷過去，才罷手，把我送回押房。這之後，足足有一個禮拜，不再偵訊。

當他們第二次提我出去偵訊時，態度卻跟上回完全不同了。這回，他們不來硬的，用軟的。我一到偵訊室，他們就拿了一疊十行紙給我，要我坦白交代。他們不斷地用溫柔的語氣勸我說：「你才結婚一年，太太剛剛才生了一個兒子」；「你太太還那麼年輕，只有廿一歲，兒子又那麼可愛」；「你即使不為自己想，也該為他們想想」。然而我始終不屈從。他們又把我送回押房。一個星期後，他們又第三次提訊我。這次，一到偵訊室，他們就瘋狂地先給我一頓毒打。我仍然不承認。他們於是說：「既然不承認，再打。」說著就把我的兩根拇指綁起來，在半空中吊了足足一個多鐘頭。我經他們這麼一吊，屎尿失禁，流了一地，然後昏迷過去。

我就在這種「軟硬兼施」的偵訊中，在刑警總隊度過了兩個月。

第三個月，我又再度被調回保安處。回到保安處後，他們又讓我坐在電椅上，展開連續四天三夜的疲勞審問。一直到現在，回憶起那段不堪的往事都會讓我感到痛苦而羞恥。後來，他們突然問我：「你認識邱捷昌嗎？」這個邱捷昌，是連球的親戚。光復初期，他曾經與連球一起打擊日據時期地方上欺壓人民的台奸，表現良好，頗受連球欣賞。「二二八」時，他又表現得很積極。後來，連球就決定吸收他，參加組織。可是我當時並不知道，他因為與鄉裡某個林姓鄉民代表有些摩擦而被以「匪嫌」之名陷害，承受不了嚴酷的刑訊而供認自己是連球吸收的群眾。因此，我回答他們說：「認識。」他們又問：「在那裡認識的？」我就說：「以前在邱連球家見過。」我想，連球已經被送到綠島了，說出他的名字應該不會連累到他。他們就這樣結束偵訊，草草結案。

五、同案難友的判決

敘事者：根據台灣省保安司令部（41）安潔字第二九四九號判決書所載，一九五二年十月十八日，台灣省保安司令部軍事法庭審判官梅授蓀判決古有桂、李清增「參加叛亂之組織各處有期徒刑十年各褫奪公權七年」。

梅授蓀：古有桂化名古鏡明李清增化名李鐵民先後於民國卅八年一月及同年八九月間由

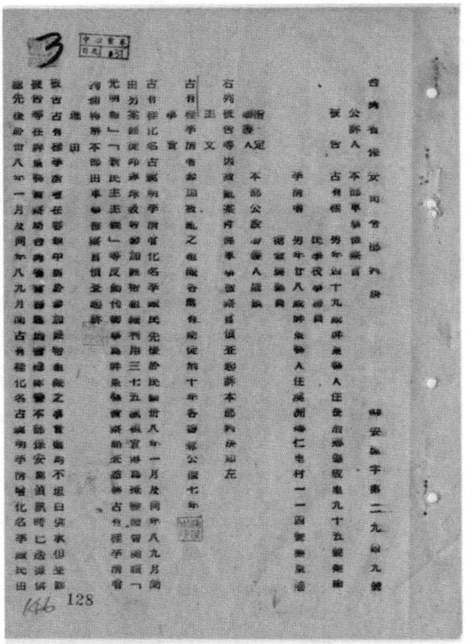

1952年10月18日，古有桂李清增判處有期徒刑十年各褫奪公權七年。

另案匪徒邱連球吸收參加匪幫組織利用三七五減租宣傳為掩護開會閱讀《光明報》《新民主主義》等反動刊物事為屏東縣警察局查悉將古有桂李清增拘捕轉解本部由軍事檢察官偵察起訴。

被告古有桂李清增在審理中關於參加匪幫組織之事實雖均不坦白供承但查該被告等在屏東縣警察局台灣省警務處刑警總隊暨本部保安處偵訊時已迭據供認先後於卅八年一月及同年八九月間古有桂化名古鏡明李清增化名李鐵民由邱匪連球吸收參加匪幫組織集會利用三七五減租宣傳閱讀《光明報》《新民主主義》等反動刊物有辦案原卷筆錄及李清增自白書可稽被告等雖以前在屏東縣警察局所為之口供係出自刑求為抗辯但經訊據被告等供明前在台灣省警務處刑警總隊暨本部保安處訊問時均未受刑且其所供亦與在屏東縣警察局所供相符足見被告等此種抗辯並無事實之根據殊難採信經傳與本案有關之自首分子邱捷昌到庭供證該被告等有參加邱匪連球家前後墳地聚談之事實但對於被告等是否參加共匪組織則諉為不知經查該自首人自首時在屏東縣警察局曾供明李清增與其同時參加匪幫組織古有桂亦已

參加匪幫組織有屏東縣警察局自首卷內筆錄可稽其到庭質證時所為之供述顯有避重就輕之嫌復經訊據本案關係人邱匪連球供稱古有桂因常受其恩惠故與其感情很好因此邀古參加共黨古就口頭答應後來要辦手續由其寫一字條內容是參加共黨不能違背之意思請古念後焚燬算是完成宣誓並稱曾對李清增說過現在台灣貧富不均及大陸「解放」後情形要其參加組織但是叫其幫忙三七五減租之事並不是要其參加共產黨經詰以何以要李清增古有桂用化名參加則供稱因我們有點害怕故要他們用化名各等語查該邱連球為匪黨重要分子其吸收古有桂參加匪黨組織並曾宣誓既據供證屬實且核與古有桂在屏東縣警察局及台灣省警務處刑警總隊暨本部保安處所供情形相符自可採信又查三七五減租為政府推行之政策人人有推行及宣傳之義務與權利果邱連球僅要李清增幫忙推行三七五減租之事有何害怕而不用本名必用化名之理反足以證實邱連球吸收李清增確為參加匪幫組織毫無疑義難任其空言狡辯推卸事實惟查被告等參加匪幫組織後尚無為叛徒積極工作或其他不法行為之事證自應依法衡情科以應□□之刑……

李清增：我後來反省，在邱捷昌這個個案上，基本上，我們犯了觀察、教育都不夠的錯誤。所以，他一旦被捕，在嚴刑逼供之下，馬上因為個性與認識的不夠堅強，立即就把連球和我供了出來。結果，他們給我製造了一條「參與三七五減租農民鬥爭」的罪名，然後就把我移送綠島，關了十三年才出來。連球也因為組織關係「交代不清」之故，又被從綠島調回台北軍法處重新審理，最後也以「推廣三七五減租運動，組織農民的新民主主義研究會」罪名，被處死刑。這是我後來才知道的事了。

六、改判死刑與覺悟下的家書

敘事者：根據台灣省保安司令部（42）審覆字第〇〇一號判決書所載，一九五三年二月十六日，台灣省保安司令部軍事法庭審判官彭國壎改判邱連球為死刑。

彭國壎：邱連球意圖以非法之方法顛覆政府而著手實行處死刑褫奪公權終身全部財產除酌留其家屬必需生活費外沒收。

邱連球於卅八年一月即已參加匪黨擔任組織農民工作並吸收張昌華江順林黃新枝三匪參加嗣於卅八年九月經國防部保密局查獲以其過去在日據時代對政治無深刻認識致受匪利用獲案後尚能了解過去錯誤坦承表示悔悟為示政府寬大以期自新乃報奉前東南行政長官公署卅八年十二月二日署詳字第一七六號代電核准交付感化在案迨四十一年三月自首分子邱捷昌鍾全如及獲案匪徒古有桂李清增（已另案判決）均供出係經邱連球吸收參加匪黨等情案經本部軍事檢察官以發現新事證囗該邱連球保留匪黨組織關係企圖俟機再行活動顯未坦誠悔改應受重刑之判決報奉國防部四十一年十一月十一日（41）防感字第二一七三號代電核准撤銷感化將

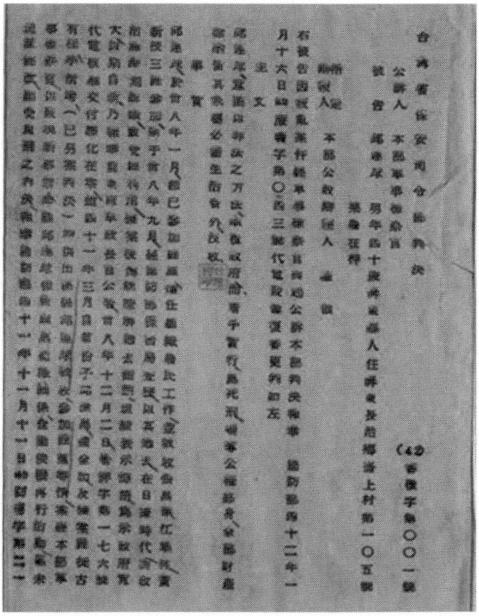

1953年2月16日邱連球改判死刑。

該邱連球提回另行依法偵查起訴並經本部判決報奉國防部發還復審。

被告邱連球雖矢口否認曾吸收邱捷昌鍾全如古有桂李清增四人參加匪黨組織並辯稱卅八年一月及六月間先後吸收彼等四人參加三七五減租宣傳工作因與匪黨尚無組織上關係故前彼國防部保密局緝獲時未坦白供出等語經傳邱捷昌鍾全如及提古有桂李清增等到案亦一致證稱係由邱連球吸收參加三七五減租宣傳工作屬實至邱捷昌等所供當時參加之三七五減租宣傳工作是否匪黨組織未據邱連球明告等語但查該邱捷昌鍾全如均係參加匪幫組織後悔悟自首該古有桂李清增亦經本部審明參加叛亂之組織屬實於四十一年十月十八日（41）安潔字第二九四九號判決判處罪行報奉國防部四十一年十一月十一日（41）防隆字第二一六七號代電核准確定在案且查被告邱連球於吸收邱捷昌等四人參加時均令化名吸收古有桂時更令宣誓並將誓詞立即燒毀業據該被告供認不諱核與邱捷昌等所供情形相符其舉措詭祕經一再追詰均無以自圓其說所稱非吸收參加匪黨組織顯係空言狡辯不足採信

其參加匪黨組織後復積極活動一再吸收匪徒擴展叛亂組織已達意圖以非法之方法顛覆政府而著手實行程度且獲案發交感化後仍不知悛悔意圖保全黨羽俟機再行活動殊屬惡性深重自應依法處以死刑褫奪公權終身全部財產除酌留其家屬必需生活費外沒收用昭炯戒。

敘事者：二月廿六日，台灣省保安司令部以（42）安度字第零三二四號簽呈有關邱連球「叛亂案」案卷檢送國防部核示。

三月十日，參軍長桂永清將原件附判決書呈報參謀總長陸軍一級上將周至柔核閱。

多年以後，邱連球的女兒向我提供了幾封她細心保存的獄中家書。從這幾封內容簡略的信件看來，一九五三年三月廿三日，邱連球應該已經對自己的命運有所覺悟了。

在此之前的一九五〇年八月，邱連球的妻子曾經寄了一張母親鍾權妹和兩

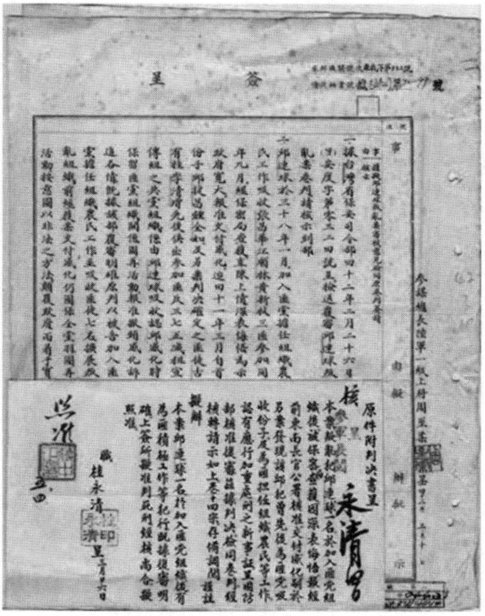

1953年3月10日參軍長桂永清將邱連球改判死刑的原件附判決書呈報參謀總長周至柔核閱。

個女兒合影的照片給繫獄中的他。一九五三年三月廿三日這天，他在同一張照片的背面寫了簡短的幾句話安慰母親：

我崇高的慈母！您的多愁、多苦、多難，是值得自傲，而將有所安慰的；相比例的喜歡、快活、幸福，在前頭等著您的啊！

另外，邱連球也給孩子們寫了鼓勵的遺言：

孩子們！咱們的身雖隔南北，但精神上始終是一起的；因為，你們時常都在我的懷中！

能得與你們成一個眷屬是我最感快慰的一件事！因為，你們常會使我感著有無上的親愛與滿意。我願咱們的心心永遠相印！

我愛你們！

永遠——

以我真誠的愛，

永遠——

非此一時，
非僅一日，
非只一年，
而是永遠！

除了母親與孩子們之外，邱連球還給最小的弟弟邱連廣（化名）寫了勉勵的幾句話：廣！你有雄壯的身體與可人的風采；你前途的事業，也定是「雄壯」「可人」；我是這樣相信著！

三月廿六日，周至柔批示：「本案邱連球一名於加入匪黨組織後有為匪積極工作等犯行既據復審明確上簽所擬准判死刑經核尚合擬照准」，然後謹呈總統蔣中正「鑒核示遵」。

五月四日，蔣中正批示：「照准」。

五月五日，總統府第二局以（42）強仁字第三零四二號代電發文國防部，傳達「邱連球一名准處死刑可也」的總統指示。

台灣省保安司令部收到國防部轉達的蔣中正批示之後，在一九五三年五月二十日，將邱連球綁赴馬場町刑場，執行槍決。

邱連廣：有一天，我們家接到軍法處寄來的一張明信片，通知我們說連球哥已經被槍決了，要我們去領屍。因為大哥沒心情去，當時才十九歲大的我便一個人上台北。到了台北，我就先去找校長太太蔣碧玉，請她陪我一起前往殯儀館領屍。在殯儀館的停屍間，我看到與連球哥同時被槍決的六具屍體。他們的手都還反綁著，沒有解開。連球哥的胸口挨了三槍，三顆子彈都是從後面打進去的。我們處理了連球哥的屍身後就送去火化。然後我又僱了車子到軍法處，領回連球哥的遺物。當中，有一封給連球嫂的遺書。因為沒有封口，我於是拿出來看。在信中，連球哥安慰連球嫂，不要因為他的死而悲傷過度。他告訴她，家裡的經濟條件不好，所以，不必為了處理他的屍體而費心，即使不去領也沒關係，總是有人會處理的。最後，他又勸她，如果有遇到合適的、可以信賴的人，就再嫁過去罷。不要被他拘束了。

七、思念與期待

敘事者：一九五三年五月二十八日，台灣省保安司令部檢附邱連球生前死後照片各一張，以（42）安序字第二零八九號簽呈報請國防部核備。

六月五日，國防部參謀總長陸軍一級上將周至柔將保安司令部有關「叛亂犯邱連球業已執行死刑」的簽呈，檢附邱連球生前死後照片各一張，呈請總統蔣中正「鑒核備查」。

六月八日，總統府第二局局長陸軍中將傅亞夫具名以（42）局發字第三一六二號代電發文國防部軍法局，批示：「准予備查」。

在官方的作業程序中，邱連球至此也算是「蓋棺論定」了。

然而，他的親友們卻在那整個社會瀰漫著看不見的恐怖氣氛的漫漫長夜中暗藏著難以忘卻的思念，期待著歷史終有平反的一天。

邱連廣：對於連球這個哥哥，事隔近四十年後，我仍然充滿著懷念。在印象中，連球哥一直是個非常富有同情心的人。日據時代，他在教書時，經常把母親為他準備的便當，分給那些窮人家庭的學生吃。他在月眉庄種香蕉，對僱來的工人也很照顧；一般老闆給的工資如果

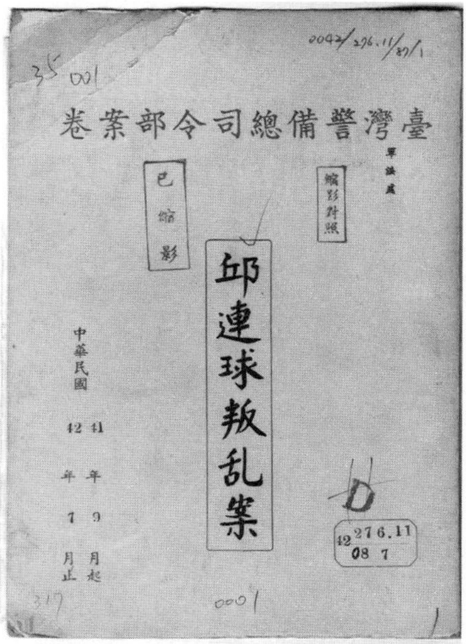

1952年9月至1953年7月的「邱連球叛亂案」案卷封面。

是八塊，他就給十塊。後來，鍾浩東校長請他去當基隆中學事務課長，他也帶了四、五個窮人家庭的子弟去當工友。國民政府積極推行三七五減租的農業政策時，他算是全鄉最積極推行的人了；每天，他都不厭其煩地給那些上門求教的佃農們解說，後來還因此獲得了地方政府頒發的獎狀。然而，也就在那時吧，他也因此得罪了地方上的地主。幾年後，他甚至因為這種曾經獲得政府肯定的積極性而被處以死刑。這究竟是怎麼樣的政治條理呢？

我想，連球哥沒去過大陸，他之所以會走上這條路，除了鍾校長的思想影響外，就是他對國民政府的不滿了。連球哥最終還是為了他所信奉的理想犧牲了。可憐連球嫂還有三女一男，四個孩子要撫養。連球哥被抓走時，這四個孩子中最大的男孩玄治也不過才六、七歲，最小的甚至還在襁褓中呢。

邱玄治：父親死時，我才念初中一年級。記得，那時候住學寮，家裡有人來告訴我父親的死訊。可是我並沒有多大的震驚。畢竟，在我的記憶中，父親早已不存在了。自從他被捕以後，五、六年來，家裡一直沒有他的音訊。因為年紀小，我對他的印象也就顯得模糊了。等到年紀稍大，懂點人事了，長治鄉的長輩們向我提到父親時，總是豎著大拇指說：「如果沒有你父親的犧牲，崙上的村民還有三分之一以上要被牽連。」他們又說：「你父親如果出來選鄉長或縣議員，一定沒問題的。」這樣，我才稍微理解父親。

我想，這些鄉人雖然都是淳樸、正直的農民，對歷史的是非卻是非常明白的。儘管許多過去曾經向父親借錢的人，在他被捕以後的恐怖氣氛下都不敢公開承認。我後來也知道，他們並不是有心賴帳，不願還，只是怕被牽連進去罷了。因為每當家裡經濟處於困境，米缸裡再也淘不出一粒米的時候，常常就會在第二天天亮打開門時，意外發現一袋不知何人故意留下的白米。也就在這樣艱困的生活環境下，母親還是忍著悲痛把我們辛苦帶大了。

五年前（一九八四年）母親過世了。在她生前，我不曾聽她抱怨過父親以及他所做的事。我想，父親那一代人的理想，我們能夠的話，是應該繼續走下去的。

後記：在風雨中繼續前行

敘事者：一九八九年年底，正當立委選舉熱鬧滾滾的時候，我通過邱連廣先生的介紹而聯繫上邱連球的長子邱玄治先生。那是一個飄著淒風苦雨的冬夜。我在台北松山區一棟大樓裡進行採訪。他始終平靜地敘述著那段不堪的往事。

就在我離開邱家，牽了機車準備發動時，正巧一位立法委員候選人的宣傳車從身邊駛過，一名助選人順手遞給我一張傳單。我就著街燈瀏覽了這份傳單的內容。「重審五〇年代白色恐怖」的斗大標題字赫然入目。我來不及細看，一時之間，心中卻洶湧著萬分感觸。

是的，重審五〇年代白色恐怖。在白色恐怖剛剛隨著政治戒嚴令的解除而稍稍紓解的第一次大選，終於有人提出重審四十年前的歷史的主張了。然而，我以為，重審，並不是要我們挑起仇恨，而是要我們重新認識因為恐怖統治而荒蕪了四十年的那段在台灣戰後激盪過的風雷，從而掌握歷史發展的正確規律，堅持在那一條前人沒有走完的路繼續走下去罷。我這樣想。

天空又飄起雨絲了。

我於是收拾好那份傳單，一邊騎著機車，一邊在腦子裏整理著這三、四個月來所採集的有關邱連球及其曾經奮起過的激昂而恐怖的時代的材料，頂著迎面飄來的一陣緊過一陣的風雨，在視線模糊了的馬路上，循著機車頭燈指引的方向，勇敢而專注地前行。

一九九〇年二月初稿
一九九一年四月二稿
二〇〇七年十月三稿
二〇〇八年七月四稿
二〇一六年三月五稿

註

①〈鍾國輝偵訊筆錄〉，一九五〇年九月廿九日、十一月廿七日；轉引《戰後台灣政治案件藍明谷案史料彙編》，台北：國史館，二〇一四年五月，頁一一三—一一四、一六五—一六八。

②〈鍾國輝偵訊筆錄〉，台灣省保安司令部軍法處，一九五一年元月七日；前引《戰後台灣政治案件藍明谷案史料彙編》，頁二七〇。

大事年表

一八九五：四月，日清簽署《馬關條約》，台灣割讓日本。
六月，日軍攻占台北城，舉行始政式。
九月，總督府學務部在台北市近郊士林芝山岩設立學堂，先後招收廿一名台胞為日本語練習生，展開殖民地台灣的國民教育。
蘆洲李樹華七兄弟合資重修擴建父親李濯夫於一八五七年左右興築的家宅。

一八九六：元旦，芝山岩學堂被義民搗毀，學校業務停擺。
三月，日本殖民政府公布對台灣施行的特別法令「法律第六十三號」，委任立法權於台灣總督之手，也就是所謂「六三法」。
四月，總督府公布直轄學校官制，又在全台各重要城市設國語傳習所，支付經費，擴大辦理殖民地台灣的國民教育。

一八九七：四月，國語學校語學部國語（日語）科設立，修業年限三年（後改為四年），開始殖民地台灣的男子中學教育。

一八九八：七月，台灣總督府公布公學校令，將各國語傳習所改為公學校。
八月，公學校規則公布，規定就學年齡、修學期限與教學科目。從此建立在殖民地台灣發展國民教育的基礎。

一九〇六：李友邦出生蘆洲。

一九〇九：地方制度改設台北、宜蘭、桃園、新竹、台中、南投、嘉義、台南、阿猴、台東、花蓮港、澎湖十二廳。

一九一一：邱連和出生屏東長治。

一九一三：十二月，張阿冬生於日據下台北市。

一九一五：八月，西來庵事件大屠殺。台灣人民武裝抗日運動告一段落。
十二月，鍾理和、鍾和鳴出生屏東高樹。
邱連球、鍾九河出生屏東長治鄉崙上村。

一九一八：李友邦考進台北師範學校就讀。

一九一九：一月，總督府公布台灣教育令，確立對台灣人的教育方針及學制。
二月，李南鋒出生屏東高樹。
六月，藍明谷生於高雄州岡山郡街尾崙農家，本名藍益遠。

一九二〇：地方制度改設五州（台北、新竹、台中、台南、高雄），二廳（台東、花蓮港）；

下設三市、四十七郡、一五五街庄。

一九二一：十月，台灣文化協會成立，有計畫地推動文化啟蒙運動。

一九二二：李友邦和胞弟夥同激進抗日青年襲擊海山郡派出所。

三月，台灣總督府公布《台灣新教育令》，規定公學校修業年限為六年，就學年齡提前至六歲；中等以上學校實行「內（日）台共學」制。

四月，鍾和鳴與鍾理和兄弟同入鹽埔公學校。

李薰山出生竹北。

一九二三：李登輝出生三芝。

一九二四：三月，李友邦再夥同林木順、林添進等八位同學突擊台北新起派出所（今台北市長沙派出所）而被勒令退學，潛往大陸。

六月，李蒼降出生蘆洲。

林如堉出生板橋。

一九二六：邱連和畢業長興公學校高等科第一屆。

李蒼土出生蘆洲。

韓佐樑出生浙江青田。

一九二七：藍明谷就讀岡山公學校。

陳炳基出生萬華。

葉紀東生於高雄市苓雅寮。

一九二八：高雄州立屏東農業學校創校。

一九二九：鍾和鳴入學高雄州立中學校。

李蒼炯出生蘆洲。

一九三一：九月：日本發動柳條湖事變，侵占東三省。

一九三三：藍明谷岡山公學校畢業後再讀高等科。

一九三四：鍾和鳴考入台北高校第十屆文科乙類。

一九三五：藍明谷入學台南師範學校講習科。

一九三六：鼓吹皇道精神的日本皇道派軍官策畫名為「二・二六事件」的武裝政變。

鍾九河考入台北高校第十二屆文科乙類。

一九三七：三月：藍明谷台南師範學校畢業。

李蒼降與同班同學雷燦南日新公學校畢業，考進台北二中。

四月，台灣總督府廢止漢文的使用，強迫推行所謂「國語普及運動」。

七月，日本發動侵略中國的盧溝橋事變，全面抗日戰爭開始。

八月，全台灣進入戰時體制。

一九三八：一月，小林總督發表〈關於台灣志願兵制度實施〉。
五月，台灣當局對外公開發生於兩年前的台北二中學生思漢反日事件。
藍明谷任教屏東枋寮公學校，月薪四十元（日本人六十元）。

一九三九：二月，軍事委員會直屬台灣義勇隊和台灣少年團在浙江金華成立。
五月，台灣總督府治台重點：皇民化、工業化及南進。
十月，重慶軍事委員會政治部正式電委台灣獨立革命黨主席李友邦為台灣義勇隊隊長兼台灣少年團團長。
藍明谷帶學生海邊郊遊，因學生落海事故，貶調內埔公學校。

一九四〇：元月，鍾和鳴與新婚妻子蔣碧玉及表弟李南鋒奔赴上海。
二月，台灣總督府修訂戶口規則，規定台灣人改換日本姓名。
陳炳基考進台北二中第十九屆。
蔡川燕到東京考醫學專門學校落榜。

一九四一：蔡川燕考取東京醫學專門學校；藍明谷也來到東京。
李薰山竹中畢業後考進台北帝國大學豫科。
四月，「皇民化運動」的中央機關「皇民奉公會」成立，不斷舉行各種「職能奉公運動」與訓練，脅誘台灣人民協助日本帝國主義者推進侵略工作。

十二月，太平洋戰爭爆發。

一九四二：三月，李蒼降台北二中畢業，報考滿洲建國大學落榜，暫任蘆洲公學校老師，俟機到大陸。

四月，台灣當局實施陸軍特別志願兵制度。

藍明谷考取並就讀北平東亞（興亞）經濟學院，企圖由此參加抗戰。

一九四三：藍明谷離開東亞經濟學院，想要報考北京大學學文學。因生活困難，到河北新鄉為某台商記帳。

九月，蔡川燕到北平。台灣總督府發表台灣人實施徵兵制度的辦法：自第二年起，凡年滿二十歲的台灣青年男子都要去當兵。

十月，殖民地台灣開始臨時徵召學生兵。李薰山考進台北帝大工學部應用化學科第一屆，在天水路、迪化街一帶的興亞寮認識李蒼降與雷燦南。

十一月，中、英、美三國首腦會議發表《開羅宣言》，宣告「滿洲台灣澎湖群島等歸還中國」。

一九四四：四月十五日起，連續三天，日本憲兵隊突然在北部地區展開大逮捕。李蒼降和雷燦南，台北帝大醫學部學生蔡忠恕、郭琇琮，台北工業學校剛畢業的劉英昌與唐志堂，女醫師謝娥，以及台北二中的陳炳基、郭宗清、黃雨生……等無以數計的反日青年學生被捕入獄。
八月，台灣進入戰場狀態。
一九四五：二月廿八日，藍明谷完稿短篇小說〈一個少女的死〉。
五月七日，德國投降。
七月，波茨坦會議發表《波茨坦宣言》，敦促日本無條件投降。
八月十五日，日本無條件投降。幾天後，藍明谷回到北平。
九月：台灣省旅平同鄉會在西單大光明戲院舉行成立大會。
台灣義勇隊副總隊長張克敏（張士德）返台，籌畫成立三民主義青年團台灣區團部。
十月：台灣學生聯盟在中山堂正式成立。
廿五日，台灣區受降典禮在台北公會堂舉行，台灣行政長官陳儀接受日軍投降，並宣布台灣人民即日起為中華民國國民。
十一月：陳儀公布「人民團體組織臨時辦法」，命令所有的人民團體自即日起停止活動。台灣學生聯盟解散。三民主義青年團台灣區團部禁止各地的團隊組織。
十二月：李友邦率部歸來。李蒼降通過謝娥介紹，與唐志堂、劉英昌、陳炳基等人一同加入三青團台北分團籌備工作，奉派擔任台北分團部籌備處第二股股員。

台灣省行政區域改為台北、新竹、台中、台南、高雄、花蓮、台東、澎湖八縣，舊制的郡為區、街為鎮、庄為鄉。長興庄改劃設為高雄縣長興鄉。

一九四六：一月：行政院公布集中管理台胞令，並核准公布「關於朝鮮人及台灣人產業處理辦法」。

李友邦出任三青團中央直屬台灣支團部主任。

二月，藍明谷於《新台灣》第二期發表〈一個少女的死〉。

三月，李蒼降在雷燦南追悼會祭讀悼文；又與唐志堂、劉英昌、陳炳基幫忙謝娥參選台灣光復後的首屆台北市參議員；以三青團名義，在台北公會堂慶祝青年節；後因三青團台北分團部書記長佘陽的反共警告，劉英昌留三青團，李蒼降與唐志堂回老家當小學教員。

四月，藍明谷作〈問答小天地〉，譯〈台灣高砂族歌謠〉。

五月，藍明谷於《新台灣》第四期同時發表〈問答小天地〉（筆名「慍生」）與〈台灣高砂族歌謠〉（筆名「汝南」）。

六月：中國全面內戰爆發。

藍明谷跟隨北平台灣同鄉會抵滬，住上海台灣同鄉會，認識辦事員林昆，閱讀左派書籍。

陳炳基考進省立法商學院專修科。

李薰山台大工學院第一屆畢業。

七月：東京澀谷區日警擊斃請願台胞。

蔡孝乾潛台，正式成立台灣省工作委員會。

八月，鍾浩東派任省立基隆中學校長。

九月，李蒼降由叔父李友邦引介，插班浙江省立杭州高級中學（簡稱杭高）三年級甲組，學習語言、文化。

十月，藍明谷返台，任職教育會辦事員，與岡山同鄉陳本江、王荊樹共住。

十一月，台省國大代表晉京參加國民大會。

十二月：台灣大中學生及各界人士「反對澀谷事件宣判不公大會」。

駐北京美軍強姦北大女生沈崇。杭州各中等以上學校學生為抗議美軍暴行而罷課遊行。李蒼降親歷這場運動，深受洗禮。

一九四七：元月：台北學生團體反美示威遊行，抗議北京女學生被強姦事件。

藍明谷經由張志忠加入地下黨；在《國聲報》發表短文〈今孟子見錢縣長〉

與〈才和財〉，筆名「藍青」；經鍾理和介紹任教基隆中學國文老師。
寒假期間，李蒼降到上海，通過在暨南大學公費讀書的二中同學杜長庚介紹，住在暨大學生宿舍，認識徐萌山等暨大的台灣公費生。

二月：藍明谷在《國聲報》發表短文〈傳為佳話〉，筆名「藍青」。
二二八事件爆發。

三月：鍾浩東安排幾名基隆中學的外省籍同事及其家屬到屏東邱連球家避難。
藍明谷前往台大醫院探望住院治療肺病的鍾理和；與基中老師戴傳李（校長太太蔣碧玉胞弟）走到瑞芳躲藏。
三青團中央直屬台灣區團部主任李友邦因為「唆使三青團暴動」與「窩藏共產黨」的罪名被非法逮捕，解送南京。夫人嚴秀峰即速趕往面見三民主義青年團中央團部組織處處長蔣經國，設法營救。
李蒼降得到嬸嬸通知隨即返台，協助處理相關事宜。
台灣省警備總司令部在全省各地擴大實施戒嚴令，進行「肅奸綏靖」工作。

四月：台灣省行政長官公署撤廢，改任魏道明為台灣省政府首任主席。
鍾國輝與鍾浩東、藍明谷為一小組，鍾浩東為組長。

五月：台灣省警備總司令部改為警備司令部，司令彭孟緝公布：全省解除戒嚴，暫停郵電檢查。

台灣省政府成立，並宣告清鄉工作已經完成。

藍明谷寫〈魯迅與「故鄉」〉與〈鄉村〉。詹致遠（吳克泰）來找，向其傳達：校長鍾浩東已參加，以後由他領導。

七月：李薰山辭退基隆中學兼職，轉台北泰北中學兼課，並通過任職台大醫學院助教的竹中同學劉沼光介紹入黨。

陳炳基從上海返台後入黨，擔任省「學生工作委員會」五名籌委之一，由省委直接領導。

李蒼降介紹林如堉、李薰山、陳炳基與李登輝等人互相認識，組成「新民主同志會」。

警備司令部公布社會秩序安寧維持辦法。

八月：藍明谷以筆名「懼生」在《台灣文化》第二卷第五期發表散文〈鄉村〉；現代文學研究會出版譯作：魯迅的《故鄉》，作為中專以上台灣學生學習普通話的教材。

基隆中學支部成立，鍾浩東任書記，鍾國輝與藍明谷任支委。由「省委書記」蔡孝乾領導。

李蒼降任職太懋股份有限公司書記，月薪八十元。

九月，新民主同志會改屬台北市工作委員會的一個支部，由林如堉負責；表面上還是以新民主同志會名義發展組織。之後，改由郭琇琮領導。

十月：省政府依據中央所頒「後方共產黨處理辦法」，令本省境內共產黨員於月底前登記，逾期依法究辦。

李蒼降安排來台的杭高同學韓佐樑暫住蘆洲，並介紹到農林處農技局製造實驗工廠當辦事員。

李登輝填寫入黨申請書，經李薰山親交劉沼光，再經廖瑞發轉蔡孝乾，獲得批准。

郭琇琮接替患有痲瘋病的廖瑞發擔任台北市工作委員會市委書記。

台灣省第二屆運動會在台中舉行，市內及運動會場突然出現大量沒有署名，介紹人民解放軍六十七條時局口號，並附有當時解放戰爭形勢圖的宣傳品。

十一月：李蒼降和林如堉經由陳炳基及其他管道入黨。

謝雪紅等二二八流亡者於香港組成台灣民主自治同盟。

十二月：郭琇琮不再出席新民主同志會例會，也不再有任何聯繫。新民主同志會改由上海交通大學土木系畢業的蘇州青年李絜（本名徐懋德，綽號「外省李」或「小李」）負責領導，定期在李登輝川端町住處聚會，學習關於台灣農業問題的文件，討論如何組織農民。

一九四八：二月：台灣省工作委員會發行《光明報》。

新民主同志會響應地下黨決定，在「二二八」一週年前夕，到街頭散發〈告台灣同胞書〉，塗寫統一規定的政治口號。

葉紀東到屏東中學教書，並通過鍾浩東介紹而認識了邱連球等人。

三月：全島各地出現「中國共產黨台灣省工作委員會」正式署名的〈紀念二二八告台灣同胞書〉。

李登輝不再出席「新民主同志會」定期聚會，原因不明。李絜另帶台灣省教育會研究組組長蔡瑞欽遞補，改於台北市三條通林如堉住所聚會。

藍明谷的長男出生。

鍾國輝辭職，回家養病。

五月：戶口（身分證）總檢查開始。

曾碧麗遊祖國大陸。

中共華東局在香港祕密舉行台灣工作幹部會議。

六月，李蒼降離職太懋公司。

七月：曾碧麗與公費留學生一起回台。

汐止軍民合作站書記唐志堂入黨，由李蒼降領導。

八月，李絜宣布：新民主同志會對外改稱台灣人民解放同盟，分成宣傳、組織和教育三個小組，分由李薰山、林如堉和陳炳基負責領導，擴大號召一般社會青年。介紹駕駛兵江支會給李蒼降領導。

九月：遼瀋戰役展開。

李蒼降任職台灣省政府台灣省通志館顧問委員會採訪員，月薪一百四十元。

鍾里志介紹李旺輝加入組織，成為基隆中學支部三名支部委員之一。

秋季，基隆中學支部擴大為校內、校外兩個支部。藍明谷任校外支部書記，支委分由王荊樹、鍾里志擔任。

十月：李絜令身分已經暴露的林如堉、李薰山和陳炳基等三人立即轉移福建、東北與地下。

李蒼降陪同陳炳基到台北第三號水門搭船，渡淡水河，轉往淡水雷燦南家躲藏。

林如堉與李薰山被捕。

十一月：遼瀋戰役結束。東北全境為共產黨解放。

淮海與平津戰役相繼展開。
十二月：國民黨華中剿總白崇禧、長沙綏靖主任程潛及河南省主席張軫，逼蔣「引退」。
國民政府任命陳誠為台灣省政府主席。
國民黨中常會任命蔣經國繼丘念台任省黨部主任。
冬季，新民主同志會一共三十幾個群眾陸續被捕。組織基本瓦解。李蒼降將台北一部分同黨分子移交上級李絜，轉往基隆工作。
一九四九：一月：淮海戰役結束。長江中下游以北廣大地區成為解放區。
中共中央毛澤東主席提出在八項和平條件的基礎之上同南京國民政府和談。
蔣介石派蔣經國去上海，命令中央銀行總裁，將中央銀行現金移存台灣；下令中央、中國兩銀行，將外匯化整為零，存入私人戶頭；宣布引退。李宗仁副總統代行總統職權。蔣仍以國民黨總裁身分，以黨領政。
北平和平解放。
李蒼降聯絡許省五。
二月：蔣經國奉命轉運中央銀行儲存的黃金、白銀五十萬盎斯，前往台灣、廈門。
台灣省主席陳誠公布實施三七五減租。

三月：台灣警備司令部實施《軍公人員及旅客台灣省入境暫行辦法》。
台北市中上以上學校學生宣布籌組全學聯。李蒼降與陳炳基不畏被捕的危險出現會場。

四月：台灣當局派出大批武裝軍警，強行闖入師範學院與台大的男生宿舍，集體逮捕兩三百名學生，鎮壓三月下旬以來風起雲湧的台北學運。一般稱作「四六事件」。
李蒼降到基隆郊區劉英昌的別墅向陳炳基傳達盡快撤退大陸的指示，陳炳基隨即從基隆搭船前往上海。
李蒼降排除萬難與曾碧麗結婚。化名姓陳，在基隆碼頭與雜貨商張國隆談共同做生意的想法，因他是小本生意而沒有合作。
人民解放軍分三路渡江，攻占南京。
國民政府遷往廣州。

五月：台北地下錢莊一片倒風；金融經濟混亂。物價全面暴漲。
台灣地區開始實施軍事戒嚴令。禁止一切「非法」集會、結社、罷工、罷課、罷市，並制定新聞、雜誌、圖書管理辦法。
國府立法院頒布實施針對「匪諜」的「懲治叛亂條例」。

上海解放。

省工委把「迎接解放」的政治口號轉為「配合解放」的實際行動。

基隆市工作委員會正式成立，鍾浩東任書記，李蒼降、藍明谷為工委；下轄造船廠支部、汐止支部、婦女支部，並領導基隆要塞司令部、基隆市衛生院、水產公司等部門內的黨員與外圍群眾。

六月：幣制改革，舊幣四萬元折合新台幣一元。舊幣如同廢紙。

近萬名台灣軍人派赴大陸內戰戰場。

新竹商校校長林啟周在松山機場被捕。鍾浩東立即安排徐新傑轉移屏東長治鄉邱連球家。

七月：三七五減租在全省各縣市實施。

省級公務員推行聯保制。

台灣省工作委員會在全省同步散發〈人民解放軍布告〉，省工委、台盟、解放軍駐台代表聯名的〈告台灣同胞書〉，以及一些寫著明確口號的小張傳單，展開政治宣傳攻勢。

台灣省主席陳誠接獲發表〈紀念中國共產黨誕辰廿八週年〉社論的《光明報》。

台灣省郵政管理局為郵電改組暨郵電員工分班、過班而引起怠工請願風潮。

李蒼降在基隆火車站介紹基隆水產公司倉庫職員蔡新興入黨。

夏天：上級指派潮州中學教員劉特慎聯絡鍾國輝，叫他和邱連球聯絡，宣傳政府三七五減租的政策。

許省六入黨，受李蒼降領導。

八月：美國發表中國問題白皮書，聲明不再介入中國內戰，停止援蔣。

保密局借提警方查戶口時扣押的台大法學院畢業學生王明德，偵悉《光明報》等情，並循供逮捕「成功中學支部」與台大法學院學生戴傳李等人。

蔣碧玉與任職圖書館管理員的妹妹在學校宿舍被捕。鍾浩東下落不明。

九月：台灣省保安司令部成立，司令官彭孟緝。

藍明谷攜妻、子歸返岡山老家，展開逃亡生涯。

軍警包圍基隆中學，逮捕四名教師、三名職員和三名學生。

李南鋒、邱連球、邱連和在屏東被捕。

李蒼降逃回台北，化名「賴慶鐘」，繼續領導台北的關係，仍由李絜「指揮」。

十月：中華人民共和國成立。

台北縣實施五人連保制。
福建籍的台灣省工委會副書記陳澤民在高雄市被捕。
十一月：防衛司令部公布：通共或隱匿共黨不報、造謠惑眾、煽動軍心、破壞交通與電訊者皆處死刑。
國民政府再遷成都。
藍明谷到高雄新興區妹夫楊再仁五常被服行店內幫忙。
十二月：國府行政院正式遷移台北辦公。
台灣省保安司令部發言人公開宣布：破獲共產黨的光明報及基隆市委會案，並槍決任職基隆中學的張奕明、鍾國員、羅卓才與談開誠等四人。
鍾浩東、邱連球等十八人「准感訓自新」。
一九五〇：元月：李絜囑咐李蒼降通知林英傑：迅即離開，往尋過去聯繫的人。林英傑立刻將全部文件、收音機、行李等遷走。李蒼降與妻子及姊姊在南京東路同被布梢監視多日的保密局特務逮捕。
鍾浩東被送回軍法處審理。
藍明谷逃至屏東內埔，遇返鄉養病的基中總務主任鍾國輝，同往大武山隱蔽，不久再逃。

二月：保安司令部成立新生總隊。
嚴秀峰以「參加中共組織」之罪名被判十五年徒刑。
三月：蔣介石復職，提名陳誠任行政院長，積極推進反共抗俄政策。設立國防部總政治部；蔣經國擔任主任。
為防中共地下工作人員潛伏山區，實施為期一週的山地統一檢查。
藍明谷的長女出生。
四月：「懲治叛亂條例」修正案公布。
全省戶口總檢查。
五月：國防部總政治部主任蔣經國宣布：偵破中共台灣工委會（蔡孝乾）案，並公布《在台中共黨員自首辦法》。
蔣介石令十五萬精銳部隊自動放棄舟山群島基地，撤到台灣，並提出「一年準備，兩年反攻，三年掃蕩，五年成功」的口號。
正聲、台灣、空軍、軍中、民本、民聲等廣播電台聯播蔡孝乾對本省同胞發表的「懺悔」演說。
六月：《中央日報》全文刊載蔡孝乾的廣播內容。
《戡亂時期教育實施綱要》公布，規定中小學起實施三民主義及反共抗俄教育。

《戡亂時期檢肅匪諜條例》公布。

韓戰爆發。美國總統杜魯門聲明「台灣中立化」方針，下令第七艦隊駛入台灣海峽，干涉中國內政。

七月：李蒼降、曾碧麗和鍾浩東、唐志堂等同案共十四人移送台灣省保安司令部軍法處結案。

蘆洲家人把李蒼降和曾碧麗七個月大的女兒領回。

八月：十一日，提訊李蒼降及曾碧麗等七人。

十二日，提訊與李蒼降有組織關係的許省五、許省六、張國隆等三人。

十三日，提訊與李蒼降有直接關係的基隆水產公司倉庫職員蔡新興。

十五日，提訊李蒼降、王荊樹、許省五、楊進興、蔡秋土與鍾浩東等五人。

廿一日，台灣省保安司令部軍法處會審李蒼降、曾碧麗與鍾浩東等同案共十四名。評議結果，李蒼降與鍾浩東處死刑褫奪公權終身全部財產除酌留其家屬必需之生活費外沒收，曾碧麗明知為匪諜而不告發檢舉處有期徒刑一年。隨將「卷判」發文總統府機要室資料組。

九月：總統府機要室資料組回覆台灣省保安司令部：「無意見」。保安司令部呈奉國防部批示：「核准」，並將執行死刑日期「具報備查」。國防部參謀總長周至柔「檢同原卷判簽請總統蔣鑒核示遵」。

國府行政院制定《戡亂時期檢肅匪諜舉辦聯保連坐辦法》。

國防部總政治部發布《匪諜及附匪分子自首辦法》和《檢舉匪諜獎勵辦法》。

四日，嘉義警察局行文旗山警察分局協助緝捕鍾國輝，藍明谷與李旺輝。

九日，鍾國輝和李旺輝被捕。十三日晚，同被解送高雄縣警察局訊辦。

十月：蔣中正指示國防部：改處唐志堂死刑。

保安司令部軍法處將鍾浩東、李蒼降及唐志堂三名，發交憲兵，綁赴馬場町刑場，執行槍決。

曾碧麗收到軍法處傳達兵送來的判決書，移送台北監獄關押。

李蒼土向軍法處陳情：「為家境清苦母衰子幼懇保徒犯曾碧麗乙名釋外支撐家務事」。

十一月：保安司令部電警務處與國防部保密局、內政部調查處等機關，協緝「在逃匪犯」藍明谷、鍾里志等四名歸案。

保安司令部軍法處偵訊鍾國輝與李旺輝。

基隆中學英文老師張國雄與郭琇琮同被槍決。

十二月：廿一日，藍明谷的胞弟結婚。廿七日，從五常行逃到堂妹陳秀鳳家。廿八日，因父親、妻子等無辜親友多人被捕，前往高雄市警察局第一分局自首。廿九日，妹夫楊再仁被捕。

曾碧麗寫報告交給法官，希望代為轉詢保密局，早日發還衣服。軍法處處長核准後，由保安司令部司令與副司令共同署名，發文保密局。但遲遲沒有回覆。

一九五一：一月：李錦殖、江德龍、邱文瑞等人被捕。

軍法處訊問李旺輝：他和謝（張）阿冬的關係，謝（張）阿冬和共黨的關係，以及藍明谷與鍾里志改逃何處？

鍾國輝在保安司令部軍法處偵訊時供稱：一九四七年四月由藍明谷介紹參加共產黨，與鍾浩東三人為一小組，鍾浩東為組長。

鍾里志被捕。

藍明谷在台灣省警務處寫自白書。

保安司令部發文台北縣警察局：查明李蒼降有無財產具報憑核。

台北縣警察局長劉堅烈根據蘆洲派出所的報告回電：「李蒼降現有弟二、妻、母、妹各一，弟婦、姪女、長女各一，全家共八口，家無財產，生活全賴其弟李蒼土維持頗為艱苦」。

保安司令部司令與副司令再次共同署名，發文保密局：「電請將已決犯曾碧麗被扣衣服送部以便轉發」。

十七日，曾碧麗服刑期滿，出獄。

二月：藍明谷、張阿冬、鍾里志與李錦殖、江德龍、邱文瑞等人，同被解送保安司令部。

保密局要求保安司令部將「藍明谷及其妻（謝）張阿冬」於偵訊後解交該局「併案測究其組織關係再送還貴部法辦」。

三月，保安司令部保安處將「匪犯藍明谷等乙案」移送軍法處辦理；將張阿冬發交新生總隊感訓。軍法處提訊藍明谷、鍾里志、林世英、楊再仁、鍾德興、鍾國輝、李旺輝、江德龍等人。藍明谷判決死刑。鍾里志准予辦理自新手續，交保開釋。

四月：新生總隊移遷綠島，擴大為新生訓導處，編制為新生訓導總隊。

二日，藍明谷寫「准予悔過自新」的報告。

三日，保密局借提藍明谷等三名，十六日解還保安司令部。

十日，鍾國輝槍決。

廿七日，國防部電保安司令部核准藍明谷等罪刑。

廿八日，保安司令部電告軍法處第一科、憲兵第八團、台北市政府：「藍明谷叛亂判處死刑應驗明正身發交憲兵第八團於四月廿九日上午六點綁赴刑場執行槍決並呈報」。

廿九日，藍明谷槍決。

五月：藍明谷三弟藍微貯從國防醫學院福馬林池撈起藍明谷的屍體，送極樂殯儀館火化。

保安司令部向國防部呈報藍明谷執行死刑日期並請察核；國防部准予備查。

保安司令部電令高雄縣政府派員查封藍明谷所有財產。

張阿冬移送綠島集中營。

六月，保密局電請保安司令部提訊藍明谷，訊明藍明谷所吸收之「逃匪張進發」的各種情況。

十一月：李友邦被捕。

基隆中學教務主任方弢槍決。

一九五二：三月，長治鄉德協村的吳葵英、古有桂與李清增先後被捕。

四月廿二日，李友邦槍決。

十月十八日，古有桂、李清增判處有期徒刑十年。

一九五三：二月十六日，邱連球改判死刑。
五月四日，蔣中正批示：邱連球的改判「照准」。
一九五四：三月十六日，張志忠槍決。
五月二十日，邱連球槍決。
十二月三日，中（台）美共同防禦條約簽訂。

INK PUBLISHING

文學叢書 508

幌馬車之歌續曲

作　　者	藍博洲
總 編 輯	初安民
責任編輯	林家鵬
美術編輯	林麗華　陳淑美
校　　對	吳美滿　藍博洲　林家鵬

發 行 人	張書銘
出　　版	INK 印刻文學生活雜誌出版有限公司 新北市中和區建一路249號8樓 電話：02-22281626 傳真：02-22281598 e-mail：ink.book@msa.hinet.net
網　　址	舒讀網http：//www.sudu.cc

法律顧問	巨鼎博達法律事務所 施竣中律師
總 代 理	成陽出版股份有限公司 電話：03-3589000（代表號） 傳真：03-3556521
郵政劃撥	19000691　成陽出版股份有限公司
印　　刷	海王印刷事業股份有限公司

港澳總經銷	泛華發行代理有限公司
地　　址	香港新界將軍澳工業邨駿昌街7號2樓
電　　話	(852) 2798 2220
傳　　真	(852) 2796 5471
網　　址	www.gccd.com.hk

出版日期	2016年9月　　初版
ISBN	978-986-387-115-6

定　價　370元

國家圖書館出版品預行編目資料

幌馬車之歌續曲／藍博洲 著；
--初版, --新北市中和區：INK印刻文學,
2016. 09 面 ；14.8 × 21公分.（文學叢書；508）
ISBN 978-986-387-115-6（平裝）
1.臺灣史 2.白色恐怖 3.報導文學
733.2931　　105013184